鉄道旅ミステリ１

夢より短い旅の果て

角川文庫
19356

路線図／片岡忠彦

鉄道旅ミステリ1

夢より短い旅の果て

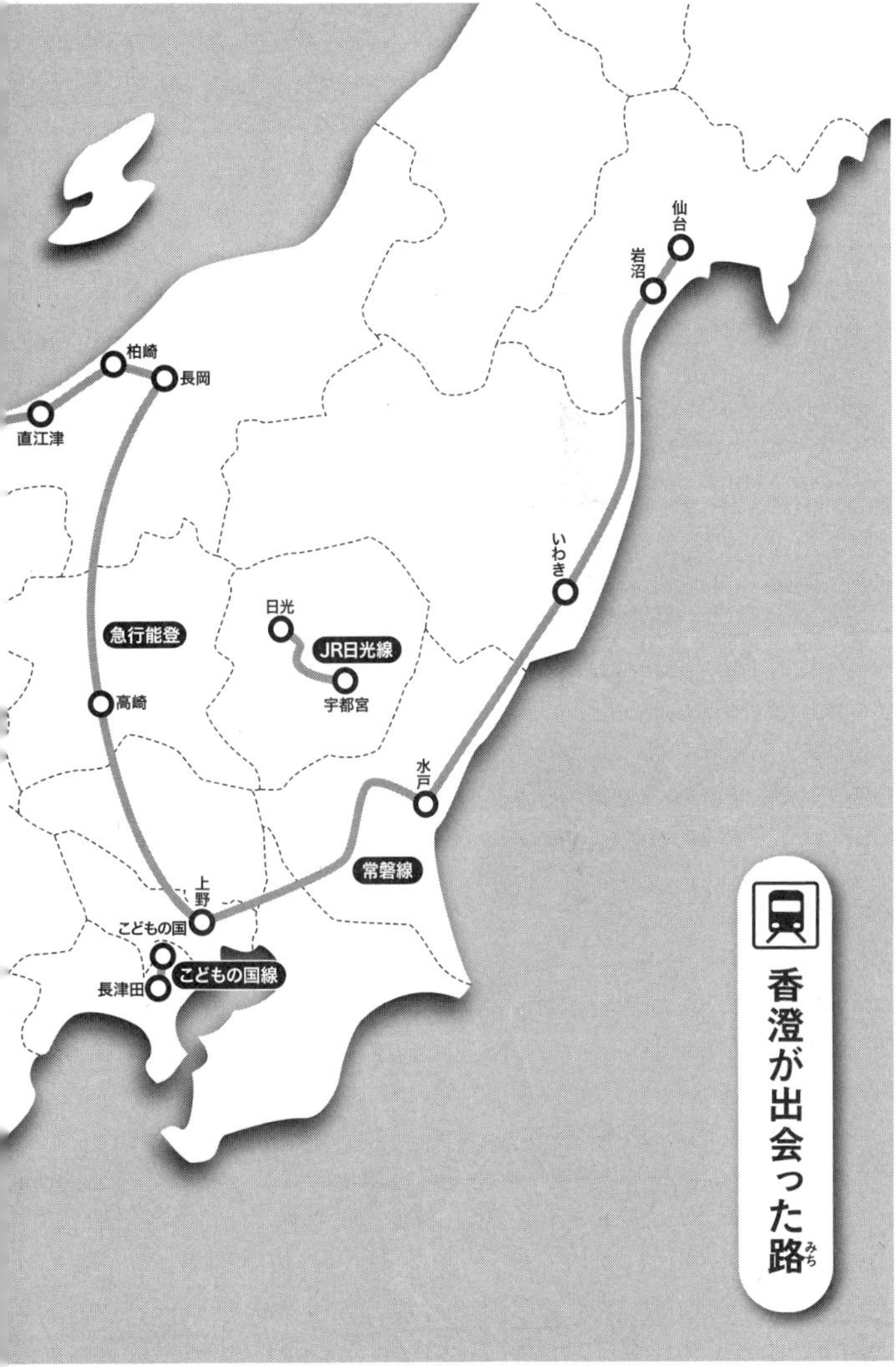
香澄が出会った路《みち》
仙台
岩沼
柏崎
長岡
直江津
いわき
日光
JR日光線
宇都宮
急行能登
高崎
水戸
常磐線
上野
こどもの国
こどもの国線
長津田

目次

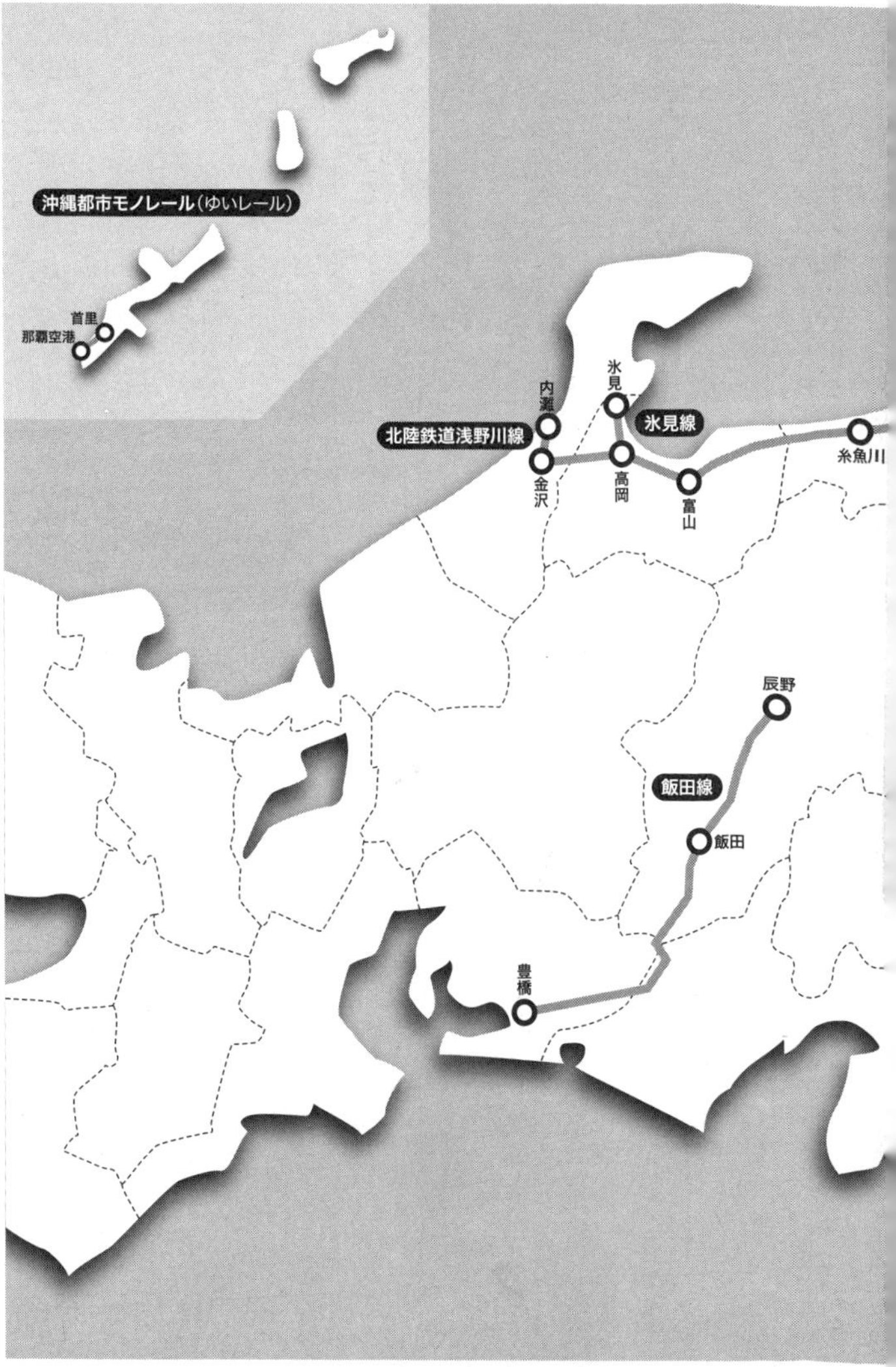

沖縄都市モノレール(ゆいレール)
首里
那覇空港
北陸鉄道浅野川線
内灘
金沢
氷見
氷見線
高岡
富山
糸魚川
辰野
飯田線
飯田
豊橋

夢より短い旅に出る

横浜高速鉄道こどもの国線

1

「ほんとにどこでもいいんですか」

「どこでもいいよ。とりあえず一路線、すべての駅で途中下車して、全線乗ってwebの記事を書く」

「どんなに短くても？」

「いいよ。長い短いは関係ない。だけど、ただ乗った、駅で降りた、また乗った、ってのには合格は出さない。先輩が書いてるものをよく読んで、うちの同好会の特徴を出しいてくれないとね。うちはほら、鉄道同好会とか鉄道研究会じゃないから。あくまで、い？　あくまで、鉄道旅同好会だから」

旅、のところで、ふんっ、と鼻息を吹き上げつつ、井上大吾郎《いのうえだいごろう》は腕組みして言った。言ってから、自分の言葉に酔うように何度もうなずいている。

はい、と返事はしたものの、四十九院《つるしいん》香澄《かすみ》は漠然とした不安に包まれていた。鉄道同好会と鉄道旅同好会。確かに違うのだろうけれど、それを踏まえて記事を書いてと言われても、もともとたいして文章に自信があるわけでもないし、自分にできるのだろうか。

しかし、やらねばならない。

西神奈川《にしかながわ》大学鉄道旅同好会。

この同好会に入会する為に、わざわざ東京《とうきょう》に出て来たのだから。いや西神奈川大学というくらいだから東京ではなく、神奈川県だけど。でも香澄は東京都に住み、東京の大学に通っている。やむを得なかったのだ。西神奈川大学に入学したいなどと言っても実家がゆるしてくれそうになかったし、住むところもあらかじめ、都内の女子学生専用マンションと決められてしまっていた。広島《ひろしま》県内でも有数の進学校に通い、東大も京大も充分射程圏内と模擬テストで保証されていた香澄が、突然、東京の私立大学、それもお世辞にも受験偏差値が高いとはいえない西神奈川大学に進学したいと言い出したりしたら当たり前だが一悶着《ひともんちゃく》あっただろう。どう理屈をこねてみても両親を納得させることは難しい。しかし捨てる神あれば拾う神あり。もう家出でもするしかないのかしら、と思い詰めて眺めていた鉄道旅同好会のホームページに、東京聖華《せいか》女子大学、という文字を見つけたのだ。西神奈川大学鉄道旅同好会は、東京聖華女子大学の旅行同好会と「友好サークル」として学生同士の交流をしていたのだ。東京聖華女子大の旅行同好会に在籍していれば、西神奈川大鉄道旅同好会の例会に出たり、夏の研究旅行に参加したりできる、とあった。しかも、希望すれば東京聖華女子大学生が西神奈川大学鉄道旅同好会の正式会員にもなれるのだ。東京聖華女子大はまあまあの受験偏差値で、香澄の在籍している高校からも進学者がけっこうたくさんいる。香澄は賭《か》けに出た。第一志望を東大にして、東京聖華女子大をすべり止めにして受験したのだ。もちろん東大の方は受かるつもりはなかったし、実際、試験問題を見た時に、手抜きしなくてもこれはだめだ、と納得した。そして東京聖華女子大にはきっちり合格した。それでも両親は、浪人していいからもう一年頑張ったらどうかと最後までぶつぶつ言っていたが、なんとか上京のゆるしをくれた。

が、第一関門は突破したものの、第二関門が香澄の目前に立ちふさがった。旅行同好会に所属して、いそいそと鉄道旅同好会の例会に参加したその席で、鉄道旅同好会は新規参加者の募集を停止している、と告げられてしまった。

体重は軽く百キロを超えそうな巨体に丸い鼻とぷっくりとした福耳、という印象的な風貌《ふうぼう》の鉄道旅同好会会長・井上大吾郎は、白いハンカチでせっせと汗を拭《ふ》きつつ、言った。

「うちの同好会は会員数最大十五名、って決めちゃってるんですわ。今年の新入生二人でちょうど十五人なんで、今年は聖華さんからの会員登録は停止させていただきますんで」

実にあっさりと、井上は言ってのけた。

香澄は焦った。このままでは目的が達せられない。ゲストとして活動には参加できても、正式な会員にならなければ。どうしても。

香澄は粘った。粘るしかなかった。何かの事情で一人、会員が辞めれば、一人新規入会が認められるのだ。なんとしてでもその席を確保したい。

しかし定員満席である以上は、空きができるまでじっと待つしかなかった。

待つこと十ヶ月。

卒業単位が揃った最上級生の会員四人が、二月一日をもって引退、OBへと昇格。春の新入生の為に三人分の席は確保されることになり、一席だけ、空きができた。入会希望者は香澄一人である。そもそも東京聖華の学生はわざわざ入会などしなくても自分のところの活動に身を入れていればいいのだし。つまり香澄は、物好きな女、として入会審査を受けることになったのだ。

そしてその入会審査が、鉄道旅webレポートなのである。


「そんなに難しく考えなくていいのよ」

井上は大豆バーをむしゃむしゃかじりながら言った。

「不合格でもただwebに掲載しないってだけで、またチャレンジしてくれればいいから」

「でも合格をいただくまでは、正式な会員にはしていただけないんですよね？」

「まあそうだけど。でもそんな正式会員にこだわんなくても」

「四月までに合格できなくて、それで新入生が四人以上入会希望で来ちゃったらどうなるんでしょうか」

「新入生はひとまとめで考えてるから、十五人の定員超えちゃっても希望者は全員入会させるつもりだけど。でも毎年、そんな来ないよ。ほらうちの同好会、新入生の勧誘って一切しないから」

「でも……ｗｅｂが有名ですよ。鉄道ファンの間では」

「それはそうなんだけど、鉄道ファンの中でうちの大学に入学して来て、しかも鉄道研究会が別にあるのにそっちに入らずにうちに入ろうなんて奴は、そんな多くないのよ。まあね、あのｗｅｂはちょっとその、自慢なわけだけど」

　西神奈川大学鉄道旅同好会のｗｅｂサイトは、閲覧数も多く、書籍化されてそこそこの売り上げ実績をあげているほど評価が高い。と言っても特別すごい企画や仕掛けがあるわけではなく、世界中のありとあらゆる鉄道・電車に乗り、一つの路線を起点駅から終点駅まで乗車して、各駅に降りて（これは不可能な場合もあるので可能な限り）、紀行文を掲載する、それだけのものなのだが、学生の特権で時間にしばられないのんびりとした旅程と、貧乏旅行ゆえの斬新《ざんしん》でつつましい視点やハプニングの数々などがウケていて、書籍化もすでにシリーズ三冊目となっている。

「あ、合格の時は著作権、悪いけど会の方に委譲して貰《もら》うことになるんで、それだけは承知しといてね。本になる時はいちおぅ契約書作るからサインして貰うことになるけど」

つまり印税はすべて会の収入となり、記事を書いた学生個々に支払われることはないわけだ。もちろんそんなことは何の問題でもない。西神奈川大学鉄道旅同好会の一員となってwebの記事を書くことは、香澄にとって目標に近づく第二関門であり、関門突破の為には自分でお金を払ってもいい、くらいのものである。実際には香澄は貧乏学生だったので、払うお金など持ち合わせてはいないのだが。

「とにかくさ、四月までにいい記事が書けなかったら、またその時に考えればいいじゃない。ほんと、そんなムキになって正式会員なんかにならなくてもいいと思うよぉ」

ムキにならざるを得ない事情が、香澄にはある。その為に、進路まで変えて上京したのだ。

そんなわけで、香澄は大きくひとつ溜《た》め息をついて、パソコンを終了させた。

webは読んだ。わざわざプリントアウトして隅々まで。その他に、関連しているwebサイトやリンク先、他の大学の似たようなwebも読み漁《あさ》った。

結論としては、筆力より体験だ、ということだった。

確かに西神奈川大学鉄道旅同好会webの記事は文章レベルが高い。素人の学生が書いているものとは思えないほど、文章がなめらかで読みやすく、構成もそつがない。が、それは部員各自の文章力がいちように高いからではなく、歴代会長の文章力が揃って優れていたからであるらしい。要するに、鉄道旅同好会の会長に就任できる人材に求められるものとして鉄道おたくであることは当然ながら、もうひとつ、web記事を校正・編集する文章力が高いということも重要なのである。

現在も、web記事の原稿はすべて会長の井上が目を通し、校正する。時には書いた部員に了解をとった上で書き直しもするらしい。逆に言えば、文章は下手でも構わないわけである。つまり合否の判定には文章力はあまり関係がないのだ。

重要視されるのは、たぶん、体験そのものなのである。

web記事を読んでまず感じたのは、とにかく筆者が体当たりである、ということだった。

単に電車に乗って各駅で降りる、というだけではなく、どの記事でも必ず何かしらの「事件」が起こり、筆者はそれにまきこまれている。とあるローカル線では真っ昼間に狸が線路に出現、あわや投身自殺寸前で急停車、おかげで手にしていた駅弁を前の席のおばちゃんの膝《ひざ》にぶちまけた、とか、窓から顔を出していた子供がビニールの人形を手放してしまって、それが風に飛ばされて後ろの窓から見ていた筆者の顔面直撃鼻血大出血、とか。事件としては実にくだらないのであるが、確かに楽しい。しかもそうした珍事とその電車の雰囲気や特徴とが自然に結びつけられている感があるのは、やはり筆者が電車に乗ることそのものをこよなく愛し、心底楽しんでいるからなのだろう。しかし、もともと香澄にはそこまでの鉄道愛、電車愛がない。旅をすること自体は普通に好きだが、別に電車でなくても、飛行機でもバスでも車でも旅は旅、交通手段にこだわりなどなかった。しかもこんなハプニングというのは、起こそうとしても起きるものではないだろう。つまりどんなに意気込んでみたところで、合格できるような紀行文が書けるかどうかは運次第ということになる。

2

こどもの国線《くに》、を選んだのは、学校からそんなに遠くなくて路線が短い、ただそれだけの理由である。

横浜《よこはま》高速鉄道こどもの国線、または東急《とうきゅう》電鉄こどもの国線。東急田園都市《でんえんとし》線の長津田《ながつた》駅から恩田《おんだ》駅を経てこどもの国駅まで、全長わずか三・四キロの短い通勤線である。皇太子殿下（現天皇陛下）のご成婚を記念して多摩《たま》丘陵に開設された『こどもの国』へのアクセス電車として一九六七年に開業したが、沿線住民の通勤の足として通勤電車に転用されるべく、一九九七年に横浜高速鉄道が第三種鉄道事業免許をこどもの国協会から譲渡され、車両と施設を所有することになった。そしてそれまで長津田駅とこどもの国駅の二駅しかなかったところに、恩田駅を新設してすれ違い運行を可能にし、二〇〇

白い、というほどのものでもないか。

　まだ午後一時台だったが、長津田からの乗客は思ったよりも数がいた。半分は制服の学生で、二月、という季節柄、受験だなんだと学校授業も不規則なのだろう。平日でも早く家に帰ることが多いのかも。あとは、主婦らしい女性、お年寄りの男女、それに若い学生風の男女。彼らはこの路線の沿線で暮らす大学生だろうか。

　発車時刻が来ると、電車はどうということもなくあっさりと滑り出す。横に東急田園都市線の線路が並び、さらにそのずっと奥にはＪＲ横浜線の線路もある。だがこどもの国線は、駅を離れてすぐにそれらの線路と分かれて孤独な道を進む。わずか三キロちょっと、ゆっくり歩いても一時間ほどか。

　座席に座ってさりげなく車内を見回してみたが、何か面白いことが起こりそうな気配などはまるでなかった。はじめは予想していた通り、住宅街の中を走って行った。が、線路のほど近くに緑の丘が見えている。樹木も茂り、そのあたりがまだ未開発の山林だった時代の面影がもしかしたら残っているのかもしれない。と思っているうちに電車は恩田駅に着いてしまった。短い。居眠りをする暇すらない。

　恩田駅で降りた人はそこそこいたが、乗り込んで来たのは二、三人だった。そのまま座席に座っていても何も起こりそうになかったので、ドアのところに立って外を眺める。恩田駅に着く手前に車両基地のようなものが見えた気がしたので後方を見てみたが、もう見えなかった。このまま終点まで行っても何も見つからなければ、帰りに恩田駅で降りてあの車両基地まで歩いてみよう。車両基地などをテーマにしたら、あの巨体の井上会長にまた言われるかもしれないが。あのね、うちは鉄道研究会じゃないのよ、鉄道旅同好会なの。車両基地なんてそんな、ふつーに〝鉄〟しか興味なさそうなものじゃ合格にはできないなあ。

だって、なんにもないんだもん。

香澄は今さらながら、路線の選択を誤ったことを悔いていた。わずか三キロ、たった三駅。それで鉄道旅の面白さなど書けるわけがなかった。

もうひとつ溜《た》め息をつく間に、終点のこどもの国駅に到着した。とりあえず降りるか。

朝から天気予報では天気が崩れると出ていたので、折畳みの傘はバッグに入れてある。ホームに立つと空気が湿って冷たくて、ああもうすぐ雨になりそうだ、とわかった。デジカメを取り出してホームと電車の写真を何枚か撮り、切符を自動改札に入れて外に出てみた。駅前にコンビニがひとつ。あとはすぐ先が『こどもの国』に通じる並木と歩道橋。左手には別の道もあるが、見渡した範囲では、畑と住宅、倉庫のような建物、それに道路しかない。『こどもの国』に入ってみようか。

東京や神奈川で生まれ育った人間ならば、遠足か何かで一度くらいはみんな来たことがあるのかもしれない、『こどもの国』。現在の天皇陛下、かつての皇太子殿下のご成婚を記念して作られた自然遊園地で、広々とした園内は池や芝生などが点在しているらしい。香澄は関東の出身ではないので、ここには今日はじめて来た。

入り口に通じる小道の両脇には、葉の落ちた古木が並んでいる。桜のようだ。そう言えば『こどもの国』は、桜の名所だと聞いたことがある。だけど『こどもの国』に入って何か書く材料をみつけたからと言って、それが「鉄道旅」の記事になるのかしら。『こどもの国』には広い駐車場があり、電車を使わなくても来ることができるし、小田《おだ》急《きゅう》線の町田《まちだ》あたりからバスでもアクセスできるはずだ。うーん。香澄は立ち止まり、また駅へと引き返した。記事にしたいのはあくまで、横浜高速鉄道こどもの国線、のお話なのだ。駅周辺の観光地めぐりなどしても合格させて貰《もら》えそうにない。


ふと、その男性に気づいた。駅に戻って百五十円の切符を買い、改札を通ろうとした時だった。

ホームに立ったまま改札を見つめている、男。

見覚えがあった。そう、長津田から乗って来た人だ。香澄のちょうど向かい側の座席に座っていた。

改札、出ないの？　男は、香澄の視線に気づくとそのままホーム中ほどへと戻ってしまった。

改札の手前、左側に何か箱のようなものがある。近づいてみると、緊急連絡用ＦＡＸだった。なるほど、この駅は無人駅なのだ。何かあった時には直通電話で連絡しなくてはならないが、耳の不自由な人には電話が使えない。それでＦＡＸが用意されているらしい。

都会に勤める人が毎日利用する、小さな無人駅。うん、こっちのほうがテーマとしてはいいかも。だけどただ緊急用のＦＡＸがあった、というだけでは、旅のお話にはならないし……隣の恩田駅で何か見つかるといいんだけど。

「よっ！」

「わあっ！」

香澄は驚いて文字通りぴょんと飛び上がった。いきなり背中を叩《たた》かれたのだ。振り向くと、井上がにこにこ笑っていた。

「か、会長さん……」

「どう、いいネタ見つかった？」

「い、いえあの、でもどうして？　会長さん、この近くに住んでいるんですか？」

「僕は町田。まあ近いっちゃ近いけど、この電車は使ってないよ」

「それじゃ、もしかして」

「初めてだとネタ探しに悩むんじゃないかなってね。ほら、活動予定表に、今日、こどもの国線乗車予定、って書いてたでしょ」

ああそうか、確かに。同好会では、会員が鉄道事故などに巻き込まれた場合を考えて、会の活動として鉄道を利用したり旅行したりする場合には、活動予定表を提出することになっている。香澄も今日のこの乗車について、おおまかな予定を出してあった。

「初めてなんで短い路線がいいかなと思ったんですけど、考えが浅かったです。あんまり短くて、書くようなことは何も見つからなくて」

「そうかなあ。ほんとに書くこと、みつからない？」

「隣の恩田駅に電車の車庫というか車両基地みたいなものがあります。そこに行ってみます」

「ああ、あれね。長津田車両工場の特修場。まあ面白いよ。でも」

「はい、わかっています。鉄道旅、じゃないと」

「いやまあ、あそこをテーマにしたって鉄道旅については書けると思うけど。ただ、それだとこの路線を選んだ意味があるかな」

「でもあそこには、ここの車両も入るんでしょう？」

「うん。それだけじゃなくて、東急全線の車両のドックになってるよ。つまり、この、こどもの国線だけのものじゃないんだ。全線で使用されている車両の検査や修理の他に、古くなった車両を改造したりもしてる」

「改造？」

「ほら、国鉄が民営化されて、地方の赤字路線が第三セクター方式なんかで経営されるようになって、どこも経費削減で大変なことになっちゃったでしょ。それで最近ではね、こういう都会の私鉄の古い車両を買い受けて走らせるローカル鉄道が増えてるんだ。都会の私鉄はダイヤが過密で車両の消耗も激しいから使用基準も厳しいけれど、本数の少ないローカル鉄道でなら充分走れる車両がもったいないでしょう。で、修理して改造しておろすわけ」

井上は、ちょっと肩をすくめた。

「そんなわけで、あそこはちょっと車両好きな鉄野郎には興味のひかれるところだからね……古い記事だし書籍化の時は省かれたかもしれないから、君は読んでないだろうね、実はあそこのことは、前にweb記事になってるんだ」

ええっ。

なんだ……香澄は落胆した。

「だったらわたしなんかが知識もないのに書いても意味ないですね……」

「まったく新しい視点で書ける自信があるならいいと思うけど」

「そんなもの……ありません。あるわけないです」

「うーん。だったらどうする?」

どうする、と訊《き》かれても。香澄は途方に暮れた。その時、ホームのベンチに腰掛けているさっきの男が目に入った。

「知りあい?」

井上が訊く。香澄は首を横に振った。

「あの人……改札を出なかったんです。長津田からここまで乗って来て、改札を出ないでああして」

「長津田に戻るつもりかな」

「わかりませんけれど……恩田に用があって乗り過ごしたのかも」

「たぶん違うね」

井上は、ふふ、と笑った。

「実は僕もあの人に見覚えがあるんだ」

「え？」

「さっきも同じ電車に乗っていた。つまり、ここで君と会う一時間近く前の話だよ。僕、こどもの国をちょこっと散歩して来たんだから」

「それってつまり……あの人、外に出ないで長津田とここの間を？」

井上は頷《うなず》いた。

「おそらくそうだろうね。何往復もしてるんだ、改札から出ないで」

「どうしてそんなこと」

「どうしてだと君は思う？」

「さあ……あ、長津田駅からこの電車に乗るには切符を買わなくてもいいですよね」

「まあね、改札がないから、あそこには」

「だとしたら、恩田でもここでも改札を通って外に出なければ、タダで何往復でもできちゃいますよね！」

「まあ、そうだけど。でも何の為にそんなことするの？」

「……時間潰《つぶ》しとか。えっと……営業の仕事をさぼってるとか……あ、会社クビになってすることないとか……」

「たとえそういう事情ですることや居場所がないとしても、どうしてこの路線でたった三駅の間を往復しているんだろう？　タダで時間の潰せるところなら、公園でもいいよね」

「じゃあ、鉄道が好きな人だからとか」

「訊けばいい」

井上は笑顔で言った。

「あれこれ勝手な想像するのも楽しいけど、たまには訊いてみるのもいいと思うよ。四十九院くん、忘れたらいけないことだから言うけど、鉄道ってのは人を乗せる為に走ってる。貨物列車だって、誰かの為に物を運ぶ為に走ってるんだ。ただ機械が走ってるから面白いんじゃなくてね、走ることが人の生活といつも結びついているから面白い、僕はそう思う」

井上は、すたすたと男に歩み寄った。香澄も慌ててあとに従う。井上は男の横に、巨体に似合わぬ身軽さでひょいと腰掛けた。

「冷えますね。天気予報ではそろそろ雨になるらしいけど、もしかすると雪かなあ」

男は顔をあげ、無邪気な顔で笑いかける井上を見て、少し頬をゆるめた。

「確かに冷えます」

「失礼ですけど、あなたも鉄道愛好者でいらっしゃいます？」

井上の問いに、男は意表をつかれた顔になった。

「鉄道……ですか」

「いえ、我々は鉄道研究会なんです、大学の」

鉄道旅同好会と名乗りたいのをぐっと我慢したのだろうか、わかりやすくする為に。

「先ほどから、長津田とここの間を往復されているようでしたので、我々と目的が同じなのかなあ、と」

「ああ」男は苦笑するような顔になった。「そういうことですか。……ええ、鉄道は好きですよ。特にこの路線は。……昔、まだ恩田の駅がなかった頃……家族で日曜日ごとに来てました。こどもの国」

「通勤線になる前ですね？　あの頃は、こどもの国がしまる時刻に最終電車だったりしたんですよね」

「そうでしたかね……確かにそんな気もします」

「もうお子さんは大きくなられて、こどもの国、にはいらっしゃらなくなった？」

「……たぶん、そうでしょう。……子供たちはもう高校生ですから。と言っても、今は大阪《おおさか》なんですが。……離婚して、妻と子供たちは妻の実家に戻りました」

井上は何も言わず、ポケットからガムを取り出した。男は頭をさげてガムを一枚、受け取った。

「早期退職に応募しました。半ば強制されたようなものです。辞めたらもう次の就職先があるかどうかわからないとわかっていますが、退職しなければもっと事態が悪くなりそうで。割り増しの退職金が出たので、来週、千葉《ちば》の田舎に戻ります。田舎に引っ込んだら仕事なんかもっとないけど、畑がね、少しあるんです。切り詰めて生活すれば、年金がおりる歳まで退職金で食いつなげる。実家なら家賃もかからないし。ふた親ともももう死んじゃってて、今は空き家なんですよ。なんとか修理してそこで暮らします。もう都会とはお別れです。この電車にも、二度と乗ることはないでしょう」

「お子さんたちとの……思い出の電車、ですか」

「思い出というよりは……わたしの、後悔というか……わたしはこの駅の改札を出る資格がないんです。この駅は、ここの改札は、こどもの国、に通じている。妻や子供たちを裏切ってしまったわたしはもう、ここの改札を通ってこどもの国に行く資格はない」

「でも」

井上は静かに言った。

「出てみたいんじゃないんですか。出てみたいから……何度も往復してるのでは」

男はだまって、ガムを噛《か》みはじめた。

電車が入って来た。井上は立ち上がった。香澄もまた慌てて立ち上がった。

「せっかく駅があるんだから、電車を降りたら改札の外に出てみないともったいないですよ。駅ってのは、線路と町とを結びつける装置だから。僕は若輩者で、父親になることがどういうことかなんてまだわからないけど、もう二度と乗らない電車なら、この改札、通っておいた方が心残りにならないのかな、なんて。あ、すみません余計なことぺらぺら。それじゃ我々、長津田に戻ります」

井上は威勢よく頭をさげる。香澄もつられて最敬礼して、二人は電車に乗り込んだ。

「乗って来ませんでしたね、さっきの人」

電車が走り出してから香澄が言った。

「改札、出たのかしら」

「さあねえ。我々にはなんともわからないことだから」

「……そうですね」

「だけど、訊いてみるといろいろ、考える材料にはなったでしょ」

「はい」

香澄は大きく頷《うなず》いた。

「なんとか書けそうです。こどもの国線の物語」

「三キロちょっとしかないからネタがない、そういうもんでもないでしょ」

「……はい」

「電車には人が乗る。人が乗れば、乗った人の数だけ、出来事があるもんです」

「本当にその通りです」

「それが鉄道旅、です」

「はい」

「次の恩田駅で降りましょうか」

「はい？」

「全駅で降りる。これ、ルールだからね。それに恩田駅の横には、ちょっとビールなんか飲める店があるし。ドッグカフェでね、ドッグランまで付いてる洒落《しゃれ》た店です」

「……井上さん、やっぱりこの路線、詳しいんですか？」

「まあいちおう、首都圏の駅でしたら」

「首都圏の駅はすべて……すべて乗り降りしたことが？　近くにどんな店があるかまで……まさかすべて……」

「それが西神奈川大学鉄道旅同好会です」

井上はきっぱり言って、ふああ、と欠伸《あくび》をした。

「四十九院くんは正式会員になりたいんでしょう？　理由はわからないが、どうしてもなりたい。だったらね、まずは乗ることだね。乗って乗って、乗りまくりましょう！」

はい、と返事をしつつ、香澄は小さな眩暈《めまい》をおぼえて、ふう、と息を吐いて座席に背中を押し付けた。

夜を走る
急行能登

1

「わ、もういっぱいいる、撮り鉄！」

石山美恵《いしやまみえ》がデジカメを取り出した。

「すごいね、あんなでっかいカメラ持って来てる！」

「あのくらいはまだたいしたことないですよ」

井上大吾郎が大欠伸をひとつして、言った。

「構内で撮る写真は望遠使う必要ないですからね。外で走っているのを狙うとなると、どうしても望遠が必要になることが多い。それにせっかく走っているところを撮るなら背景も撮りたいでしょう」

「でもみんな、どうしてあんなに熱心にあのブルートレインを撮ってるんですか？　ブルートレインが珍しいから？」

「あれが、もうじき姿を消す寝台特急、北陸《ほくりく》、なんです。我々が今夜乗る急行能登《のと》と、同じ路線を走る寝台特急です」

「あのブルートレインもなくなっちゃうんですか」

「とても残念ですよね。寝台列車ってのは、独特の雰囲気があっていいもんなんだけど」

「やっぱり飛行機には勝てないのかしら」

「いちがいに現代人が電車より飛行機を好むというわけではないですが、この路線に関しては寝台特急の分はだいぶ悪いです。ぐっすり寝ることができれば移動手段としては合理的なんですけどねえ、飛行機が安くなっちゃいましたから、コストパフォーマンスで負けてしまうんです。それに、北陸新幹線開通までもう秒読み段階みたいなものですから。新幹線ができたら東京—金沢《かなざわ》間は日帰り日程ですね」


今夜、西神奈川大学鉄道旅同好会と、友好関係にある東京聖華女子大学旅行同好会とは、合同で企画した一泊二日の合宿に旅立つことになっている。合宿、とは言っても、双方の大学共に後期試験を終え、無事に進級出来た者も出来なかった者も、とりあえず春休みに突入するということで、わいわいと旅に出て楽しく友好を深めましょう、というゆるいものだ。しかも自由参加、現地解散。今年は、この三月で定期列車としては姿を消してしまう夜行急行・能登に乗って金沢まで行き、各自自由に観光などして夕方から飲み会を開き、そこで解散である。そののちまた夜行で東京に戻ってもいいし、金沢に泊まって旅を続けてもいい。東京聖華女子大生でありながら、西神奈川大鉄道旅同好会にも正式会員として認められたばかりの四十九院香澄は、金沢から高岡《たかおか》に出て氷見《ひみ》線に乗ってみようと計画していた。四月の「例会」では最近一ヶ月以内にした鉄道旅についてのレポートを提出することになっているので、香澄はそれを氷見線でやってみようと考えていた。

今夜の急行能登で一緒に金沢まで行くのは七人。そのうち四人が聖華女子、三人は西神奈川大生だ。他にも何人か双方の会員が合宿に参加するが、半数以上の会員は試験が早く終わってそれぞれの鉄道旅行に出ており、別の日の急行能登ですでに北陸入りしている。香澄はまだ一年生なので教養課程科目までびっしりと試験があって、最後の試験を昨日ようやく終えたばかりだった。

「今からこんなじゃ、三月十二日には大変なことになるでしょうね」

ブルートレインをカメラにおさめようと群がる人々は、みんな夢中になっている。

「こんなに愛されているのに、消えてしまうなんてもったいない」

「まったくです」

井上は、腕組みしたままじっとブルートレインを見つめている。

「この青い列車は僕の子供の頃の夢でした。四十九院くんには話しましたっけ、僕は母子家庭で育ったんですが」

「いえ、聞いていないです、まだ」

「そうですか。ありきたりで湿っぽい話なんですが」

「構いません。聞かせてください」

井上は、巨漢、という言葉がぴったりの、縦も横もたっぷりと余裕のある体つきをした男だ。その大きなからだで腕組みをし、心持ち足を広げて立っている姿は、なかなか迫力がある。が、実際はごく温厚で、酒の席ですらはめを外すということもなく、いつも静かな口調でとつとつと、そして延々と、鉄道や電車の話を続ける。まさに鉄道おたく、世間から、テッちゃん、と呼ばれる人種の典型である。しかし西神奈川大学には、鉄道研究会、という名前のもう一つ別のサークルがあり、そちらには王道の鉄道おたくが集まっているらしい。鉄道旅同好会の方は、そうした筋金入りの鉄道おたくとはほんの少し相いれない、独自の路線を行く者たちの集まりなのだ、と説明されたことがある。井上のような人物が、なぜ、鉄道研究会ではなく鉄道旅同好会を選択したのか、香澄はとても興味を持っている。だが井上は、鉄道や電車のこと以外ではあまり喋《しゃべ》りたがらない人間だった。その井上が自分語りをしてくれるというので、香澄はブルートレインから目を離した。

「父親は僕がまだ保育園に通っている頃に交通事故死しちゃったんです。事故を起こした相手は免許とりたての学生だったとかで、保険も無制限をつけてなかった。詳しいことは知らないんですが、要するに、たいした賠償金も貰《もら》えず、大黒柱を失って母親が女手ひとつで僕と兄貴と妹の三人を育てることになっちゃったわけです。母はスーパーでパートしてたけど基本、三人も子供がいたら主婦業に忙殺されますからね、結婚して以来フルタイムで働いたことがなかった。親戚《しんせき》やら友人やらに頼って、なんとか、小さな設計事務所の事務員の仕事を見つけたらしいですが、そこから貰う収入だけでは三人育てるのは無理だったんですね、まあお決まりですが、夜は近所のカラオケスナックでバイトするようになりました。要するに、僕たち三人は、朝起きて学校に行くまでのほんの一時間ほどしかまともに母親の顔を見られない、そういう生活になっちゃったわけです。夕飯は、母が設計事務所から帰って来る時に商店街で買ったコロッケだのなんだの、適当なもんばかりです。母はスナックで賄いを食べるんで、食事は三人で済ませます。慌ただしく総菜をテーブルに並べて、派手なワンピースかなんかに着替えて化粧して出て行く母を見送ってから、三人でテレビを見ながら食べる。それはそれで、けっこう楽しくてね。親がいないってのは幼い子供には不安である一方、ひどく解放感のあるもんです。兄貴は当時小学校の四年くらいだったかな、妹はまだ同じ保育園の下の方にいました。総菜を食べ散らかし、食器を適当に洗い、怒る大人がいないのをいいことに遅くまでテレビを見てね。途中で眠くなっちゃうんで、僕と妹はいつも炬燵《こたつ》で寝ていたようです。で、真夜中に母が戻って来てから、僕らは布団に追いやられた。周囲の大人は同情の目で見てたんでしょうが、当事者の僕たちはけっこうその生活が気に入ってましたよ。ただ兄貴は、僕や妹と違って父親の思い出もあっただろうし、僕らを保育園に迎えに行ったりするんで大変だったと思います。今でも僕は、兄貴には頭が上がりません」

井上は、言葉を切ってちょっと洟《はな》をすすった。思い出して泣いている、という顔ではなく、花粉症なのかな、という感じだった。

「で、とにかくそんな生活が三、四年続いたかな。僕が小学校の真ん中へんになる頃には、中学に進学して部活でいつも遅くなる兄貴にかわって、僕が妹の面倒みてました。夕飯もね、兄貴の帰りを待っていると妹が腹すかせて泣き出すんで、僕と妹だけで先に食べたりね。でも、なんにもわからない保育園児だった頃と違って、妹もいろいろ知恵がついていろんなこと考えるようになっていたんでしょうね、その頃から、よくグズッたりすねたりするようになったんですよ。女の子は僕ら男よりも精神年齢の発達が早いから、小学校にあがって同級生の家なんかに遊びに行くようになると、自分には父親がいない、母親もろくに家に帰って来ないみたいな境遇が理不尽に思えて来たんでしょうねえ。でも母はそれなりに頑張ってて、遠足の弁当なんかでもあからさまな手抜きしたりはしなかったですよ。友達に自慢できるほどのもんじゃなかったかもしれないけど、隠して食べないとなんないような、惨めなもんは絶対持たせなかった」

「働き者だったんですね、お母さま」

「ええ、働き者です。あの頃の母親の気力には頭が下ります。僕はまだ当分、というか、もしかしたらずっと結婚もしない、父親にもならないかもですが、子供の為にあそこまで必死で働けるというのはほんと尊敬します。ただ、その」

井上は、ちょっと照れたような顔をした。

「あの当時、母はまだ三十代後半くらいですからね、絵に描いたような賢母でいろというのも酷な話で。バイトがバイトだったから若作りで化粧も濃かったし、親しい男性というのもいたようなんです。うちに連れて来たりは絶対しませんでしたが、まあ、雰囲気というか気配でなんとなくわかっちゃうでしょ。妹は幼かったけど、さすがに女の子ですからね、そういうことにも敏感だったみたいで。要はストレスが溜《た》まっていたんですね、妹の幼い心の中にも」

構内アナウンスがあり、発車ベルが鳴った。お、出るぞ、と井上が嬉《うれ》しそうな顔になる。香澄も井上から視線を「北陸」の方に向けた。

ブルートレインが、ゆっくりと上野《うえの》駅を旅立つ。


香澄は、本当はさほど鉄道や電車には興味がない。とある目的の為に、どうしても、西神奈川大学鉄道旅同好会の例会に出席したかった。その為にかなりな無理もした。本来の志望大学とはまったく違った東京聖華女子大に入学したのも、旅行同好会が鉄道旅同好会と活動を一緒にすることが多い、という情報を得たからだ。

そんな香澄だったが、もうじき深夜になろうかという上野駅のホームを、青い寝台列車が北国に向けて旅立つその瞬間を見つめていると、その列車に乗りたくてたまらなくなった。その列車に乗って旅立つことは、他のどんな手段で旅を始めるのとも違う、特別な旅になる、そんな気さえした。

井上が、ほう、と深く溜め息をついた。

「いいなあ。やっぱりいいですねえ、ブルートレイン」

「なんだか……あれに乗ってしまうと、ぜんぜん別の世界に行けそうな気がしちゃいますね」

「そうでしょう?」

井上は嬉しそうにうなずいた。

「そうなんですよ。何か、ね、あの青い列車は特別なんです。夜を走るからかなあ。あれに乗ったらどこか、どこかまったく見知らぬ、まったく新しい世界に行ける。子供だった僕もそう思いました。あ、さっきの話の続きですが。おっと、そうだ能登が入って来ますよ、ホーム、移動しましょうか。急行券だけ出しといてくださいね、チェックされるから」

井上についてホームを移動した。「急行能登」が入って来るホームには、もう人だかりがしている。ホームの端に改札があった。急行券を持っていないとその先に入ることが出来ない。

「自由席が多いのと、大宮《おおみや》あたりまでは通勤する人たちの帰宅電車にもなってるんで、キセル防止ですかね。面倒くさいけど」

駅員は急行券を見せると、どうぞお入りください、と愛想よく言ってくれた。

ほどなくして列車が入って来る。

「わあ、懐かしい電車！」

「モハ489形、ボンネット型でサロンカーを有する列車です。このボンネット型のクリーム色と赤の車体は、僕らより上の世代、横川《よこかわ》の急勾配《きゅうこうばい》があった時代を知っている人たちにはすごく馴染《なじみ》のあるものですね」

「サロンカーが付いているんですか？」

「もともとは客車をコンビニに改造したものだったんです」

「コンビニ！」

「洒落《しゃれ》ているでしょ。『白山《はくさん》』という特急に使われていたんです。列車名表示のとこに林檎《りんご》がついた、とてもお洒落な特急でした。今はもう廃止になって、その車両がこの、急行能登に流用されたんです。でもコンビニは営業してません。そのコンビニに改造した車両をさらに改造して、サロンカーにしてあります」

「わたしたち自由席ですけど、入れます？」

「もちろん。消灯時刻まではサロンカーで軽くやろうと思ったんで、買い出し係の伊藤《いとう》につまみも缶ビールも頼んであります」

いつのまに集まって来たのか、こっちのホームもカメラを手にした「撮り鉄」で埋まってしまった。

「そろそろ列に並びますか。あ、伊藤、おーい、こっちだ！」

エコバッグなのか、派手な色と柄の袋を両手にぶらさげた伊藤建治《けんじ》と、同じように袋をさげた真山亮一《まやまりょういち》が走って来る。

「会長、おはようございまーす」

「ばか、芸能人じゃないんだからこんな時間におはようじゃないだろ」

「あれ、二人だけ？　他の人たちは？」

「写真撮ってると思います。あ、いた」

香澄が手を振ると、美恵が撮り鉄の塊の中からカメラを振った。

「熱心だなあ、皆さん」

「おまえ、俺らだって鉄道旅同好会なんだから、列車の写真くらい撮らないかんだろう」

「そんなこと言って会長だってカメラ出してないじゃないすか」

真山が笑った。

「こいつの写真なんか、アルバムいっぱい撮ってますよね、会長は」

「それほどじゃないよ」

「とかなんとか言って。最後はやっぱ、最終日狙いですか？」

「最終日は大変なことになっちゃうだろうなあ。むしろ外で撮ろうかと思ってる」

「ポイントはどのあたりですかね」

三人の会話はもう、香澄や美恵の知識と興味の範囲を超えてしまった。どこからか、近藤美樹《こんどうみき》と坂口真梨子《さかぐちまりこ》も姿を現す。美恵は香澄と同じ一年生だが、真梨子と美樹は一つ上級生だ。四人の中では、やはり美樹が飛び抜けて美人だ。美樹の顔を見ると、三人の男たちは途端に目尻《めじり》を下げる。井上まで少しふにゃっとした顔になったのが、香澄にはわずかに不満だった。

自由席なので、ドアが開くまで並んで待つ。まだこの「能登」の定期運行が廃止になるまで二週間近くあるせいか、今夜の列車は空《す》いているようだ。自由席の列には、バッグひとつのＯＬらしき女性や、赤い顔のサラリーマン風の男性が多く並んでいる。高崎《たかさき》までは通勤客が利用する率も高いらしい。

香澄は期待して待っていたが、井上は話を途中にしたまま、もう続きを話す気がないかのように、仲間と鉄道談義に夢中になってしまった。

幼い心で人生の不公平を知ってしまった井上の妹は、いったい何をしたのだろうか。井上の記憶の中で、そのこととあのブルートレインとはどんなふうに結びついているのだろう。

ようやくドアが開いた。

「どうします、会長。寝るんだったら四つ、おさえちゃいますか」

「今夜は空いてそうだから、高崎過ぎたらもっとゆったりできるよ。どうせサロンに行くんだから、とりあえずは二つでいいんじゃないか」

伊藤が座席の背もたれを動かし、ボックスを二つ、通路を挟んで確保した。

「さて、サロンのソファを確保に行くか」

荷物だけ置いて井上たちはそのまま車両を移動する。

「君たちは能登、初めてでしょう。いろいろ見て来たら？　サロンカーの方にいますから」

「あ、じゃ写真撮って来よう」

真梨子と美樹が言った。

「会のブログに載せたいんです」

「あれ、だったら案内しますか、俺」

伊藤がすかさず言った。下心が見え見えで一同が笑う。

「ま、いっか。もうじきこの『能登』ともお別れだからなあ。ゆっくり案内して来てやれよ」

井上の言葉に伊藤と真山は嬉しそうにうなずいた。

「美恵も、自分のブログにのっけるんでしょう？」

香澄は水を向けた。

「一緒に行って撮っておいでよ」

「え、でも、荷物あるでしょ。ビールとか」

「あたしと井上さんで運んでおくよ」

「いいの？」

「うん」

香澄は自分から二つ、袋を手にした。

「あ、そっち重たいです。飲み物入ってるみたいだから。それ僕が持ちます、こっちお願いします」

井上が袋を取り換えてくれた。香澄は井上について車両を移動した。


「わあ、なんかいい雰囲気」

サロンカーは、香澄が思っていたようなよそよそしい雰囲気ではなかった。進行方向向かって右の窓際には一人ずつ座ることのできるスツールタイプの席があり、窓の外を流れる景色を見ながらぼんやりできる。左側には弧を描くようにソファが配置されていて、窓にそってテーブルもあった。どことなく昭和の印象がある、そんな空間だ。あるいは、下町や田舎町に残された、町に馴染《なじ》んだスナックの店内。

二つあるソファすべて使っても七人が座るには少し狭そうだったが、カウンタータイプの椅子にはすでに乗客が二人ほど座っていたので、ソファに荷物をおいた。

「我々だけで占領してしまうのもなんですからね、もし他の乗客が来たら半分は空けましょう」

「もうじきなくなっちゃうのに、この列車、思ったよりも空いていますね」

「平日ですからねえ」

「でも、駅にはあんなに鉄道ファンがいたのに」

「そのあたりが、切ないところです。鉄道を残したいなら乗客となって乗るしかない。しかし鉄道ファンだって普段の生活はあります、会社が休みでなければそんなに気ままに旅ばかりしてはいられない。鉄道ファンだけでは、鉄道を残すほどの乗客にはなれないわけです。普段の生活や仕事の中で乗ってくれる人が増えなければ」

「それは、難しいですね」

「難しいです。日本の面積を考えると、交通網がこれだけくまなく繊細に発達しているというのは、奇跡なんですよ。それだけに、利用者には常に選択権があります。車を使うか飛行機に乗るか、それとも列車にするか。時間と交通費を考えた時、結果はおのずと明らかですね。ただ……選択肢のない人もいる。そのことを人々が忘れてしまうのは、悲しい」

「車の運転が出来なかったり」

井上はうなずいた。

「空港まで遠かったり。自力で移動する力の弱い者にとっては、駅にさえたどり着けばどんなに遠くまでも運んでくれる鉄道は、とても心強い味方です。列車がひとつ廃止になると、出かけて行くことが難しくなる人が必ずいるわけです」

井上が缶ビールのプルトップを引っ張ったので、香澄も一缶手にした。つまみの入った袋から、サキイカとポテトチップスを取り出す。

アナウンスが入り、発車のベルが鳴った。

ゆっくりと、ホームが遠ざかる。


「さっきの話に戻りますけど」

井上は、香澄が聞きたがっているのを承知してるという顔で言った。

「僕も、選択肢を持たない弱者でした。小学生だったんだから、当たり前ですが」

鉄道唱歌がスピーカーから聴こえて来た。アナウンスが入る。

「妹が腹にストレスを溜《た》め込んでいると気づいていても、僕にはどうすることも出来なかった。妹はすねて、ごねて、それが日に日にひどくなるんです。でも兄貴は部活に夢中でね、気づかない。いや気づいていたのかもわかんないですが、それどころじゃなかったんでしょうね。中学に入って兄貴は、家族以外の繋《つな》がり、人間関係を新しく築かなければなんなかった。妹にとって兄貴は父親の役割も果たす存在でしたから、その兄貴が部活に夢中になっていたことも妹の気持ちをささくれさせていたんでしょうね。妹もかわいそうでした。普通なら女の子の可愛い盛りです、もっと家族に大事にされて甘やかされて、お姫さまでいられただろうに」

香澄は、自分が小学生の頃はどんなだっただろう、と思い返してみる。確かに小学校の低学年までは、お姫さまだったかも知れない。親に叱られた記憶もないし、何か辛《つら》いことがあった、という憶《おぼ》えすらなかった。毎日が楽しいことばかり、世界は優しい人ばかりで満ちていた。家族や周囲から可愛がられ、甘やかされて当然の日々だった。

「だけど、僕も子供だったわけです。妹の幼いわがままをすべて受け入れてやれるほど、心が広くもないし忍耐もなかった。ある夕方、兄貴は部活からまだ帰っていなくてね、僕は母が用意して行った夕飯をいつものようにテーブルに並べていた。おかずは……なんだったかなあ。アジか何かのフライだったか、それとも麻婆豆腐《マーボー》みたいなもんだったかな。電子レンジを使ったような記憶もあるけど、まあそんな記憶はあれこれいっぱい混ざってるでしょうから。それで、お絵描きかなんかして遊んでいた妹を呼んだ。ご飯食べようって。そしたら……妹がわめいた。何て言ったのか全部は思い出せないんだけど、兄ちゃんのバカ、とか、兄ちゃんなんか大嫌いとか、そんなまずいもん食べたくないとか、まあそんなことです。くだらない、何も考えないで口にした言葉です。でも」

井上は、ふー、と長く息を吐いた。

「僕ね、キレちゃったんですよ。ぷっつん、って」

井上がポテトチップスをぱりぱりと噛《か》んだ。

「限界だったんでしょうね。子供の僕には、限界だった。妹のことは好きでした。可愛いと思っていた。でも、やっぱりその瞬間、僕は憎んでしまったんだろうな……彼女のことを。僕は、黙って、泣き喚《わめ》いている妹を置いて、家を出ました。何も言わず、彼女見捨てて。そして歩きました。僕の実家から歩いて二十分くらいで、ＪＲの線路に着くんです。県庁所在地の町とはいえ、基本田舎ですから、線路は田んぼのすぐそばを通ってました。僕は線路に沿って歩き出した。あの頃僕は、たまにその線路に来ては、走る特急列車を眺めていたんです。いつかそれに乗って遠くに行く。どこか、自分が今とはまったく違う人生を歩める世界へと旅に出る。漠然とした憧《あこが》れでしたが、たぶんそう思っていたんじゃないかな。いつまでも、どこまでも、この線路が尽きるところまで。僕は……何時間も歩き続けた。細かいことはもう憶えてません。ものすごく腹が減って、すごくすごく足が痛かったことしか記憶にない。辛くて悲しくて、なんだかたまらなく腹が立っていた。だから泣いていたんじゃないかな。泣きながら、ひたすら歩いてたんですね。途中線路が道から遠ざかるところもあったし、トンネルに入っちゃって線路が追えなくなるところもあった。それでも諦《あきら》めませんでした。回り道して、田んぼを突っ切って、とにかくひたすら、線路の先に向かった。いつの間にかあたりはとっぷりと暮れて、夜です。月とか星とか、そんなもんも見たかもしれない。でも混乱して疲れてへとへとで、星が綺麗《きれい》だなんて考える余裕はなかった。もうだめだ、もう歩けない。僕は座り込みました。わけのわからない敗北感に打ちのめされて。そこに……来たんです」

「……来た？」

「ええ。現れました。夜を引き裂いて、ブルートレインが」

不意に香澄の脳裏に、その光景が浮かんだ。

絶望した子供の視界に、堂々と、そして無慈悲に割り込んで来た青い巨体。そしてそれは、絶望した子供を現実に置き去りにして、夜の中へと消えて行く。

「あの時の気持ち、今でもうまく言い表すことが出来ないんですよ。感動した、というのとは違う。びっくりした、というのとも、ちょっと違う。圧倒された、まあそれが近いのかな。ブルートレインはひたすら夜を突っ走り、どこか遠くへとたくさんの人を連れて行く。なんかその時……ああ、たいしたことじゃないな、と思った。別に妹が泣いて飯を食わないくらいのこと、たいしたことじゃない。自分は小さくて、無力で、世の中にはあんなでっかいものを運転したり、それに乗って旅行したりする人が大勢いるんだ。自分はまだ……まだ子供なんだ。大人になれば、あれに乗ってどこへでも行けるんだ。そんなことを考えたような気がします。僕はしばらく呆然《ぼうぜん》とそこに座っていて、それから立ち上がって、元来た道を引き返しました」

二缶目をあけ、井上は嬉《うれ》しそうな顔になった。

「家の近所まで戻って来た時は、明け方が近かったんじゃないかな。そこで僕を探して走りまわっていた近所のおじさんに見つけられて、家に引きずって連れて行かれて、母親に泣かれて、兄貴に頭をこづかれました。いろんな人からさんざ叱られて、学校でも先生に説教くらった。数日は大変でしたよ、会う人ごとに怒られた。でもね」

井上は、香澄を見た。

そしていたずらでも告白するように、言った。

「翌日から、僕は英雄になっていた。学校で同級生たちがみんな僕のとこに集まって来て、どこまで歩いたんだとか、何をしたんだとか訊《き》くんです。しばらくは有頂天でしたね、僕は。あれが、冒険なんだ、と思った。それにね、置き去りにされたことがショックだったのか、妹が僕にくっついて離れなくなっちゃって、ワガママも言わなくなったんです」

「遅くなりましたー」

美恵たちが賑《にぎ》やかにサロンカーに入って来た。香澄は、ビールに口もつけずに井上の話に聞き入っていたことに気づいて、慌ててごくりと一口、飲んだ。

2

サロンカーで高崎を過ぎるまで盛り上がり、通勤客の最後の一団がホームに下り立ってドアが閉まると、いよいよ急行能登は北国への長い旅路に入った。ビールやつまみの残骸《ざんがい》を片づけ、自由席に戻って寝る支度に入る。幸い、車内はとても空《す》いていて、座席を向かい合わせてボックスをいくつか作り、そこに一人〜二人ずつ向かい合わせに腰掛けて足を向かいの座席に載せる余裕があった。荷物を座席の間に配置して、膝《ひざ》が沈んで疲れないようにし、持参した寝袋にそれぞれ下半身を入れて眠る算段だ。暖房は入っているが、がら空きの車内は薄ら寒い。

香澄は洗面用具を持って、トイレと洗面所がある車両まで歩いた。途中、隣りの自由席を通り抜けた。そちらの車両も客は数えるほどしか乗っておらず、みんな座席を向かい合わせてボックスを作り、足を投げ出している。毛布を持参してくるまっている人もいた。彼らはこの列車の達人たちなのだろう。寝台設備のない夜行急行で快適に睡眠をとるノウハウをいろいろと持っているのだ。

この急行能登も、定期運行が廃止される日が近づけば別れを惜しむ乗客たちで賑やかになるのだろうが、それはほんの一時のこと。今のこの、がらがらに空いた客車が「現実」なのだ。人々が利用しなくなり、採算がとれなくなれば、民営化されたJRでは廃止される運命にある。どれほど様々な思い出を積んでいようと、どれほど哀惜を感じさせようと、一晩走るたびに赤字を増やす列車は、生き残るすべがない。

トイレも洗面所も、最近の列車ではあまり見ないレトロな雰囲気だった。それでも洗面所にはコンセントがついていて、お湯も出るのには感激する。香澄はシートタイプのメイク落としで化粧を落とし、化粧水をはたいて乳液を塗った。携帯用の歯ブラシで歯も磨く。こうして寝支度をしていると、夜行列車に乗っているのだ、という実感が湧いて来た。

香澄は美恵と二人でボックス席に寝る。美恵が、自分はトイレが近いほうなので通路側がいいと選んだので、香澄は窓際に座った。荷物で膝を支えるように工夫して置き、寝袋に下半身を入れてそのまま前に伸ばす。シートを少し倒して背中を伸ばし、ダウンジャケットを上半身に布団のようにかけると、ぬくぬくと暖かい。普通席の座席はあまり深く倒れない。グリーン車は上等なリクライニングシートで、かなりからだを寝かせられるので、寝やすいというので人気があるらしい。が、今夜くらい空いていると、四人席にして足を伸ばせる普通車自由席がいちばん快適だろう。

車内放送があり、朝まで放送がお休みになるので、降りる予定のある人は注意してください、と言う。

「真夜中に停まる駅で降りる人もいるのね」

美恵は横になって時刻表を開いた。

「直江津《なおえつ》から乗降できるみたい。まだ真っ暗よね」

「長岡《ながおか》は降りられないの？　スイッチバックでけっこう長く停車するのに」

「乗り降りはできないんじゃないかな」

車内のあかりはいつのまにか暗くなっていた。上野を出てからずっとからだが感じている振動にも、もうすっかり慣れて、乗り物の中にいるのだ、という感覚を忘れそうになる。

美恵はアイマスクをつけ、おやすみなさい、と言って静かになった。他のボックス席からも、おやすみなさい、の声が聞えた。

香澄は、もう少し起きているつもりだった。国境《くにざかい》の長いトンネルを列車が抜けて、雪国、に入る瞬間が見たい。

数日前に北陸は大雪になったらしいが、そのあと気温は急激に上がり、昨日、今日は全国的に春の陽気になった。雪国も春を迎えてしまったのだろうか。

高崎を過ぎると車窓に見えていた町の灯は目に見えて減り、黒々とした夜が窓の外に遠ざかって行く。列車は関東平野のはずれへと向かって突き進む。やがて木々らしいぎざぎざとした黒いものが増えて、ふと、ちらちら輝くものが光景に混じり始めた。と思うまもなく、雪景色に変わる。

国境のトンネルを出てから雪が見えるとばかり思っていたので、少し驚いた。やがて列車がすべりこんだ駅の駅名をちらりと見て、香澄は納得した。水上《みなかみ》。温泉のあるところ。その程度の知識しかないが、もうこの先まもなく、列車は長い、長いトンネルへと入って行くことになる。

子供の頃のようにガラス窓に顔をつけ、雪に覆われた線路脇の土手や月の光に輝く銀色の木立を眺めた。

鉄道好きというわけではないけれど、こうして乗り物に乗っているのは幼い頃から好きだった。自分は歩いても走ってもいないのに、自分のからだは遠くの町に運ばれて行く。それは、理屈ではなく、とても不思議なことに思われた。こうして大人になっても後ろへ飛去る景色を眺めていると、魔法にかけられたような不思議な気持ちになる。自分の足で歩いたわけでもない長い距離を、座っているだけで移動してしまうなんて。

もしかするとこれは、夢なのかもしれない。

列車に乗って旅をすることそのものが、夢なのだ。出かけて戻って来る旅の間の出来事は、本当は起こっていないこと。列車で遠くに運ばれているのはからだではなく、夢の世界にさまよいこんだ、心だけ。

香澄は黒い夜に白く浮かびあがる雪の線路をじっと見つめているうちに、すぅ、と眠りにひきこまれた。


ふと、瞼《まぶた》の裏側の色が変化した気がした。目を開けると、車窓に奇妙な光景があった。SF映画の一場面のような、無機質な灰色をした駅。ドームのような中にあるその無人のプラットホーム。あ、と思う間もなく、その駅は消えた。

香澄はまぶたをこすり、旅行バッグからファイルを取り出した。この旅行の為にインターネットで集めた資料をプリントアウトしたものが綴《と》じられている。

ああ、あった。この駅だ。土合《どあい》駅。いわゆるモグラ駅、というもので、トンネルの内部に作られている。ただし駅のすべてがトンネルの中にあるわけではない。ネットからダウンロードした記述によれば、駅舎は無人駅だがちゃんと地上にあり、上りホームも地上に作られている。下りホームだけが新清水《しんしみず》トンネルの中にあるのだ。上り下りホームの高低差はなんと七十メートル。しかも下りホームにエスカレーターは設置されておらず、下車した人は長い階段をひたすらのぼって改札に向かうことになる。

面白そうだけど、ちょっと大変。

鉄道旅同好会にかかわるようになって、日本という国には本当に面白い駅がたくさんあることを知った。鉄道そのものにではなく、駅だけに執着する駅マニアも大勢いるらしく、駅舎の専門雑誌があるほどだ。この土合駅にも、下りホームの写真を撮って階段をのぼり、インターネットに体験記をアップロードする為だけに利用するマニアがけっこう訪れているらしい。

ファイルから顔を上げてもまだ列車はトンネルの中にいた。本当に長い。このまま地下帝国にでも連れ去られてしまいそうだ。

ふと、あの人もこの急行能登に乗ったのではないか、という気がした。そしてこの長いトンネルに吸い込まれたまま、あの人の乗った能登はどこか見知らぬ世界へと走って行ってしまったのではないか……

鉄道旅同好会の正式な会員として認められ、正会員だけの例会に出ることはできるようになった。だが期待して出た例会では、何も手がかりを得ることが出来なかった。もっとも、香澄自身、どうやって探りを入れたらいいのかわからずにほとんど黙っていた、というせいもある。あまりに長い間、西神奈川大学鉄道旅同好会の例会に出ることばかり考え続けていたせいで、妄想に似た期待が膨らんでいたのだ。その例会にさえ潜り込めば、すぐにあの人についての情報が得られる、と。確かに、例会にはOBも数人参加していた。あの人と同学年のOBもいた。だが、あの人については、誰も口にしなかった。なんとか取っかかりをつけようと、それらしい噂を聞いたことがある、と言ってみたのだが、誰も反応しなかった。

列車がトンネルを、遂《つい》にぬけた。

トンネルに入る手前も雪景色だったせいか、トンネルの向こう側が暗闇に光る銀世界でもさほどの驚きはなかった。

それでも、想像していたより雪が少ない。雪国ももう春なのだ。

あ？

香澄は反射的に通路の方を向いた。通路を通り過ぎて行く赤いコートがちらっと見えたが、その姿を追っても座ったままでは追いきれなかった。

でも。確かにさっき、あの人は窓の方を向いていた。車内のあかりは消灯後なので常夜灯程度の頼りないものだったが、それでも、窓ガラスにはっきりと映ったのだ。女性の顔が。

あの人、いったい何を見ていたんだろう。

と思う間もなく、列車は越後湯沢《えちごゆざわ》の駅を通過した。

越後湯沢を過ぎてしばらくは、列車は雪景色の中をひた走る。香澄は次第にまた眠気に誘われ、いつのまにか寝入っていた。

3

不思議なことに、電車で眠っていると目を覚ますのは必ず、駅に停車している時だ。おそらくはからだがずっと感じていた振動と音とが不意になくなるので、何か変だ、と無意識に感じて目が覚めるのだろう。

香澄が目を覚ましたこの時も、急行能登は停車していた。

ここは……どこかしら。

直江津までは乗降はできないが、その前にこの列車が停車する駅がある。長岡だ。

香澄は慌ててバッグからビデオを取り出し、車窓に向けた。長岡駅は随分と大きな駅らしい。あかりのついたホームが線路を隔てた向こう側にも見えていた。

しまったなあ。本当は駅に着く前から撮っていないと意味がないのに。それでも何もないよりはましか、と、スイッチを入れる。用意して来たカードを窓にたてかけ、映りこむようにした。カードには←が書かれていて、上野からの進行方向を示している。車内に人の動く気配がしたので通路に目をこらすと、反対側のボックスにいた井上大吾郎が、寝袋にからだを入れたままで器用にたちあがり、向かい側の席に移ってまた寝てしまった。香澄は思わずしのび笑いを漏らした。さすが鉄道マニア、眠っていても長岡では意識がわずかに戻り、するべきことをしてしまうらしい。もう何度となくこの路線は通っているらしいので、今さら起きて見物するまでのこともないのだろうけれど。

そう、この長岡駅で、急行能登は進行方向を反対向きに変えるのだ。

スイッチバック。

そろそろと列車が動き出す。誰も乗り降りしないので、発車のベルも笛もない。

画面に映しこまれた矢印とは反対の方へと列車が進み、次第に速度を増す。もっと真っ暗だろうと思っていたのに、ホームには煌々《こうこう》と照明がついていて、ビデオで録《と》るには充分な光量だった。駅の周辺にある駐車場にはいっぱいに車が停まり、雪はさほど多くはない。眠りに沈んではいるけれど、長岡が大きな町であることはわかる。

ビデオを切って、香澄も反対側の座席に移った。眠ってしまえばどっちに向いていても同じようなものだが、目を覚ました時、やはり進行方向に向かって座っていた方が気分がいいだろう。

路線図の上で列車がどう走っているか頭に思い浮かべてみれば、進行方向が反対になることもさほど不思議なことではないが、知らずに眠っていて目を覚ました時に、反対の方角に列車が走っているように感じたとしたら、きっと、とても奇妙な思いがするだろう。眠る前に列車に乗っていたことそのものが、やはり夢だったのか、と思うかもしれない。

急行能登はこのあと、新潟《にいがた》の海沿いまで出て一路北陸を目指す。スイッチバック体験を確認して小さく安堵《あんど》した香澄は、枕代わりにしていたダウンジャケットをもう一度寝心地よく頭の下にあてがい直し、本格的に眠る為に目を閉じた。朝が訪れる頃には富山《とやま》県に入っているはずだ。

が、次に目が覚めたのも駅に停車している最中で、だが薄目を開けて窓の外を見ても、まだあたりは真っ暗だった。腕時計をホームのあかりに照らして見た。午前四時十五分。

ホームには人がいた。かすかに車内にも人の動く気配がする。

直江津だった。この駅で列車は三分も停車する。高崎を出て最初の、乗客が乗り降りできる駅になる。こんな早朝に着いても乗り換えの始発までかなり待たなくてはならないのでは、と思うのだが、驚くほど大勢の人が列車を降りたらしい。ホームを歩いて行く人の姿がまだ見えていた。さらに、こんな時間なのに乗って来た客もかなりいたのにはもっと驚いた。この人たちは車で駅まで来たのだろう。この列車はもうあと二週間で廃止になる。この時刻に乗って来た人たちは、富山や金沢で早朝から仕事があるのだろう。廃止されてしまった後、不便な思いをするのではないだろうか。

香澄は寝袋を出て、熟睡している美恵のからだをそっと跨《また》いで通路に出た。洗面所に行き、用をたして鏡を見た。もう一度眠るなら化粧をしないでいた方がいいが、たぶんもう眠れないだろう。決心してさっと顔を洗い、軽く化粧を済ませた。このまま戻ってもつまらないし、少し車内を歩いてみよう。

自由席は半分も埋まっていなかったが、みんな向かい合わせにしたボックス席をベッド代わりに横になっている。もし満席だったらあまり後ろに倒せないシートで一晩、座った姿勢で眠らなくてはならず、慣れていないとかなりしんどかっただろう。寝ている人を起こさないよう通路をゆっくり慎重に歩いて、自由席から指定席、さらにグリーン車、女性専用車両へと見学してみた。驚いたことにグリーン車はほぼ満席だった。シートがかなり倒せて寝やすいので、人気があるのかもしれない。

適当なところで引き返して自分の席へと戻りかけたところで、その女性に気づいた。

あの時の人だ。

顔にはっきりと見覚えがある。窓の外をじっと見ていた、あの人。

窓ガラスに映っていた顔は、くっきりとしたものではなかったが、一目でわかった。印象的な富士額に、真ん中で分けて頬へと垂らした長い髪。鼻筋が通り、目は切れ長で、どこか日本人形を思わせる風貌《ふうぼう》だった。

だが、あの時確かに着ていた赤いコートは座席に見当たらず、彼女は白いダウンジャケットを羽織っていた。車掌と何か話している。通路は狭く、車掌が立っているので横をすり抜けるのは大変そうだったので、香澄は少しの間、手前で待った。

「ええ、直江津からです」

女性がそう言っていた。

「金沢まで」

「ありがとうございます」

車掌が切符のようなものを手渡し、香澄に気づいてからだを座席のほうに寄せた。香澄は頭を下げて横を通り抜け、自分の座席に戻った。

美恵が座席に座り、寝袋から足を引き抜いていた。

「おはよう、もう起きたの？」

「うん。香澄は？　まさか徹夜？」

「ううん、こまぎれだけど合わせて二時間くらいは寝たかな」

「やっぱ慣れないと眠れないね」

「うん」

香澄は座席に座った。

「そろそろ糸魚川《いといがわ》かな」

美恵が時刻表を取り出した。

「うん、もう着く。直江津から先は、けっこう細かく停車するね」

「時刻的に、生活列車になるんでしょうね。富山を中心にした」

「長岡のスイッチバック、どうだった？」

「不思議な感じだった」

「あたしすっかり寝てた」

美恵はあくびをひとつして、立ち上がった。

「顔洗って来る」

「うん。ちゃんとお湯が出るよ」

「わあ、ほんと？　けっこういいよね、この列車。もうじき廃止だなんてもったいない」

美恵が歩いて行くのと同時に、列車は糸魚川駅にすべりこんだ。

隣りのボックスから井上が起きて来て、保温ボトルから紙コップにコーヒーを注いで手渡してくれた。

「おはようございます」

「まだけっこう熱いよ。ミルクないけど」

「すみません。……わたし、気がつかなくて。会長はさすがですね、旅慣れていて」

「この列車も随分乗ったよ」

井上は、コーヒーをすすってほう、と息をはいた。

「定期運行がなくなって季節列車になっちゃうと、今までみたいに気楽に乗れなくなる。いよいよお別れだと思うと、なんとも寂しい。このところ毎年毎年、馴染《なじ》みのある特急やブルートレインが姿を消して行くからね。時代の流れだと割り切るしかないんだろうけれど……」

「朝の四時過ぎなのに、直江津でけっこう乗り降りがあって驚きました」

「がらがらに空《す》いているようでも、必要として乗っている人はちゃんといるんだよね。今どき古い考え方なのはわかっているけど、鉄道ぐらいは赤字でもなんでも走らせて、車が運転できない人が生活に困らないようにできないもんかなあ、なんて、つい愚痴りたくなるよ。だけど、考えようによっては、そうやって時代の彼方《かなた》に押し流されて消えて行くものだから、愛《いと》しいのかもしれない」

「この列車がなくなったら困る人もいるんですよね」

「おそらくね。この列車はダイヤ改正以降も臨時運行で残るけど、臨時運行では生活には使えないよな」

車窓の空がなんとなくゆるんで、黒い色に紫が混じり出している。気がつけば、外はもう雪景色ではなくなっていた。木々や畑らしき場所に雪は残っているが、土がいたるところに顔を出し、アスファルトの道路はもう乾いているようだ。

「そう言えばさっき、ちょっと不思議なことがあったんです」

香澄はコーヒーをすすって言った。

「越後湯沢の手前で確かにこの列車に乗っていた人が、車掌さんに、直江津から乗ったと言って切符を買っていました。急行券ですよね、たぶん。乗車券は持っていないと直江津の改札を通れませんものね」

「うん、そうだろうな。でも……その人がずっと手前で乗っていた、って、どういうこと？」

「雪景色を見てたら、窓ガラスに顔が映ったので記憶していたんです」

「だって、それは変だろう。越後湯沢あたりでもう乗っていたなら、高崎の次に停車する長岡では乗客の乗り降りはできないんだから、次に停車した直江津までその人は列車を降りられないよ」

「そうなんですよね……ですから、あれ、と」

「人違いなんじゃない？　窓ガラスに顔が映っただけじゃ、同じ人なのかどうかわからないでしょう」

「それはそうなんですけど」

「服装は？」

「……違っていました。最初の時は赤っぽいコートで……車内が暗いので赤そのものだったかどうかはわかりませんけど。さっきは白いダウンジャケットでした」

ら、直江津の改札を通っているはずだ。あ、だけど「それならやっぱり別人だ」

「ええ……そうですよね。ただ……髪形がまったく同じで、顔の形とかも」

「偶然だよ、きっと。何らかの方法で長岡より手前で急行券を買わずにこの列車にもぐりこむことが出来たとしても、車掌に急行券を頼んだ時には乗車券を見せろと言われる。それが仮に高崎からのものならキセルだとバレてしまうし、それが直江津からのものなら、直江津の改札を通っているはずだ。あ、だけど」」

井上は腕組みして首を傾げた。

「裏が磁気の切符なら自動改札を通すだけだからな。改札を通っていない切符を出しても車掌にすぐ見破られることはないか。しかし……やっぱりあり得ないな。仮に、だ、その人が大宮から高崎までの乗車券と急行券を買って大宮から乗車したとする。その時、直江津から金沢までの乗車券も、みどりの窓口で購入は可能だから、持っていたとしよう。車内検札は大宮を過ぎて高崎までの間に来るから、その時は問題ない。そしてその人は直江津を過ぎてから車掌を呼び止め、今度は直江津から金沢の乗車券を見せて検札を受けるついでに急行券を買う。こうしてその人は、高崎から直江津間の運賃と急行料金をキセルする。だが金沢では、裏が磁気の直江津からの乗車券は機械に通せない。直江津で改札を通っていないことがバレてしまうからね。そして大宮からの切符も、当然、料金不足で通らない。その人は結局、金沢で外に出ることが出来ないわけだ。近距離ならば定期券を使った中抜きは可能だが、この列車じゃねえ、大宮から高崎の通勤定期と津幡《つばた》から金沢の通勤定期を持つことが出来たとしても直江津から金沢まで切符をちゃんと買っているんじゃ、そこまで手間をかけるほどのお金は節約できないと思うよ」

列車は泊《とまり》駅に着いた。直江津ほどではないが、乗り降りはあり、自由席にも新しい乗客の姿が見える。

人違いか。

井上に説明されると、なるほど、同じ女性ではないだろうな、と思えた。

美恵が座席に戻って来たが、まだ同好会の他のメンバーは眠っていると言う。

「あかりがつくまで、もう少しうとうとしようか。寝不足だと今日のスケジュールがしんどいでしょう」

井上に言われて、香澄も美恵もあらためて背中を楽にした。寝袋は片づけ、ダウンジャケットを膝《ひざ》にかけたまま瞼《まぶた》を閉じる。泊を出てすぐに入善《にゅうぜん》駅、しばらくして黒部《くろべ》駅に着く。

駅に着くたびに、うとうとしかけていた意識が戻り、車窓からホームを眺めていた。

あ！

魚津《うおづ》、と書かれた白い駅名表示の下に、あの女性が立っていた。ダウンジャケットを着ている。が、白くない。ホームの照明に照らされているので正確な色はわからないが、金色に見える。だが髪形は間違いなく、真ん中で分けられたロングヘア。そして整った富士額に、整った鼻筋と切れ長の目。

井上を起こそうと思ったが、井上が小さないびきをかいているので躊躇《ちゅうちょ》した。そのうちに列車は魚津駅のホームを離れてしまった。


いったい……どういうことなの？

わざわざ車掌を呼び止めて直江津から金沢の切符を買っておいて、魚津で降りてしまった。それとも、このあとの列車で金沢に向かうつもりなのかしら。何の為に列車を乗り換えるの？

わけがわからない。

と同時に、香澄は確信した。

やはりあの人は、長岡よりも手前でこの列車に乗っていたのだ。この急行能登に。

「能登」の名を与えられてから三十五年、走り続けた夜行急行は、定期列車としての最後の日々を走り走り、今日も金沢に向かっている。三月十二日を過ぎればこの列車は臨時運行となり、生活列車としての役割を終える。

その列車に、赤いコートと白いジャケットと金色のジャケット、三枚の上着を持って乗り込んで来た女性。
彼女の目的は、何なのだろう。
彼女は何の為に、この列車に乗っていたのだろう。
謎と疑問と、眠たさを乗せて、列車は滑川《なめりかわ》駅を出た。やがて、富山である。

非行少女の時をゆく
北陸鉄道浅野川線

急行能登は遅れもなく定刻に金沢駅に着いた。

鉄道旅同好会と旅行同好会の合同研修旅行メンバーは、ひとまず金沢駅構内のコーヒーショップに入り、朝食ミーティングを行った。メンバーはそれぞれに立てた計画に従って旅を続け、金沢市内での飲み会で打ち上げて研修を終える。が、そのあと東京に帰るまでもそれぞれ好き勝手に旅をする。東京聖華女子大の旅行同好会メンバー、つまり女性陣は、観光旅行を中心に行動するが、西神奈川大学鉄道旅同好会メンバー、要するに男子学生達は、ひたすら鉄道に乗る。それぞれの計画を簡単に発表し、その計画でどの部分を今回の旅のハイライトにするつもりか説明して、モーニングセットを食べ終えて解散となった。

香澄は予定では高岡に戻って氷見線に乗るつもりだった。同行者はいないひとり旅だ。氷見線は以前から憧《あこが》れていた。海岸沿いに走るごく普通のローカル列車なのだが、その車窓風景が日本屈指の美しさだという。インターネットで何枚も写真を見るうち、すっかり虜《とりこ》になり、ぜひこの目で観てみたい、と今回の旅のハイライトに決めた。

そして、ひとり旅への挑戦も、今回の旅では重要な部分になる。香澄はひとり旅をしたことがなかった。ただ機会に恵まれなかったというだけではない。意識して避けていたのだ。ひとりで旅をする、ということを。

ひとりで旅に出た者は帰って来ない。

香澄はそう思っていた。漠然と、怖れていた。


コーヒーショップの外で友人たちに手を振ると、香澄は時刻表をめくり、高岡に戻る列車を確認した。二十分ほど余裕がある。本屋があれば寄りたいな、と、駅構内の商店の見取り図を探していると、井上がリュックをしょったままでエスカレーターを降りて行くのが見えた。

「井上さん」

声をかけて手を振った。井上は金沢市内の電車に乗ると言っていたっけ。行ってらっしゃい、と挨拶《あいさつ》したつもりだった。が、エスカレーターに乗ったまま香澄に気づいた井上は、手を内側へと振った。おいでおいで。

え？

香澄は慌てて荷物を持ち、エスカレーターへと走った。

「なんでしょう？」

声をかけたが、井上はさらに、おいでおいで、を繰り返す。わけがわからなかったが、香澄はとにかく井上のあとを追ってエスカレーターを降りた。

下に着いてみると、がらんとした空間が広がっている。

北鉄《ほくてつ》のりば、と書かれたプレートが読めた。

「あの」

「君も一緒にどう?」

「一緒にって……」

「北鉄に乗ってみない?」

「あ、でもわたし」

「高岡から氷見線だったね、四十九院くんの計画は」

「はい」

「氷見線はいいよ。運が良ければ最高の景色が眺められる。それと高岡もなかなかいいところで、観光スポットは多いし、万葉《まんよう》線がね、またいいんだ」

「路面電車ですね。乗ってみるつもりです。あの、なので時間が」

「すぐだよ、往復しても。北鉄で終点まで行ってもすぐだ。往復してから高岡に向かっても、充分時間あるよ」

「何かすごい見どころがあるんですか」

「え、いや、ただ町中を走ってる電車だよ。観光地を通るわけでもない。今頃の時間だと通学の高校生ばっかりだろうな」

「それじゃ、面白い形の電車が走ってるとか」

「いや、ほらここが始発駅だからね、地下だろう。地下に電車を入れるとなると、車両は限られて来るから。ここのは確か、京王《けいおう》系じゃなかったっけ。ごく普通のやつだよ」

「地下鉄なんですか」

「地下なのは金沢駅だけ。すぐに地上に出る。でも車窓の景色に期待はしない方がいい。ほんとにただ、町中を走っているだけなんだ。金沢の普通の家々を見て楽しいと思えれば、それもひとつの楽しみ方ではあるけどね」

「あの、それじゃなぜ」

「君は北鉄、乗ったことないでしょ」

「ありません」

「そこに山があるから登る人間もいるんだ、そこに乗ったことない電車が走っているから乗る、って人間がいてもいいでしょ。時間はあるし、ほら、あと五分で電車が出る。あ、君の分も切符、買うからね」

井上は香澄の返事を待たずに切符売り場へと走ってしまった。

香澄は慌てて時刻表をめくった。高岡へと向かう北陸本線の下り列車は問題なさそうだ。この北鉄の往復にどのくらいかかるかわからないが、切符売り場に出ている駅の数からしてたいしたことはないだろう。

北陸鉄道浅野川《あさのがわ》線の金沢駅は、地下にホームがある。東京の地下鉄と何ら変わらなく見えた。

ホームは二つあるが、この路線は金沢が終点で行き止まりなので、どちらに乗っても一緒だ。先に停車していた方は座席がほとんど埋まっている。切符を買った井上はもうひとつのホームへと向かった。やがてそちらのホームにも電車がゆっくりと入って来て、開いたドアから驚くほど大勢の人が降りて来た。なるほど、通勤・通学利用の客ばかりだ。特に時間が早めのせいか、制服姿の高校生が多い。その光景も都内の地下鉄の朝によく似ていて、あまり旅情緒を感じることは期待できそうになかった。正直、つまらないな、と思う。なぜ井上は、こんな何の変哲もない地方都市の電車に、わたしを誘ったんだろう、と香澄は少し不思議だった。もちろん井上は、旅情緒があるとかないとかで電車の選《え》り好みをするタイプではない。井上にとっては、旅をすることそのものよりも、電車に乗ること自体の方が重要なのだ。そして井上と体験した最初の旅、あのとても短い、東急こどもの国線での経験で、どんなにありふれた路線でも車両でも、どんなにつまらない平凡な駅でもホームでも、そこに人がいる限りは何らかの「物語」が存在するのだ、ということは、学んでいた。

降車客がいなくなると井上に続いて車内に入った。窓にそって横長にとりつけられた座席も、都内の通勤電車と変わらない。

「次の駅までに地上に出るから、景色は見られるよ。でもさっきも言った通り、景色自体はそんなに面白いものじゃないけど」

「以前にも乗ったこと、あるんですね」

「金沢に来るたびに乗ることにしているんだ」

井上は言って、のど飴《あめ》をひとつ口に放り込み、香澄にも一個渡した。

「そんなに好きなんですか、この路線が」

井上がくれたのど飴は、昔懐かしいハッカの味がした。

「好き、というか、なんというか……これに乗っているといろんなことを考えるんだよね。普段はあまり考えないようなことを」

「どんなこと？」

「笑わない？」

井上は照れたような顔で言った。

「ものすごく俺に似合わないことだけど」

「笑ったりしません」

「そう？　なら言うけど……あのさ……人間はどうして戦争なんかするんだろう、とか、いつの日か、地球からすべての戦争がなくなる日は来るんだろうか、みたいな」

香澄は、少し驚いて反応が遅れた。たっぷり二秒くらい黙っていてから、ようやく言った。

「それは……なんというか……大事なテーマですけど」

「なんでこれに乗ると考えるのか、わかんないでしょ」

「……はい」

発車のベルが鳴って、電車が動き出した。金沢駅から乗車する客は多くはなく、まだ座席はほとんど空いたままだ。

「この路線の終点の駅は、内灘《うちなだ》、っていうんだけど、聞いたことない？」

「うち、なだ」

香澄は声に出して言ってみた。

「……わかりません。海に面しているとか」

「もちろん、灘、と付くんだから海に面した土地だけど。その内灘には、大きな砂丘があるんだ。内灘砂丘」

「あ、その名前は聞いたことがあります。確か日本で何番目かに大きい」

「途中でぶった切られてるんだけど、繋《つな》げて考えると確か、鳥取《とっとり》砂丘の次くらいに大きいはずで、遺跡なんかもあったりする」

「金沢の近くだったんですね。日本海側だというのはなんとなく記憶にありましたけれど、金沢からすぐに行かれるところだとは知りませんでした」

「一九五〇年代初め、つまり朝鮮《ちょうせん》戦争の時」

井上は目を閉じて腕組みした。

「その砂丘が日本中の注目を浴びた。内灘闘争、と呼ばれている事件があったたん電車はいつの間にか地上に出て、最初の駅にすべりこんでいた。乗客が増えて、座席はほぼいっぱいになった。

「日本は朝鮮戦争に出兵はしなかった。でも、戦争に参加しなかったわけじゃない。太平洋戦争の敗戦で壊滅的打撃を受け、そのどん底から立ち上がろうともがいていた日本経済にとって、朝鮮戦争は願ってもない立ち直りのチャンスだった」

「戦争特需……」

「うん。戦争は、軍事産業に巨大な利益をもたらす。僕らはみんな、普段の生活で忘れてしまっているけど、日本にも軍事産業はちゃんとある。兵器メーカーもね。僕らがよく名前を知っている家電メーカーが、戦争の為の機械や道具を作っていたりする。朝鮮戦争が始まり、アメリカはたくさんの武器、砲弾を必要としていた。そしてそれを日本から調達しようとした。日本国内の兵器メーカーからアメリカに納入する砲弾の性能をテストする場所として、内灘砂丘が選ばれてしまった。この路線、浅野川線は、内灘砂丘に軍事資材を搬入する為に使われることになった」

「それに反対運動が起こったんですね」

「そう。僕は現代日本史にそんなに詳しくないから、大雑把にしか知らないんだけどね、労組が中心となって激しい反対運動が繰り広げられた。同時にそれは介入して来る政治家同士の争いになり、政治家のバックについている経済基盤、支援企業の争いにもなった。つまり、金沢が二分されちゃったんだ。最終的にはアメリカ軍が撤収して収まったけど、当然ながら、たくさんの人の生活や心はズタズタになり、傷と憎しみ、小さな悲劇がたくさん、残った。原発、基地、ダム、なんだってそうだよね。賛成と反対、二つに分かれて地元民同士が争う。勝っても負けても、悲しみやしこりが残される。……おっと」

井上は苦笑いして、もうひとつのど飴を口に入れた。

「歴史の講義だとか説教だとか、そんなのは趣味じゃないし、今喋《しゃべ》ったことはほんとに一面的な知識でしかないよ。だからそんな深刻な顔しないで聞いてくれる？　僕がその内灘闘争について知ったのは、映画を観たからなんだ」

電車はいくつかの駅を過ぎていた。窓から見える光景は、本当にごく普通の街並みばかりだ。

自分にとっては「観光で来るところ」である金沢も、地元の人たちにとっては生活の場、経済都市なのだ、という当たり前のことを、香澄はぼんやりと思っていた。斜め前に立っている二人連れの女性は、見たところ三十代半ばくらいだろうか、同じ工場に勤めているらしい。仕事のことや上司のことなどを、誰かに聞かれている、という意識なしに喋り続けている。断片的ではあってもその会話から、二人の日々の生活が容易に像出来た。

朝鮮戦争。

思いもかけなかった話が井上の口から出て、香澄は戸惑いながら、平和で日常的な電車内の光景と、窓の外に流れている町の光景、家々の屋根やベランダに干された洗濯物、看板や標識などを見つめていた。

どんな列車にも路線にも、そこに人が介在している限りは必ず歴史が、物語がある。

こんな没個性的に思える町中の電車が、ほんの五十数年前には、人々の葛藤《かっとう》や激しい憎悪、失意や苦しみの真ん中を走っていたのだ。


「『非行少女』って題名だったと思うんだけど」

井上は話し続けている。

「和泉雅子《いずみまさこ》さんが主演してて。知ってる？　和泉雅子」

ふくよかな丸顔に大きな目をした女優の姿が脳裏に浮かんだ。もう六十歳くらいになっているだろうか。ずいぶん前に、日本人女性として初めて北極点に到達した冒険家としてテレビにも出ていた。

「あの映画での和泉雅子は、衝撃的だった。実はね、僕、大学に入ってすぐは映画同好会とこの鉄道旅同好会の二股《ふたまた》かけてたんだ。それで『非行少女』を上映会で観て、それで内灘闘争のことも知ったわけ」

「映画の背景になっていたんですか」

「うん。内灘闘争に巻き込まれた家族と、その渦中ですさんでしまった少女と、それを支える青年と。今でもぜんぜん古くない物語だと思う。とにかく和泉雅子さんが素晴らしかったんだ。で、内灘砂丘をこの目で見てみたくて金沢まで夜行に乗っちゃった。子供の頃から電車に乗るのは大好きだったけど、その時かなあ、初めて、鉄道で旅をすることの本当の楽しさみたいなもの、感じたのは。鉄道での旅は、考える時間がすごくたくさん持てるんだよね。いろんなことを考えながら、自分のからだが否応《いやおうな》無しに遠くへと運ばれて行く。ゆうべ能登の中で、話したでしょう、ブルートレインのこと。あの圧倒的な感じ。あの時にブルートレイン、っていう巨大な存在に、おまえはなんてちっぽけなんだ、おまえの悩みや苦しみなんて、簡単にはじき飛ばせる程度のものなんだぞ、って思い知らされて、それで今度は、その巨大な鉄道に有無をいわさずに連れ去られる。そして連れ去られながら僕は、戦争のことを考えたりするわけ。普段は考えないようなことをたくさん、考える。ああ、これか。これこそが醍醐味《だいごみ》なんだ、って、その時にそう確信した。それで開き直った。誰になんと言われても、自分はこの乗り物が好きでたまらない。だからもう一生、これを追いかけて乗り倒してやろう、って」

いつのまにか、次の駅が内灘終点、になっていた。本当に短い旅だった。そして、車内も車窓の風景も、取り立てて語ることもないような、ごくごく日常的な世界だった。

「ありがとうございました」

香澄は言っていた。

「え、何が？」

「よくわからないけれど……なんだか、貴重な旅をした、そんな気がします」

「やだなあ」

井上は笑った。

「思い出話しただけですよ」

「でも」

香澄はそっと井上の丸い横顔を見た。

「やっと言葉遣いも」

「え？」

「井上さん、いつもとても丁寧で。丁寧過ぎて申し訳なくて。今、普通に喋ってくださったから、嬉《うれ》しかったんです。わたしのこと……お客さんじゃなくて、鉄道旅同好会の一員だと認めてくださったのかな、って」

「ああ、すいません。僕のこのしゃべり方ね、子供の頃からなんだ。これで中学時代はけっこういじめられました」

井上はけろっとした顔で言った。

「でも楽なんだよね。丁寧に喋った方が楽なんです。ずるいんだろうなあ、俺。いや、僕。誰に対しても……世の中のすべてに対して距離をおく。その方が楽なんです。よくないことなんだろうな。他人行儀とか慇懃《いんぎん》無礼って、相手に失礼ですよね。確かにそうだ。不愉快だったら申し訳ない。ただ、四十九院くん、君のことはもう、もちろん仲間だと、貴重なうちの会員だと思ってますよ。これはお世辞じゃないから。こどもの国線について書いた君の記事は、ＯＢにも好評でした。次回、本が出る時にはぜひ掲載しようと思ってます。君があのベンチに座っていた男性の、お子さんとこどもの国に遊びに来た頃の楽しかった過去の時間、それを『夢より短い旅』と表現した、あのセンスには本当に感心しました。あの路線はほんとに短くて、うたた寝してても夢を見る暇さえなく終点に着いてしまう。なのにその短い旅すらも、終えられなくてあてもなく、ただ往復し続けている人がいる。鉄道の旅は、心の旅でもあるんです。それがあの記事にはとてもうまく表現されていました」

「そんなふうに……言っていただけると嬉しいです」

「ただ」

井上は、少し口調を変えた。

「隠し事はね、あんまりいいことじゃないと思う」

香澄は驚いて井上の方を向いたが、井上は、いつもと同じ穏やかな丸い顔で、眠そうに目を細めていた。

「どうかな、そろそろ打ち明けてくれてもいいんじゃないかな」

「あの……打ち明けるって何を」

「君は知りたいんでしょう」

「だから、何のことですか」

井上が香澄の方に顔を向けた。細めていた目が、少しだけ開かれている。

「秘密にしたままで、どこまで真実を知ることができると思う？　君が心を開いてくれないと、僕らとしても協力のしようがないんだけどな。それとも君は、僕や他の同好会員のことも疑っているのかな？　君の大切な人が失踪《しっそう》してしまった件に、僕らまでかかわっていると、本気で思ってるの？」


電車がホームに着いた。終点の内灘だった。

「ま、ひとりで旅をしてみて、その間に考えておくといいよ。さっきも言ったけど、鉄道の旅って考え事をするには最適だからね。僕は砂丘まで行って、それからまた市内に戻るけど、君は氷見線に乗るならこのまま折り返した方がいいかも知れない。あ、一度外に出て切符は渡さないと不正乗車になっちゃうからね」

井上は床におろしていたリュックを背負った。

「ひとり旅だと時間がとてもゆっくり流れるから、考える暇は充分あると思う。飲み会の集合までに、結論を出しておいてくれると嬉しいです。じゃ、その時にまた」

井上は、巨体に似合わぬ素早さでさっさと電車を降りてしまった。香澄も慌てて後に続いたが、改札にたどり着いた時にはもう、井上の姿はなかった。

香澄は取り残され、一瞬、途方に暮れた。だが、気を取り直して金沢駅へと折り返し戻る乗客の列の最後についた。

北鉄浅野川線は折り返し運転でまた同じ路線を金沢駅へと戻る。

井上は、気づいていた。いや井上だけではない、たぶん、同好会のメンバーはみな気づいていたのだ。香澄が西神奈川大学鉄道旅同好会に入会した理由が、鉄道の旅が好きだから、ではない、ということに。

考えてみればそれも当然だろう。香澄は実際、鉄道についてそれほど詳しいわけではない。鉄道の旅は嫌いではないけれど、熱烈に好き、というほどではないし、旅に出ることそのものが、本当に好きなのかどうかも自分ではよくわかっていない。それなのに香澄はこの一年、鉄道旅同好会の正式会員になる為になりふり構わないでいた。その有り様が彼らの目に奇異に映らなかったはずがない。おそらくは、あいつはいったいどんな魂胆があるんだ、と気味悪がられていたのだろう。

だが、井上ははっきりと、大切な人が失踪してしまった件に、と言った。ただ気味悪く思っていたのではないのだ。井上は……もしかすると……調べたのだ。わたしのことを。

香澄は、膝《ひざ》のあたりが少し震えるのを感じた。

井上大吾郎を疑っているわけではない。あの人に悪いことはできない、そう思っているのは本心だ。

だが、井上は「あの事件」のことを知っている。それはつまり……やはり……西神奈川大学鉄道旅同好会は、「あの事件」とかかわりがある、ということではないのか?

折り返しの電車は来る時よりも混んでいた。座席には座れたけれど、目の前に乗客が立っていて、向かい側の窓の外が見えない。

やがて電車は出発し、のんびりとひとつずつ駅をたどりながら金沢駅へと向かう。内灘と金沢の二駅間に、十の駅がある。川を渡って着いた駅は蚊爪駅。読み方がわからずに表示を見た。かがつめ。

考える時間は、ある。

鉄道旅同好会の人々は、敵なのか、それとも味方なのか。

*

叔父《おじ》の園部《そのべ》高之《たかゆき》が失踪したのは、今から四年前の夏だった。

高之は香澄の母親の弟だが、香澄の母親とは腹違いの姉弟《きょうだい》になる。年齢差も二十二、あった。だから香澄は幼い頃、高之を自分の従兄《いとこ》だと思っていた。実年齢で六歳しか離れていなかったのだから無理もない。高之は幼い香澄にとても優しかった。香澄が小学校にあがる頃までは、一緒に遊んだ記憶がある。

が、香澄の父親の広島転勤で、家族は東京を離れた。高之ともそのまま離れ離れとなった。

香澄が中学二年になった春に、高之と再会した。両親のゆるしを得て東京の祖父母のところに遊びに行ったのだ。香澄の母方の実家に。二十歳になっていた高之は、西神奈川大学の学生だった。

「香澄ちゃん、どこか連れてってやろうか」

アルバイトとサークル活動に明け暮れている、という高之が、自分からそう誘ってくれた。

「どこに行きたい？」

「ディズニーランド！」

即答した。

京葉《けいよう》線で夢の国へと向かった。

今まで生きて来て、いちばん幸せだった、一日。

あまりにも楽しくて、時間が停まってしまえばいいと本気で願った、日。

嬉《うれ》しすぎて。
だから怖くなった。こんなに幸せな一日を過ごしてしまって、何かよくないことが起こるんじゃないかしら、と、不安になった。

初恋だった。

決して実ることのない、恋。実の叔父が相手では、どうしようもなかった。それでも、ひとりでそっと「好き」でいることで、充分に満足していられた。

その高之が、あの夏、忽然《こつぜん》と消えた。

判っていることは、高之が、サークルの活動で旅をしていた途中だった、ということだけだった。だが、サークル活動とは言っても鉄道旅同好会の活動は、基本、ひとり旅なのだ。高之もひとりで出かけて行った。
同好会にあらかじめ提出されていた活動計画書に従って旅をしていたのだとしたら、高之は東海《とうかい》地方のどこかを旅していたはずなのだ。
だが、高之の両親、つまり香澄の祖父母の懸命の捜索でも、高之は見つからなかった。

香澄は決心した。自分が見つける。

わたしが、あの人を見つけ出す、と。

＊

いつの間にか車内は制服を着た高校生たちで埋まっていた。やがて電車は地下へとすべりこみ、金沢駅に到着した。

香澄はリュックを背負い直して、エスカレーターをのぼった。

考える時間はまだたっぷりとある。結論は、氷見線の旅を終えるまでに出せばいい。

氷見線の始発駅である高岡へは、北陸本線を使う。

駅のホームにサンダーバードが停まっていた。大阪から金沢まで旅をして来る、とてもスマートな特急列車だ。

なにげなく、大きな車窓から中にいる乗客の姿を眺めた。そして、驚いた。

あの人！

急行能登の中で、不思議な行動をとった女性。高崎を出た時には車内にいたはずなのに、直江津から乗車したと偽って切符を買い直していた、あの……

発車のベルが鳴って、サンダーバードは静かに、滑らかに、ホームをすべり出して行った。

絶景へと走りこむ
氷見線

1

サンダーバードは瞬《まばた》きする間に駅を出て行った。香澄は、その最後尾の車両が見えなくなってようやく我に返った。

どうしてあの人のことが、こんなに気になるんだろう。あの人がどんな事情でどんな切符の買い方をして、どんな乗り継ぎをして旅をしようと、そんなのはあの人の勝手なのだ。名前も知らない、まったくの赤の他人なのだから。万が一あの人が不正乗車をしているのだとしても、それを告発したところで何も得になることはないし、結局のところ、余計なお世話だ。

気を取り直して、香澄は北陸本線の各駅停車に乗り込んだ。金沢から高岡までは各駅停車でも四十分かからない程度の距離だ。車内には観光客らしい姿はほとんど見当たらず、北陸本線、という響きからつい、旅情や遠い空への旅を連想してしまった香澄は、人々の生活に使われている路線なのだな、と、自分の認識不足をあらためた。

車窓に期待した雪はほとんどなく、ところどころ日陰になっているあたりが白く見える程度で、ここ数日の暖気のせいで、北陸にも春がやって来たのだ、とわかる。

高岡に着くまで、香澄はうたた寝をしていた。夜行急行ではほとんど眠れず、全身がしびれたように疲れて重かった。

短い夢を見た。

青い海と白い砂浜があり、そこに足跡がついている。背後は黄色の菜の花で埋め尽くされていて、太陽がまぶしく光をそそいでいた。

足跡は、点々、と海に向かっている。

なぜかとても怖くなって、香澄は叫んだ。叫んだのに、声は何かに吸い込まれるように消え、ただ静寂だけが砂浜を覆う。もう一度叫んでも、同じだった。香澄の声はどこにも届かない。

香澄は駆け出した。駆けて、足跡を踏み消し、青い水に足がひたるまで駆け続けた。

そして、目が覚めた。


夢はストレートに香澄の不安を示している。

香澄は瞼《まぶた》を指でそっと揉《も》みほぐし、溜《た》め息をついた。

高之は自殺したのだ。親戚《しんせき》も周囲の人々も、みな、言葉にはしないがそう思っている。

最初から死を決意して旅に出て、そのまま崖《がけ》から海にでも飛び込んだのだ、と。それをはっきりと否定できる材料は何ひとつない。でも、香澄はそれを信じていない。信じてはいないのに、夢の中で香澄は、海に消えてしまった高之のあとを追っていた。信じていないはずなのに。

高岡の駅に着いた。香澄はホームに立ち、深呼吸する。ここが、初めてのひとり旅の出発点。

氷見線のホームまで線路を越え、案内をたどって歩いた。ローカル線によくある、端のホームのいちばん奥からの発車だ。

ホームにはもう電車が入っていた。それを見て、香澄は驚いた。車体に大きく、忍者ハットリくんの漫画が描かれている！　下調べした時に、確かにそんなことが旅行雑誌の記述にあったのを思い出したけれど、まさかこんなに全面的に描かれているとは。すでにドアは開いていたので、外側の写真を何枚か撮ってから乗り込んでみた。内装にもまた驚かされた。中もすべて忍者ハットリくんだらけ。

『忍者ハットリくん』の作者は、藤子不二雄《ふじこふじお》Ⓐ《エー》。

藤子不二雄という共同名義で数々の名作を世に送り出した二人の漫画家の片方で、本名は安孫子素雄《あびこもとお》。香澄は座席に腰掛けてガイドブックを開いた。安孫子素雄は、氷見線の終着駅氷見のある、現在の富山県氷見市生まれ。高岡市の小学校に転入して、後に藤子不二雄を組むことになる藤本弘《ふじもとひろし》と知り合った、とある。小学校の時の友人と上京し、漫画家になる夢を叶《かな》えた。それだけでも心を動かされるものがある。

車体にも車内にも、生き生きとしたハットリくんや漫画のキャラクター達が躍動し、その中にブリが跳ね回る絵が混じっている。

沈みきっていた香澄の気持ちが、明るい水色を基調にした忍者ハットリくんとブリの絵に、なんとなく浮き立って来た。

せっかく旅に出ているんだもの、楽しまないと損だよね。

高之に何があったのだとしても、高之は姿を消す直前まで、鉄道に夢中だった。鉄道に乗って知らない土地を旅することを、何よりも愛していた。失踪《しっそう》してしまった高之のアパートの部屋にあったものは、残らず実家に引き取られ、きちんと仕舞われている。その大部分が、鉄道関係の本、写真集、雑誌などだった。高之が自分できちんとファイルしたらしい新聞や雑誌の切り抜きも、スクラップブックに何十冊とある。愛用のデジタルカメラは高之が持って出てしまっていたが、パソコンのハードディスクには数千枚の画像データも残されていた。そのほとんどが、旅の写真だ。電車や駅を撮ったものがほとんどだったが、景色や、旅先で食べた料理の画像もあった。祖母の許可を得てそれらはそっくりコピーし、何度も何度も調べた。ほんの少しでも高之の失踪にかかわっていそうなものはないかと、毎日パソコンの画面にかじりついていた。けれど、特定の人物が写されていることもなく、旅先の写真としては不自然な被写体などもなかった。
そこには、高之が愛してやまなかった、鉄道の旅、だけがぎっしりと詰まっていた。
電車、列車、機関車。線路。ホーム。駅舎。駅名の表示板。時刻表。
駅弁、座席、様々な広告。
車窓の風景。
海、山、畑、町、夜の中にぽつんと輝く灯火《ともしび》。
座席で宴会をしている赤い顔の人たち。
駅員さん。
知らない町。知らない空。知らない笑顔。
高之は、本当に、心から、鉄道の旅が好きだったのだ。

だったらわたしも好きになろう。そう思ったから、ここまで来た。高之を捜す為だけではなく、高之をもっと「知る」為に。

香澄は、地図を開いて氷見線の路線を確認し、進行方向右側の窓際に座った。氷見線を今回の目的にしたのには理由がある。日本の鉄道車窓風景で三指に入るといわれる、雨晴《あまはらし》海岸の風景をぜひとも見たい、と思ったのだ。高之が暮らしていたアパートの部屋には行ったことがなかったが、その部屋に貼ってあったという数枚の鉄道ポスターの中で、最も印象的だったのが氷見線のものだった。富山湾の青い海と手前から湾曲して海岸沿いを走る電車、そしてその奥に、まるで別の世界の光景が合わさってしまったかのように、巨大で現実離れした美しさでそびえる、北アルプスの白い峰々。ただ、その写真はあまりにも見事だったので、今でも香澄の心には若干の疑いが残っている。合成写真とまではいかなくても、何らかの「処理」が施された写真だったのではないか、と。北アルプスと海とそこを走る電車の姿とが、構図的にあまりにも見事過ぎたのだ。ある意味、氷見線の旅は、それが本物なのかそうではないのか、自分で確かめてみる為の旅、でもあった。

通路を隔てた座席の窓際に、黒いジャケットを着た男性が座った。デイパックを隣りの席に置くと、時刻表をめくり始める。地元の人ではなく、香澄と同じ旅人らしい。

ひそかに心強くなった。次第に車内は乗客が増えていたが、みな地元の人らしい様子なのだ。日本有数の車窓風景を誇る、という路線なのに、観光客の姿がないというのは不安になる。が、その不安も、発車時刻が近づいて来ると解消された。グループ旅行らしい中年の婦人が四人、賑《にぎ》やかに乗り込んで来て、座席に座るやいなやお菓子の袋を開け、大声で楽しげに喋《しゃべ》り始めたのだ。彼女たちが何も隠さずに話すので、その旅程からメンバーの家族構成まで、特に知りたくないのに知ってしまった。友人と旅に出た解放感からか、女性達はそれぞれの家人への愚痴、近所の人の噂話、同行していない共通の友人の批判など、実にあっけらかんと喋りまくる。いつもならばそんな話を大声でされて不愉快に思うはずなのに、今日の香澄はその人たちの存在が身近で嬉《うれ》しかった。

ひとり旅に出て、誰ひとり自分を知っている人のいない空間に座っているということは、こんなにも清々《すがすが》しく、こんなにも心細いことなのだ。

ふと、また通路を隔てた座席に視線が行った。……何か今……何か変だったけど……

……

「きゃっ！」

香澄は思わず、小さく悲鳴をあげてしまった。窓際に座っていた男性がこちらを向いたその顔が、異様だ！

忍者ハットリくん。……お面？

「す、すみません！」

忍者ハットリくんのお面をはねあげて、男性が香澄の席に駆け寄った。香澄はようやく自分が、驚いたはずみに、手にしていたガイドブックとデジタルカメラと筆記具の入ったペンケースとを足下にばらまいてしまっていたことに気づいた。

「あ、だ、大丈夫です……」

運の悪いことにペンケースの蓋《ふた》がはずれてとび、筆記具が散乱している。香澄はしゃがんでそれらを集めようとしたが、それよりも男性の手際の方が良くて、結局ほとんどの物を男性に拾って貰《もら》うことになってしまった。

「ほんとにすみません、驚かしてしまって」

「い、いいえ、馬鹿みたいに悲鳴あげちゃったわたしがいけないんです」

車内の視線が二人に集まっているのを感じて、香澄は首筋まで赤くなった。

「お面だって、見ればわかるのに」

「いや、くだらないことやっちゃって」

その時、老夫婦が通路を通りかかって男性が座っていた席の方を見た。男性は素早く自分の荷物を取り上げ、老夫婦に席を譲った。

「あの、ここに座っても構いませんか」

「あ、もちろん」

「申し訳ないです……思ったより混むんですね。ローカル線で平日の昼間だから、もっと空《す》いていると思ったけど」

「ええ……観光の人もそこそこいるみたい」

「あなたも観光ですか。僕もです。あ、僕は」

男性は名刺を取り出し、香澄に手渡した。

「……東都《とうと》大学社会学部講師、近藤寛也《こんどうひろや》……さん。……大学で教えていらっしゃるんですか」

「非常勤で週に二コマだけです。この肩書きの方が、本業よりも信用して貰えるんで使ってます。本業は……あの、学生さんですか」

「はい。東京聖華女子です」

「ふむ」

　近藤はニヤッとした。

「一人旅で氷見線で、東京聖華ですか。もしかしたら……旅行同好会、いや、西神奈川大の鉄旅同《てつたびどう》かな？」

「知ってらっしゃるんですか！」

「もちろん。鉄、と呼ばれる人間、特に乗り鉄連中の間では、西神奈川大の鉄旅同webサイトは有名です。あれは記事が旅に偏ってて、本当の鉄道愛好者のものじゃないって批判も世間にはあるみたいですが、まあ嫉妬《しっと》ですよ。大学生の作っているwebサイトが本になって、けっこう売れてるわけですからね」

「そんなに有名だなんて……知らなかったです。わたし、旅行は好きだったんですけど、鉄道にはあまり興味なくて」

「西神奈川大の鉄旅同が嫉妬の対象になってるもうひとつの理由が、東京聖華女子の旅行同好会と活動を一緒にしてる、ってことなんですよ。あ、実は僕も西神奈川大学OBなんで、この際言っちゃいますが、あんなへぼ大学がどうして、偏差値も高いお嬢様大学と仲良しなんだって、いつも言われてました」

「近藤さんも、鉄道旅同好会にいらっしゃったんですか」

「正式なメンバーじゃなかったですけど、飲み会のたんびに参加して一緒に飲んだくれてました」

「じゃ……OBさんなんですね。わたし、四十九院といいます。四十九院香澄、です」

「つるしいん？　珍しい名字ですね」

「はい、漢数字で四十九、その下に病院の院をつけて、つるしいん、です」

「まあOBって言っても、正式なメンバーじゃなかったですからね。僕、いちおう体育会の方に所属してて、バドミントンやってたんです。でも弱くて。たまたま同級生が当時の鉄旅同の会長してて、大会で初戦敗退とかすると慰めついでに飲み会に呼んでくれて、それでいりびたりになっちゃったんですよ。僕もあまり鉄道には興味なかったんだけど、そいつと一緒に旅をするのが楽しくて。三年まではバドミントンがあったから年に一、二回しか行かれなかったけど、引退した四年の夏に、一ヶ月以上もそいつと二人で日本中をうろつきました。僕は大学院に進むって決めてて、そいつは家業をつぐんで就職の心配なかったから、学生最後の旅でもしようかって」

「楽しかったでしょうね」

「ものすごく楽しかった。目標は、路線図制覇でした。つまり、日本中のJR、私鉄、第三セクター路線をすべて乗り尽くすんです、一ヶ月ちょっとで。もう他の観光なんかしてる余裕ないですよ、とにかく時刻表とにらめっこして、どうやったら一日にできるだけたくさんの路線に乗れるか、そればっかり考えてた。地方の鉄道は本数がないですからね、乗り継ぎにもいちいち時間がかかる。特急使って途中で追い越して、反対側から出ている奴に乗って、とか、とにかくパズルでもやるみたいに時刻表と路線図の上で旅程のシミュレーションするんです。で、これなら完璧《かんぺき》だ、と思ってたら、大雨で一部運行停止しております、なんてアナウンスが入って、それ以降の予定がめちゃめちゃになっちゃったり。旅費の大部分は運賃に消えますから、泊りはとにかく一円でも安いとこ、それだけです。野宿も何度もしましたよ。食事も一日二食に節約して、それも予算は一日合計五百円。コンビニ弁当なんて贅沢《ぜいたく》なものは食べられない、地元のスーパーに行ってタイムサービスのおかずだの半額になった弁当だの買って食べたり、カップラーメンで済ませたりですよ。日本中旅したのに、名物なんかろくに食べなかった。帰って来た時には、二人して体重が五キロずつ落ちてました」

近藤は笑った。

「だけど、あんな楽しい旅はもう、一生、できないだろうなあ。ただ鉄道に乗っているだけ、ひたすら乗っていただけなのに、毎日がわくわくの連続で。名所観光もしない、名物も食べない、駅弁すら我慢してたのに、帰って来て自分のアパートの部屋に入り、すわりこんだ時にね、じわっと思った。ああ、自分は日本中を、日本全土を旅して来たんだ、って。自分が生まれたこの国を、自分の目で見て来たんだ、って」

香澄は、とても羨《うらや》ましかった。自分もそんな旅を屈託のない気持ちで出来たら、どんなに楽しいだろう。

「あ、出ますね」

発車のアナウンスがあり、電車が駅を離れた。

「氷見線も、もう乗られたことがおありなんですね」

「乗りました。その時も乗ったけど、実は、今回で三度目です」

「三回もですか」

「はい。どうしてもこの目で見たくて。あなたも氷見線をターゲットにしたってことは、雨晴海岸の景色が目的でしょう？」

「はい」

「最初に来た時は夏だったんで、北アルプスの雪が少なかったんです。それなりに美しい景色だったけれど、もう少し白い北アルプスじゃないと、と思った。それで二度目は冬に来てみました。でも失敗でした。冬は霧がすごいんです。それで一日に何度も往復して、ようやく景色が見えたんです。北アルプスは真っ白でしたが、でも今度は、白過ぎました。雪で全部覆われて真っ白で、のっぺりとやたら巨大に見えてしまって、山の形がくっきり印象に残らない。それに空が灰色なんで、海の色も暗くなる。冬の日本海はとても魅力的だったけど、僕が観たかった景色とはやっぱり違うと思った。それでこの季節を選んだんです。冬が終わる寸前、春の一歩手前。空や雲には春の明るさがあり、海は青い。けれど山はまだ真っ白で、雪解けの黒い筋が美しくその山肌を走る。今しかない、三度目に賭《か》けてるんです」

電車は市内を走っていた。車内アナウンスで、藤子不二雄Ⓐ氏についての説明が入る。車窓にもう一本の線路が見えた。線路は途中で氷見線と別れ、別の方角へと続いていく。

「万葉線ですね。高岡駅から出ている、路面電車です。と言っても、もともとは鉄道だったんですよ。富山まで繫《つな》がってた。今でも途中の六渡寺《ろくどうじ》駅から終点の越ノ潟《こしのかた》駅までは鉄道です。軌道電車の部分が高岡軌道線、鉄道部分が新湊港線《しんみなとこう》。なかなかいい電車で、時間があれば乗ってみることをおすすめします。ただ、残念なことに平日はやってないんですよね、志《し》の輔《すけ》さんのアナウンス」

「志の輔さんって、落語家の？」

「立川《たてかわ》志の輔さん、彼は新湊の出身らしいですね。土日には、駅案内のアナウンスを志の輔さんがあのしゃべりで面白可笑《おか》しく吹き込んだテープが流れるんです」

「富山まであれで行かれるんですか」

「いえ、港までで万葉線はおしまいです。歴史的には面白いというか、悲しいというか、珍しい経緯をたどった路線なんですよ。富山側にある射水《いみず》線と、今は万葉線と呼ばれている高岡軌道線は、両側から開通していって繫がって、直通運転をしていたんです。ところが新湊に富山新港がつくられた時に、陸地を削っちゃった。繫がっていた路線が海で分断されることになっちゃったんです。それで富山までは行かれなくなりました。今はその分断された部分をフェリーが繫いでます。ただ、もうじきその部分に巨大な橋が建設されることになってて、それが完成すると、フェリーも使われなくなりますね」

「一度陸地を海にしたのに、また橋で繋ぐんですね」

「ええ、しかし道路で、です。車の為の。僕ら鉄道ファンからすれば、どうせなら鉄道もその橋を走らせて、また繋いでくれればいいのに、なんて思いますけど、それでなくても経営が大変な第三セクターではねえ」

氷見線は、そうした近藤の憂いは気にせずにどんどん走っていた。いつのまにか車窓の風景が町のものからのんびりとした田舎のものへと変わっている。

ふと見ると、線路と並行している細い道の端に、幼い子供たちが数名、並んで立っていた。保育園児だろうか。そばに立っている若い女性が電車を指さし、大きく手を振ると、子供たちも何か叫びながら手を振り始める。香澄は窓越しに子供たちに手を振り返した。

「忍者ハットリくんの電車が走る時刻を知ってて、ああして見物するんですね」

近藤の言葉に、そうか、今自分が乗っているこの電車の外側には、大きなハットリくんとブリがいるんだ、と思い出した。

「もうじきトンネルをくぐります。くぐって出たら海が見えます。その時、後ろの方を見てください」

「でも……ちょっと曇ってます」

「そうですね。いや、がっかりしなくてもいいですよ。行きが駄目でも帰りがあります。曇っていても充分に見えると思うけど、帰りの方がもっと感動します。僕は、行きはわざと見ないことにしているんです。帰りの感動をより大きなものにする為に」

「だったらわたしも見ないでいます」

「でも初めてでしょう？　帰りに万が一、天気が悪くなったら」

「その時は、また来ます。近藤さんも三回いらしたんでしょう？」

「なるほど」

近藤はまた、ニヤリとした。

「鉄道には興味がなかった、とおっしゃってたが、もうすっかり、あなたも鉄道ファンらしい」

「あ……そうでしょうか」

「鉄道に興味のない人が、景色を見るだけの為に何度も同じローカル線に乗ったりはしませんよ。でも嬉《うれ》しいな。僕らが貧乏鉄道旅をしていた頃は、女性で鉄道好き、という人に出会うチャンスなんてほとんどなかった。もちろん昔から鉄道好きな女性はいたんだと思うんですが、鉄道おたく、ってのは変人扱いされることが多くて、友達がいないとか暗いとか、常識がないとか偏見を持たれてたんです」

「そんな……鉄道が好きなだけで？」

「そんなもんですよ、世間なんて。何かに夢中になってる人間を軽蔑《けいべつ》する風潮って、いつの時代でもあるんじゃないかな。まあ誰しも、自分に理解できない世界に生きている人には、理由のない恐怖を感じるものなんでしょう。でも時代は変わりましたね。今は鉄道がブームらしい。女性で鉄道好き、というのも珍しくはなくなったし、大学の鉄道研究会に女子学生がいるのも普通になった。こうしてローカル線だとか三セク路線なんかを旅していても、あなたみたいな女性が一人で楽しんでいるのを見かけるようになりました」

「でもわたしはまだ、入り口から覗《のぞ》いているみたいな段階なんです。もっと奥が知りたい、楽しさが知りたいと思っているんですけど……」

列車がトンネルに入り、そして出た。

海だ。

「いいんですか、振り向いて見なくて」

近藤が面白がるように言う。香澄はうなずいた。

「はい。せっかくですから、最高の感動を経験したいんです。でもきれいですね、海岸の景色も。氷見ってどんなところですか」

「こぢんまりとした港町ですね。漁港の町です。今は静かなところですが、その昔、ブリ漁で大変な富を得た人たちがたくさんいた頃には、賑《にぎ》やかなところだったんじゃないかな。駅は小さいですが、なかなか味があります。町の中心にものすごく立派な商店街があって、いろんな店が並んでいます。地元の人が利用する店がほとんどですが、名産のうどんや蒲鉾《かまぼこ》も買えますよ。ああ、そうだ、面白い趣向もあって、商店街に不二雄Ⓐさんのデザインした海産物キャラクターがいるんです。あ、説明してしまうと面白くないな。ご自分でご覧になるといいですよ。それと夏場ならば立派なからくり時計が楽しめるんですが、冬は仕掛けが動いていなかったなあ、確か。名物はやはりブリですね。今の時期ならぎりぎり寒ブリが食べられます。素晴らしい味ですよ。氷見泊りなら、ブリ料理を食べさせてくれる宿もあるんですが」

「今夜は金沢に戻る予定なんです」

「それは残念だ。と言っても、僕も今日中に富山に出るつもりなんですけどね」

電車は雨晴駅に停車した。駅の向こうに見える道路沿いに、立派な望遠カメラを三脚にのせて、何人もの人たちが立っている。

「撮り鉄ですよ」

「鉄道写真を撮るのが好きな人たちですね」

「ここで、北アルプスを背景に海沿いを走る氷見線の写真を撮るんです。絶好のポイントです」

「見たことがあります、ポスターで。でも……あまりに見事な構図で……現実にある風景だとは思えなかった」

「それなら帰りが楽しみになりますね。きっと驚かれます」

香澄は、振り向きたい衝動をおさえた。

高之もきっと、その景色を見ただろう。そして感動しただろう。

だったら、その感動を最大限に味わって、ほんの少しでも深く、高之が愛した世界にひたりたい。

溺《おぼ》れてみたい。

2

雨晴駅から先も、列車は海沿いを走った。途中下車して海のすぐ近くまで行ってみたい気持ちをおさえ、終点まで乗った。氷見は、決して大きくはない、どこか懐かしい匂いのする田舎の駅だったが、待合室の一角には忍者ハットリくん関係の展示があって楽しい。さっきまで一緒にいた近藤はどうするのだろう、と周囲を見回してみたが、いつのまにか改札を出た彼の姿は消えてしまっていた。

ほんの少しがっかりしたような気持ちになったが、すぐに、一人旅を楽しまないと、と思い直す。

旅行ガイドに載っていた町の地図を見て、まずは商店街目指して歩いた。

駅から徒歩で五、六分で、商店街の端に着く。そこから延々と続いているアーケードに、香澄は驚いた。ほぼ真っすぐなアーケードは、国道を挟んだ左右両側に、先が見通せないほど長く続いている。比美町《ひみちょう》商店街、というのが名前らしい。平日の午前中だからなのか、閉まっている店も多かったが、看板からどんな店なのかは見当がついた。観光客向けと思われる店は少なく、生活に密着した商店街のようだ。

観光ガイドによれば、サカナ紳士録、というものがこの商店街のシンボルというか、アイドルになっているらしい。藤子不二雄Ⓐがデザインしたキャラクターが、立体的な人形になって置かれているとか。

ぶらぶらと歩いて、橋のようなものが見えたあたりでようやくその、サカナ紳士録、に出逢《であ》った。道の端に、薬局に置いてあるマスコットの象やカエルよりは少し小さなものが置かれている。背びれが立派な魚の名前は、ブリのブリンス。近づくと、アーケードに設置されているらしいセンサーがはたらいて、ブリンスの自己紹介らしきものが流れ出した。

さらに歩くとイカのイカゾウだの、タコのたこ八だのといったキャラクターが次々に現れる。何か物語があるようで、それぞれのキャラクターが活躍するらしい。

近藤が言っていたように冬の間は動いていないからくり時計のある橋から、さらに商店街は奥まで続いていた。そのところどころに、サカナ紳士録や忍者ハットリくんのオブジェが置かれている。楽しいけれど、同時に少し、さびしい。冬の平日とはいえ、あまりにも人の姿がないのだ。観光客が少ないのは仕方ないとしても、もう少し、地元の人の姿が見えればほっとできるのに。

蒲鉾店のショーウィンドウに、ものすごく大きくて絵画のように色彩豊かな蒲鉾が飾ってあり、思わず見とれた。結婚式の引き出物にでもするのだろうか。砂糖で同じようなものは見たことがあるが。

氷見うどん、と看板の出ている店に入ってみると、麺類《めんるい》がいろいろとおいてある。食べさせる店ではなく、生麺や乾麺を売る店だった。鉄道旅同好会の一員となって、あちらこちらと鉄道の旅をするようになったものの、土産を買う、というのはしたことがない。一人暮らしでは食べ物など買っても食べきれなくて無駄にしてしまうし、携帯ストラップやマスコットなどのご当地物を集める趣味もなかった。だが箱に入った氷見うどんを眺めているうちに、不意に思い立って、両親あてに一箱送ることにした。

宅配便の送り状に宛名や住所を書き込んでいると、なんだか不思議な気持ちになる。旅に出て、旅で見つけた何かを、親しい人に贈る。

なんでもない日常的なことだと思っていたけれど、自分がそんな気持ちになったことに少し驚いている。自分は今、旅に出ているのだ、と、あらためて思う。

店を出て、商店街の端まで歩いてみた。本当に長い商店街だ。途中にバス停があり、高校生らしい制服の女の子が二人、バスを待っていた。眠たくなるような、地方都市の昼時だ。

バスが着いた。と、驚いたことに、近藤が降りて来た。

「あれえ」

近藤は人なつこい笑顔でバスを降りて来た。

「これは偶然だ。商店街散策してたんですか」

「ええ。近藤さんは、駅からバスに？」

「この商店街は前に来た時に歩いたんで、今日はちょっと先の方まで行ってみたかったんですよ。それで路線バスに乗ってみました。特に目的があったわけじゃないんですけどね、時々、適当に路線バスに乗るのが僕の旅のスタイルなもんで。なかなかいいもんですよ、地元の路線バスも。観光地じゃない、本当のその土地の街並みや風景が観られるし、方言で話す地元の人たちの会話も耳に入って来ます。あ、ところで、そろそろ昼飯時だけど、どこかあてがありますか？」

「いいえ、まったく。ガイドブックでも見て探そうかなと思っていたところです」

「なら、つきあいませんか。前に来た時に入った店が美味《うま》かったんで、さっき携帯で予約入れたんですよ。すぐそこです」

香澄は考える間もなく、近藤のあとについて歩いていた。やっぱり自分には一人旅は無理なのかな。正直、近藤にまた逢《あ》えて嬉《うれ》しかったのだ。氷見の商店街はあまりにも静か過ぎて、人の活気がなさ過ぎた。いつもこんなふうではなく、たまたま、なのだろうけれど。

近藤は、まるで地元民のように迷いもなく国道を離れて路地へと入って行く。そして引き戸をガラガラと開ける。寿司《すし》、定食、と書かれた地味な看板が表に出ていた。地元の人々が一献傾ける寿司屋のようだが、昼時は定食をやっているらしい。観光客には見えない二人連れが、テーブルに座って楽しそうに箸《はし》を動かしている。近藤が名前を言うと、恰幅《かっぷく》のいい女性が奥のテーブルに案内してくれた。奥、とは言っても、テーブルは全部で三つ、あとはカウンターだけだ。カウンターにはガラスケースがあり、寿司ネタが並んでいる。テーブルの上のメニューをちらりと見ると、昼の定食も寿司が中心のようだ。

「ブリ定食、がおすすめなんだけど、ブリは大丈夫？」

「大好きです」

「良かった。じゃ、ブリ定食二つ」


「寒ブリ漁をこの目で見たいんですよ、いつか」

近藤は、おしぼりでさっと顔を拭《ふ》いてから言った。

「仕事があるんで、なかなかその季節に来られなくて。今はまだシーズンぎりぎりなんで、その気があれば可能なんですが、結局今回もとんぼ返りです。つくづく、時間にしばられてなかった学生時代に、もっともっといろんなものを見ておけば良かった、いろんなところに行けば良かった、と思います。四十九院さんが羨《うらや》ましい。あ、でも、昨今は学生もけっこう大変みたいですね。昔のように授業サボって旅行に出ちゃうなんてことは、あんまりしないとか。就職の準備もあるし、単位落としてなんかいられないからみんなせっせと授業に出る。まあそれが学生の本分なんだろうけど、ちょっと寂しい感じもしますね」

「でも近藤さんも、大学で講師されているんですよね」

「まあそうなんですけどね」

近藤は明るく笑った。

「自分の授業をサボられるとムカつくんだけど、毎回毎回、きっちり出席してる学生たちを見ていると、それはそれで、なんかイライラするんだなあ。実に身勝手な感想なんですが。でもね、せっかくの大学生、って身分なんだから、もっと自分なりの利用の仕方を考えろよ、ってどうしても思います。だって社会に出ちゃったらもう、たった三日の旅行だっていろんな犠牲を払わないとできないんですよ。本当はからだを休めないといけない週末を潰《つぶ》すしかないとか、貴重な有給休暇を使うしかないとかね。旅、ってのは、ほんとに贅沢《ぜいたく》なものなんです、昔から。贅沢だから楽しい。時間とかお金とか、いろんなものと引き換えにするから、すべての目に入るもの、耳に入るものが心に残る。……四十九院さんは、何の為に旅をしてるんですか」

「何の……ため」

香澄は少しの間考えた。そして言った。

「……探しているんだと思います」

「探している。何を？」

「風景……いえ、光景」

「どんな光景だろうな。あなたを感動させる、光景とか？」

「わたしではなくて……わたしが昔、知っていた人が感動したはずの、光景です」

香澄は、別に秘密にしておかなくてもいいや、と思った。近藤は関係者なのかもしれない。もしかしたら、高之が失踪《しっそう》したことについて、何か知っているかも。だがそれならなおさら、氷見線の中で出逢ったことはひとつの必然なのだ。そう思う方が、隠しておくよりも前に進める、と感じた。

「叔父《おじ》が、いなくなってしまったんです。……鉄道旅同好会の会員で、とにかく鉄道に乗るのが大好きな人でした。ある日、いつものように旅に出て、そして戻らなかった。……わたしはその叔父のことをとても慕っていました。だから叔父が出逢って感動した光景を、見てみたいんです。この目で」

「園部くんのこと、でしょうね。……あなたの叔父さんだというのは意外というか、彼はもっと若いはずだけれど」

「叔父を知っているんですか！」

香澄は思わず身を乗り出した。

「ほんとに叔父なんです。歳が近くて、兄のような存在でしたけれど……タカ兄ちゃん、叔父の高之のこと、近藤さんは知っていらっしゃるんですね！」

「飲み会で話したことがある程度です。僕は正式な会員じゃなかったから、活動自体を一緒にしたことはなかった。旅にも一緒には行きませんでした」

「タカ兄ちゃんは、いつも一人旅でした。一人の方が楽でいいって」

「同好会のメンバーはほとんどそうでしょう。僕もそうだったし。だから彼に関する記憶というのも、ほとんどが飲み会でのものなんですよ」

「タカ兄ちゃんがどこを旅したか、そんな話はしませんでしたか」

「それは、しましたよ。たくさんしました。というか、同好会の飲み会での話題は旅と鉄道のことばかりですからね」

「だったら教えてください！　タカ兄ちゃんがどこをどんなふうに旅したか」

「彼はまめに同好会の会報、つまりあのホームページに記事を書いていたはずです」

「それは読みました。でも、足りないんです。タカ兄ちゃんはもっと頻繁に旅行していたんです。旅から戻ると必ずわたしに、何かひとつお土産をくれたんで知ってます。でもタカ兄ちゃんは、旅の記録を何も残していないんです。ノートもない、日記もない。でもタカ兄ちゃんが、会報に書いた旅以外でどこに行ったのか、どこを歩いたのか、どんな列車に乗ったのか、わたし、それを知りたいんです。全部、知りたいんです」

　近藤は、ひとつ息を吐いた。

「あなたが知りたいのは、彼がどこを旅したのかではなくて……彼が最後に旅したのはどこか、ですね」

「最後って、どういう意味ですか！」

　香澄は思わず気色ばんだ。

「タカ兄ちゃんは生きてます！　生きてるって、わたし、信じてます」

「そうじゃなくて」

　近藤は箸をとった。定食の盆が運ばれていた。香澄は言葉を続けようとしたが、盆を置いた女性の視線が気になって黙った。

「そうじゃないんです。すみません、言い方がまずかった。でも、園部くんは家に戻っていない。つまり、旅から帰っていない。そうですよね。旅、というのは、戻るから旅なんです。帰るから、旅なんです。戻らないでどこまでも旅を続けてしまうのは、放浪です。あ、食べましょう。ほんとに美味いですから」

　盆の上には、ブリの刺し身、ブリのカマを焼いたもの、ブリのアラの味噌汁《みそしる》、それに飯と漬物がのっていた。

　香澄は高之のことを考えて食欲がなくなった気がしたが、箸をとり、ブリのアラの味噌汁を少しすすった。そして驚いた。

「すごい……濃いです、味」

「美味しいでしょう。ブリのアラの力強い味がそのまま出てる。でも焼き物や刺し身にはもっと驚きますよ」

香澄は素直に箸を動かした。ブリの刺し身を口にふくんで、さらに声が出た。

「これ……すごいです。弾力が！」

「あぶらはのっているのに、弾むような噛《か》みごたえがあるでしょう。これがブリなんですよ、天然の。僕らが普段、ブリとして食べているのはもっとあぶらっぽくて、やわらかい。悪く言えばふにゃふにゃです。いかにも肥満した、餌が足り過ぎた魚の身の味がします。寒ブリの実力は、こんなにすごいんです」

焼き物も、素晴らしい味だった。何よりも風味がいい。生臭さはまったくなくて、ただ口の中に、魚の旨味《うまみ》と脂肪の甘味が一気に広がる。

「どうってことない、ガスで焼いた焼き魚なのにこんなに美味い。このブリ、炭火で焼いたりしたらたまらないでしょうね。素材の違いってのは、ほんとに決定的です。この氷見では、こんなブリが当たり前のものなんです。旅に出ると、その土地、その土地に宝物があるなあっていつも思います。ただ地元の人たちは、あまりにも当たり前なのでそれが宝物だってことになかなか気づかない。氷見のブリは有名ですから、さすがに地元の人も自慢しますけどね」

香澄はうなずきながら、夢中で食べた。箸をつけるまでは食欲がないと感じていたのに、寒ブリの力が、香澄に箸をおかせなかった。

「さっきの話の続きです」

盆の皿がみな空になってから、近藤が言った。

「園部くんは旅から戻っていない。つまり今も旅を続けているか、旅はやめて放浪しているか。どちらにしても、園部くんにとっての最後の旅が、そこには存在しています。あなたが知りたいのは、その旅についてですよね。園部くんがどこでその旅を終えたのか。なぜ戻って来ないのか」

香澄は、うなずいた。

「お役に立てるかどうかはわかりませんが、できるだけ思い出してみます。彼とどんな話をして、彼がどんな旅をしていたのか。でも少し、時間をください。今すぐに思いだせることは、ほんの少ししかない」

「ありがとうございます」

「とりあえず、園部くんは氷見線に乗ってますよ」

「本当ですか?」

「それは間違いないです。雨晴海岸の車窓風景について、彼と話したことがありますから」

近藤は腕時計を見た。

「もう少し観光しますか?　でも夕方までに金沢に戻るなら、次の列車で高岡に戻った方がいいと思いますが」

「行きます。今度は目を開けて、景色を見ます。行きにとっておいた景色を、この目で」

「四十九院さんにはツキがありそうだ。この天気なら、すごいものが見られますよ、きっと」


駅までは商店街を通らず、港をまわって歩いた。天気は悪くなかったが、春先特有らしい霞《かすみ》が海をおおい、遠景に見えるはずの北アルプスの姿は見えない。このままだと雨晴海岸の景色もあやしいかもしれない、と思うと不安になる。

港付近にもあまり人はいなかった。漁師の仕事は未明から朝にかけて一通り終わってしまうだろうし、高岡あたりに通勤している人々はこの時間、オフィスや工場でランチタイムを終えている。東京郊外の住宅地とこの北陸の小さな港町とで、実はそんなに違いはないのかもしれない。働き手が出かけてしまい、子供たちが学校に行けば、町に残るのは年寄りばかり。

そして、人のいない町を闊歩《かっぽ》する、野良猫たち。

駅に出てみると、発車時刻までは余裕があったが、思いのほか人の姿があった。高岡に買い物に出るらしい地元の人に混ざって、観光客も数組いる。

ホームで待っていると、やがて高岡からやって来た二両編成の電車が停車し、人が降りた。清掃時間などはとらず、ドアは開いたままになる。折り返しの発車まで、香澄は近藤と車内で待った。

進行方向に向かって左。もうすぐ、高之も見たはずの、絶景が見られる。

心臓が軽く鳴りはじめた。

十数分の待ち時間はすぐに過ぎて、忍者ハットリくんとブリが描かれた愉快な列車は、氷見駅を離れ、高岡を目指す。


「あの」

香澄は、胸の高鳴りをしずめるつもりで近藤に話しかけた。

「近藤さんも鉄道には当然、お詳しいんですよね」

「いや、それほど詳しくはないですよ。ただこうやって電車に乗って旅をするのが好きなだけですから」

「なんでもないことなのかもしれないんですけど……ちょっと気になっていることがあって」

「なんだろう。僕でわかることかな」

「急行能登で、長岡で下車することってできるんでしょうか」

「長岡？　いや、あそこはスイッチバックするのにけっこう長いこと停車するけど、下車はできないでしょう。客車のドアは開かないはずですよ」

「手動で開けたら運転手さんにわかりますか」

「わかると思いますね。仮に無理にドアを開けたり、何かの都合で開けられたドアからホームに降りたとしても、ホームにいる駅員にすぐに見つかりますよ。深夜で他に客はいませんからね、私服でうろついていたら目立ちます」

「だとしたら……越後湯沢の手前で車内にいた人は、高崎から直江津まで、ずっと車内にいるはずですね」

「まあ理屈だとそうなります。抜け道がまったくないのか、と言われると、そんなこと考えたこともないんでわかりませんけど。鉄道ミステリなんかでは、夜行列車が下車できない駅にも停車することがトリックに使われたりしてますね。だからいろいろと無理をすれば、長岡で脱けだすことも不可能じゃないかもしれないなあ。でも現実には難しいはずです。駅員は遊んでいるわけではないですからね、客車の安全には特に気を配っています。停車駅でもないところで人が降りたら、見つけないはずがない。長岡で誰かが降りた、という事実があるんですか？」

「いいえ、違うんです。確かにずっと乗っていた人が、直江津を過ぎてから車掌さんに、わざわざ途中で乗って来たみたいに言って切符を買っていたので、どうしてそんなことするんだろう、って」

「ああ、それならたぶん、大宮か高崎で定期券か何かで乗っちゃったんじゃないかな。

上野はホームで急行券改札があるから難しいけど、大宮なら大丈夫じゃないかな。急行能登は自由席がたくさんありますからね、夜間になればわざわざ寝ている人を起してまで検札はしない。消灯までなんとか検札を避けることが出来たとしたら、ほんとなら乗った分の急行券を買わないといけないけど、それをキセルしたとか」

「でもそれだと、乗った駅の改札を通っている乗車券は必要でしょう？」

「あ、そうか。乗車券を見せずに急行券だけ買うのは無理だな。うーん……小説なら、答えは簡単なんですけどね」

「簡単、ですか」

「アリバイ工作」

近藤は言って、笑った。

「自分は高崎からその列車に乗ったんじゃない、ってことを車掌さんに印象づけるのが目的です。で、あとで列車の中から死体が見つかるわけですよ。死亡推定時刻とか、なんかそんなもんが判って、犯人は上野から高崎の間に急行能登に乗り込んだはずだ、ってことになって、その人はアリバイが成立しちゃう。でも小説だとそのアリバイは崩さないとならないから、直江津より前に車内でその人を目撃している人、つまり四十九院さんが重要な目撃者となるわけです。それで、犯人は四十九院さんの命を狙うことになる」

「だって」

香澄も笑いながら言った。

「急行能登に死体なんかなかったですよ」

「本当に？　単に金沢に着くまで発見されなかっただけかもしれませんよ。乗客がみんな降りて、回送になってから発見されたかもしれない」

「金沢で北陸鉄道に乗ったんです。往復で五十分くらいかかったと思います。それからまた金沢駅構内に入ったけど、そんな事件があった雰囲気はありませんでした」

「わかりませんよ。金沢に戻って夕刊をぜひ買ってみてください。ほんとに死体が発見されてたら、すぐ僕に連絡してくださいね」

「野次馬なんですね、近藤さん」

「好奇心が強くないと旅なんか楽しくないですからね。旅好き、ってのはみんな野次馬なもんです。おっと、そろそろ雨晴海岸だ。さあ、どうかな」

近藤に言われて、香澄は窓に顔をつけた。が、ホームからは海岸沿いの松林が迫り過ぎていてよく見えない。

「発車したら立って見てごらんなさい。遠慮なんかしてたらだめですよ、氷見線のハイライトなんだから。前方、空を見るんです」

列車が動きだす。香澄は立ち上がり、車両が進む方向の上方に目を向けた。

突然、見えた。

声が出ない。
言葉にならない！

空いっぱいにそびえる、あまりにも大きく美しい北アルプス。
その山々は、まるで魔法のように、海から直接そそり立っていた。
富山湾の青。空の青。
その間に、白く輝く巨大な山景。
絵画の縁取りのように、その景色の中を進む列車。下方には松の緑。

絶景だった。

こんな景色が、この国、日本にあるだなんて。

列車が進むごとに、どんどんとその景色のまっただ中へ走りこむこの感覚。
ただ景色を眺めているのではない、景色の中に、その一部へと、自分が疾走して行く、
この絶対的な快感！

この季節の奇跡なのだ。
冬でなければこんなにもアルプスは白くない。
春が来なければ、その白いアルプスにくっきりとした黒い筋は入らない。
ここに、今この景色の中に、この国のすべてがある。
山。海。緑。四季。そして、鉄道。
短く、儚《はかな》く、けれどこの上もなく美しい夢の時間は過ぎ、列車はトンネルへと入った。
香澄は座席に座り、大きくひとつ、ため息をついた。
ぽろり、涙が頬をつたって、落ちた。

いつか終わる旅
ＪＲ日光線

1

東武《とうぶ》特急スペーシアは、とても快適だった。東武日光《にっこう》線の日光や鬼怒川《きぬがわ》方面への特急は、東武浅草《あさくさ》駅から発車するものが多いが、香澄が乗車しているスペーシアきぬがわ3号は、新宿《しんじゅく》駅から発車する。今回は割当てられたホームページ用の記事を書く為の乗車なので、わざわざ新宿駅から乗ってみた。東武日光と言えば浅草、というイメージが一般的なところに新宿発車というのも新鮮かな、と考えたのだ。

だが、新宿発と言っても特に目新しいルートを通るわけではなく、ＪＲ埼京《さいきょう》線の路線を使って大宮まで走ってしまうので、結局大宮に到着するまではこれといって書くこともない。でも大宮を出てから、いったいどこでＪＲ線路から東武線路へと乗り入れるのか興味津々だったので、栗橋《くりはし》駅が近づいて来た時には少しドキドキした。ＪＲ東海は以前から小田急線で直通乗り入れ運転を行っているが、ＪＲ東日本が私鉄と相互直通運転を行うのは、この路線が初めてらしい。JRと東武の双方が近接して駅を持つ栗橋はまさに格好の乗り入れポイントである。双方の栗橋駅の少し手前で、東から来た東武線路と南から来たJR線路とがX字に交差する。そこでポイントが切り替えられるわけだ。

もともと鉄道マニアというわけではなく、旅は好きだけれど特に電車の旅でなくても、という感じだった香澄も、このポイント切り替えには興味があった。が、座席に座ったままで窓の外を見ていた香澄は、慣れていないせいか切り替えの瞬間がいつだったのかわからず、あ、と思った時には電車はもう栗橋駅を通過しかけていた。

それでも、後方に消えていく二つの栗橋駅をちらっと確認した時には、とても楽しい魔法にかけられたような高揚感があった。

さっきまでこの電車は、JRの線路を走っていた。確かに大宮ではJRの駅に停車した。なのに、乗り換えることもなく座席に座ったままで、今はもう東武線を走っている。なんだそんなこと、それのどこが魔法なんだ、と言われてしまうとそれまでなのだが、これを「楽しい魔法のようだ」と感じられるようになったのは、自分が鉄道マニアの入り口にようやくたどり着いた、ということなのかもしれない。

鉄道マニアになりたいとは思わないけれど、鉄道マニアの気持ちは知りたい。初恋の人が憧《あこが》れ、夢中になっていたものの正体を、その思いを、知りたい。

今、スペーシアは栃木《とちぎ》駅を出てもうじき新鹿沼《しんかぬま》の駅に着く。このまま鬼怒川温泉まで乗って行って、温泉でのんびり一泊して帰るのもいいなあ、と思う。明日は休めない授業ってあったっけ？

切符は東武日光まで。乗っているスペーシアは下今市《しもいまいち》から先、鬼怒川温泉まで走るが、日光へ行くには下今市で乗り換えになる。

平日のせいか車内は空《す》いていたが、それでもこれから温泉旅行に出かけるところ、という四人組の婦人が賑《にぎ》やかなおしゃべりに興じていたり、初老の夫婦が旅行のガイドブックを眺めながら静かに座っていたりと、観光路線らしい雰囲気に満ちている。

窓の外に広がっていたのは、少し前まで郊外の住宅地の光景だった。それが今は、畑と田圃《たんぼ》、時折川を渡り、雑木林が後方へと去って行く。

鹿沼、という地名に馴染《なじみ》はないが、広島の実家のベランダにさつきの鉢がいくつも並んでいた。さつきは母の趣味のひとつだった。そしてその、さつきを育てるのに適した土が、鹿沼土、だと教えて貰《もら》った。母の話では、土、と呼ばれてはいるが本当は軽石の細かいものらしい。酸性なのでさつきやツツジなど酸性土を好む植物に適している他、いろいろな植物のさし芽にも使われる。クリーム色の鮮やかな土だ。その鹿沼土は、このあたり、栃木県鹿沼市を産地としているらしい。

新鹿沼での短い停車時間に、香澄が乗った車両に新顔の乗客が現れた。女の子がひとり。

かなり明るい色の長い髪をしている。髪の先は縦ロールにくるくると丸められ、きらきら光るカチューシャはピンクのラインストーン。ふわふわとしたピンクと白のワンピースに、素足、そして足下はがっしりとウエスタンブーツだ。真夏でもロングブーツが流行《はや》っているのは知っていたけれど、鬼怒川温泉に向かう特急に新鹿沼から乗り込んで来る服装としては、相当に目をひく。案の定、四人組の婦人連はめざとく彼女を見つけてこそこそと笑い合っている。

服装だけではなく、女の子の化粧もかなり印象的だ。付け睫《まつげ》や濃い黒いアイラインで目のまわりを異様に強調するメイクは、東京ではもう流行のピークを過ぎて、最近ではだいぶおとなしい感じになって来ているが、その女の子のアイメイクは驚くほど濃くて、素顔が想像つきにくい。ただ、ファウンデーションを塗っていてもその肌のなめらかさは見てわかる。年齢は相当に若そうだ。

女の子はちゃんと指定席券を持っているようで、座席番号を丁寧に見てから香澄と通路を隔てた席に座った。手にしているのは白い小さなバスケットひとつ、旅行に行く雰囲気ではない。バスケットには、赤いイチゴの実を模した飾りがついていた。

若い女の子らしく、席に座るなり化粧ポーチを取り出して鏡を覗《のぞ》き込む。自分に注目している視線があることなどまるで気にしていない。

香澄自身はあまり化粧をしない方なので、外出先でもごくたまにしか化粧直しをしないのだが、同級生にはひっきりなしに鏡をのぞき、マスカラで睫毛を撫《な》でている人もいるので、電車の中で化粧を直すことに対しては、特に感想がない。ただ、この先は鬼怒川温泉か日光か、というこの観光電車にひとりで乗り込んで来て、窓の外を一目観ることもなく自分の顔に熱中している、という姿には、なんだかとても違和感をおぼえた。

それでも、女の子が顔を上げもしないので、香澄もそのうち彼女のことは忘れて窓の外ばかり見ていた。

梅雨明け宣言はまだ出ていないが、空にはもう入道雲がぽかりと浮かび、眩《まぶ》しいような青空の中、流れる緑は圧倒的だ。窓を開けて風を感じられたらさぞかし気持ちがいいだろう。

下今市に着いて、香澄はスペーシアを降りた。特急の到着に合わせて日光行きの電車がすでにホームで待っている。乗り換えはとても簡単だ。日光もやはり人気が高いのは紅葉が綺麗《きれい》な秋だろう。この季節は、オンシーズンながら平日ということもあって、日光行きの電車に乗り込んだ人は思ったよりも少なかった。

香澄のすぐあとから、ふわふわとしたワンピースを着たあの女の子も乗り換えた。なるほど、鬼怒川温泉よりは日光の方が、まだ少しこの子の雰囲気に合致している気はする。

日帰り旅で、しかも目的は電車に乗ることだったから、のんびりと日光見物している時間的な余裕はなかった。初めから決めてあった通りに、とにかく金谷《かなや》ホテルまで行ってコーヒーラウンジでカレーを食べ、その足で引き返して来てＪＲ日光線で宇都宮《うつのみや》に出る予定で歩き出した。

東武日光駅から金谷ホテルまでは、ちょうどいい散歩距離だ。途中で土産物屋を冷やかし、絵はがきを眺めてゆっくりと歩き、金谷ホテルに着いた。

金谷ホテルは創業が明治二十六年、日本でもっとも歴史のあるリゾートホテルだ。日光を訪れる外国人賓客の為に建てられたホテルで、現在でも残っている土蔵には、当時使われていた食器なども残されていて、文化的価値も高い。外観は和洋折衷、モダンな旅館のようにも見えるが、一歩中に入ると明治・大正時代の香りが確かに残っていて、内装やシャンデリア、階段の装飾などがひとつひとつ美しい。どこをカメラで撮っても絵はがきになるようだ。が、そうした歴史と重厚な雰囲気にもかかわらず、サービスがとても家庭的で温かいのも評判のホテルである。そう言えば、ホテルマン達の笑顔も人懐こく、ホテルの中の空気がどこか庶民的だ。

金谷ホテルのレストランは、料理も内装も素晴らしいと評判だった。レストランで鱒《ます》の料理でも食べられたら素敵なのだが、時間も予算もないのでコーヒーラウンジへ行く。お目当ては、百年ライスカレー。

このホテルの土蔵の中から数年前に見つかった、明治時代のライスカレーのレシピ。そのレシピを再現したカレーらしい。

金谷ホテルはベーカリーで焼くパンやレストランの料理を積極的に商品化して販売しており、百年ライスカレーもわざわざここまで来なくても通信販売でレトルトのものが売られているのだが、それを言ってしまうと今の日本、どこに旅行しても東京にいて通販で買えるもので溢《あふ》れている。現代の旅では、現地の名物を味わう楽しみもごく自己満足的なものにならざるを得ない。

別にそれでいいのだと思う。旅に出たら、何か新しい体験をしなくてはいけないというものではないはずだ。ただ電車に乗って日常を脱けだし、見慣れないコーヒーショップに座って一杯のコーヒーを飲む。素晴らしく美味《おい》しいコーヒーでなくていい。ごく普通の、少し焦げくさかったりするコーヒーで充分だ。

鉄道旅同好会に正式加入して、会長の井上からすすめられたのが、内田百閒《うちだひやっけん》の『阿房《あほう》列車』だった。乗り鉄のバイブル、と呼ばれる随筆集。ただ大好きな列車に乗りたい、それだけの理由で借金までして旅に出る百閒先生は、だが目的地らしき場所に着いてもいっこうにまともな観光はせず、ほとんどの時間、宿で酒宴に明け暮れる。それももともとあまりたくさん食べない方なのか、酒宴に出された現地の珍しい食べ物のことはほとんど記述がなく、ただただ、だらだらと酒を飲んで楽しんでいる。そして酒の残った頭をふりふり、また列車に乗る為に早起きしたり、タクシーを呼んだり、と、世間一般には「無駄」としか思えない旅を続けるのだ。

だからこそ、『阿房列車』は何年経っても、いつの時代も、列車に乗ることが大好きな人々の心をとらえるのだと思う。

旅に出たらこうしなければならない、という束縛がない。あれもこれも見ないと、あれやこれや食べないと、と、予定に追い立てられる不自由さがないのだ。借金までして遠く九州まで旅をして、旅館で酒を飲んだだけで観光のひとつもしないで帰って来る。巷《ちまた》にあふれる観光ガイドの存在などまるで無視した、真から自由な旅。

さすがに香澄は百閒先生ほどに達観してはいないので、日光まで行ったらひとつくらいはイベントをしてみたい、と金谷ホテルの百年ライスカレーを選んだのだ。

ビーフ、チキン、鴨、と選択肢があった。鴨、というのがいかにも西欧的で惹《ひ》かれたが、カレーだ。カレーはチキンが王道だと思っているのでチキンにする。予想通り、イギリス風のカレーだ。でも少し不思議な味がした。最初に甘味がとても強く感じられて、それからカレーの風味がたって来る。イギリス風のカレーが好きな香澄には、とても美味しかった。

百年前の華やかな社交界にしばし思いをはせつつ、セットのコーヒーを飲み終えてラウンジを出る。ベーカリーに寄って、ホテル自慢のパンを少し買った。お土産ではなく、自分用だ。

それからまた、来た道をのんびりと戻った。通り沿いの土産物屋には、湯葉、と書かれた看板がたくさん出ている。日光は湯葉が名物なのだ。湯葉まんじゅう、とあるのも気になる。湯葉に餡《あん》を包んだおまんじゅうだろうか。と、揚げゆばまんじゅう、という文字が目に入り、ふわっとドーナツのような甘い香りもして来た。湯葉まんじゅうをさらに油で揚げてあるらしい。甘い匂いにつられてつい店先まで寄ってしまったが、カレーで満腹だったので、ひとつください、と言いだすのを躊躇《ためら》った。と、店先にいた客が暖簾《のれん》をくぐって通りに出て来た。

あの女の子。

手に揚げまんじゅうを持っている。

思わず、女の子の顔とまんじゅうとを見比べた。

「半分こする？」

いきなり女の子に言われて、自分にかけられた言葉だと思わずにきょとんとし、それから後ろを振り向いた。誰もいない。

「これおっき過ぎるよ。甘いし。あなた、カレー食べたでしょ。一個は食べきれないって思ってるんでしょ。だから、はい」

女の子は、手にしていたまんじゅうを半分に割った。

「これ、あげる」

「あ、ありがとう……ございます」

とってつけたような丁寧な言葉は、自分でもみっともないと思った。けれど、見知らぬ人間にいきなり懐に飛び込まれるのは慣れていない。

女の子は意に介するふうもなく、さっさと前を歩いて行く。駅までは一本道なので、香澄もそのあとをついて行く形になる。揚げ湯葉まんじゅうは確かに甘かったが、それでも思ったほどくどくなく、半分はちょうどよくお腹におさまった。

「あの」

香澄は小走りで女の子に追いついた。

「わたしがカレー食べてたの、見てたんですか」

「うん。あたしもあそこにいたんだ」

「そうなんですか。すみません、気づかなくて」

「日光って、これで全部？」

質問の意味がわからなくて、香澄はしばし絶句した。が、女の子が土産物の並ぶ通りのことを言っているのだ、とわかった。

「ここはほんとに一部ですよ。この先、金谷ホテルのもっと先に東照宮《とうしょうぐう》があって」

「猫が寝てて、猿が三匹いるやつ？」

「え、あ、はい」

「それだけ？」

「いえ、他にも見どころはたくさん。それに東照宮自体とても広いです。それと奥日光まで行けば中禅寺湖《ちゅうぜんじこ》とか、その先には戦場ケ原《せんじょうがはら》とか」

「どうしてあなたは行かないの？」

「え、わたしは今日は、日帰りの予定なんです。というか、本当の目的は日光線に乗ることなので」

「さっき乗って来たじゃん」

「来る時に乗ったのは東武鉄道です。東武日光線です。帰りは、ＪＲの日光線に乗る予定なんです」

「他の電車があるの！」

女の子は急に真剣な顔になった。

「どこに！　あたしもそれに乗りたい！」

「で、でも、あの、新鹿沼には停まらないですよ。というか、全然別の路線で、宇都宮に行ってしまいます」

「いいのよ、あたし、東京に行くから。宇都宮から東京って行けるよね」

「行けますけど……」

「じゃ、あたしも一緒に乗る。日光線。どこから乗れるの？」

「日光駅から。さっき出て来た東武日光駅のすぐ近くです」

女の子は香澄に歩調を合わせた。

「あなた名前、なに」

「あ……か、香澄です」

「ふうん。あたし真央《まお》。浅田《あさだ》真央ちゃんと字もおんなじなの」

「いい名前ですね」

「どうかな。有名人と名前がおんなじで得することなんか、ないよ。浅田真央なんてあたしと何の関係もないアカの他人なのに、名前聞くとみんないちいち、スケートはやらないのか、とか、何かスポーツしてないの、なんて訊《き》くんだから。むちゃくちゃだよね」

「そうですね」

「香澄は電車乗るの好き?」

「え、はい。好きです」

「ふうん。あたしね、電車ってほとんど乗ったことないんだ」

「先ほどは新鹿沼から乗っていらっしゃいましたね」

「おじいちゃんちがあんのよ。でも行ったのは初めてなの。おじいちゃんには逢《あ》ったことあったけど、家には行ったことなかった。年賀状の住所をネットで調べて、新鹿沼からバスに乗れば行けるってわかったから。おじいちゃん、すごく驚いてた。でも顔見に行っただけだったからさ、すぐ出て来ちゃった。それで浅草に行こうかなって駅に着いたら、浅草行きよりも鬼怒川温泉行きの方が早く来るんで、乗っちゃったの。そしたらアナウンスがあったじゃない。日光に行きたい人は乗り換えてくださいって。ああ、日光って行ったことなかったなあ、って思ったんで、そのまま乗り換えちゃった」

「金谷ホテルは知っていたんですか」

「ううん、知らない。この通りずっと歩いて行ったらあったんで、入ってみたの。面白い形してたから」

「いいホテルですよね」

「うーん、そうなの? あたし、ホテルって泊まったことないんだ」

電車にもあまり乗ったことがなく、ホテルにも泊まったことがない。旅行嫌いな家で育ったのだろうか。

東武日光駅が見えて来たところで、右手に折れる。ＪＲ日光駅の屋根が見えている。

近づいて行くと思わず溜《た》め息が出た。

利便性と乗車料金の安さから、首都圏から日光に出る足としては今や東武に圧倒されているＪＲ日光線だが、その昔は皇族が使った駅としてのプライドは今でも健在で、ノスタルジックな大正初期の建物はとても美しい洋館のようだ。実用一点ばりの東武の駅とはまさに対照的。

香澄はカメラを取り出してその姿をおさめた。

「きれいね」

真央も感心したような声を出した。

2

ＪＲ日光駅の建物は、大正元年に竣工《しゅんこう》された洋館である。下調べによれば、この駅舎は二代目。開業は明治二十三年だそうだ。だが二代目とはいっても大正元年、明治洋館建築の粋を感じさせる非常にエレガントな外観をしている。ネオ・ルネッサンス様式と言うのだろうか、白亜の建物は装飾的で華奢《きゃしゃ》な柱に支えられ、屋根にはそこはかとなく和を感じさせる瓦《かわら》が使われている。それほど大きくはないが、模型を部屋に飾っておきたいような美しさだ。

近づいてみると、外側のデザインの美しさだけではなく、その細やかな装飾ひとつひとつに、ほう、と溜め息が漏れた。白一色に見えていた壁や柱は、白を基調にはしているが、ごく淡いくすんだピンク色のような色の濃淡にも塗り分けられていて、駅正面の扉部分は濃いあずき色だ。そして、日光駅、の文字は、あずき色にとても映えてしかも上品に見える金色だった。

「おっしゃれー」

真央が素直な声をあげる。本当にそうだ、と香澄は思った。とてもお洒落《しゃれ》だ。

「これって明治時代とかのレプリカ？」

「修復はしてるだろうけど、大正元年に建ったものだそうですよ」

「大正……がんねん？　じゃ大正時代か」

「ええでも、大正元年は明治四十五年ですから、明治時代の様式と言ってしまってもいいかもしれませんね」

「昔の駅ってお洒落だったよねえ。今の駅はどうしてお洒落に作らないんだろう」

「どういうものをお洒落だと感じるかの違いもあると思うし……やっぱり、使いやすさと建築コスト、土地の有効利用率なんかをいろいろ合せて考えると、こういう余裕たっぷりの駅を新しく造るのは難しいんでしょうね」

駅の構内に足を踏み入れると、また感嘆の溜め息が漏れた。

タイムトラベルでもして明治・大正時代にいるような気になってくるほど、その空間はレトロで不思議だった。

薄暗いのは照明が少ないせいだが、その暗さがまた独特の雰囲気を醸し出している。今はのぼることはできないが、二階へと上がる階段もシックで、待合室にあたる部屋も古い映画の一コマのようだった。木製の部分はすべて濃い焦げ茶色、壁は白。

切符の自販機は当然あるが、なぜか吸い寄せられるように窓口へと向かう。それが当然のように、この駅には、駅員が座っている窓口で切符を買うことが似合う。

都内まで切符を買ってふと、貴賓室特別公開、という小さなポスターに目がとまった。

「貴賓室って今日も見学できるんですか」

「できますよ。改札を入っていただいて左にあります」

香澄は貴賓室の見学料も払った。香澄が窓口を離れると、真央がやけにゆっくりと窓口に向かった。香澄と距離をおきたがっている、そんな気がした。窓口で行き先を告げるのを聴かれるのが嫌なんだろうか。香澄は真央に目線で先に行くと伝えてから、改札を通ってホームに出た。

貴賓室はホームの中にあった。建物がホームに建っているわけではなく、ホームから中に入れる部屋になっている。想像したよりはずっと小さい。列車が来るのを待つ間だけ使われる部屋だから、それで充分なのだが。

白と木目を基調にした部屋で、豪華な椅子とテーブルが置いてある。椅子には真っ白なカバーがかかり、暖炉は大理石だろうか。照明器具は繊細な花の形だ。

この部屋を実際に利用したのは大正天皇だと説明書きに書いてあった。大正天皇は病弱であった為、皇太子時代、夏には日光の田母沢《たもざわ》御用邸で静養した。つまりこの部屋でお召し列車を待っていたのは、これから東京へ戻ろうという時なのだろう。

「なんだ、小さい部屋じゃん」

真央が背後に立っていた。

「もっとすごく大きい部屋かと思った。これだけかあ。拝観料高くない？」

拝観、という言葉に思わず笑いそうになったが、長い髪を揺らせて覗《のぞ》き込んでいる真央の意外と真剣な顔に笑いをこらえた。外観や言葉とは裏腹に、真央は好奇心というか探求心が強く、意外と歴史好きなのかも。

「列車がホームに用意されるまでの短い時間を過ごすだけだから、大きい部屋である必要はなかったんでしょうね。陛下と側近の人だけが使ったんだろうし」

真央はブーツを脱ぐのが面倒なのか、中に入ろうとはしなかった。土足禁止でスリッパが用意されている。が、入って観るほどに貴賓室は広くない。香澄も靴は脱がず、中を覗くだけで満足した。

宇都宮行の電車が出るまでまだ時間がある。待合室にはエアコンが入っているのだろう、乗客はみな待合室にいて、ホームにはまだ香澄と真央しかいない。

「暑くないですか？　待合室に行きます？」

「うーん、平気。それより、えっと、香澄、もうちょっと普通に喋《しゃべ》ってよ。敬語とかつかわれるの嫌だな」

「あ、ごめんなさい。つい」

「香澄ってお嬢様？」

「え、そんなことはないけど……」

「なんかそんな雰囲気。よく知らない子とは馴《な》れ馴れしくしない、みたいな」

「……慣れてないだけなの。ごめんなさい」

「慣れてないって？」

「わたし、そんなに社交的な方じゃないから」

「へえ」

真央は不思議な微笑みを顔に浮かべた。

「友達少ないんだ」

「そうね……少ないと思う。というか……いないかも」

「マジ？」

「……うん」

「じゃ、いつも一人で旅行してんの」

「いちおう大学のサークルに入ってるの。そのサークルが旅行のサークルだから、そこのメンバーと一緒に旅行することが多いわ。でも、そんなに親しい子はいない。わたし口下手だし、その……一人でぼーっとしてるのが好きで。昔からそうだったから」

「そうなんだ」

真央は、ポケットから出した小銭を自販機に入れ、コーラを買った。それを口飲みしながらベンチに腰をおろす。香澄もその横に座った。

「あたしはさあ、友達、いるよ。でもいっぱいはいない。いっぱい欲しいとは思わないんだ。ほんとに自分のことわかってくれる子だけでいい。でもさあ、たまには羨《うらや》ましくなるよ。友達いっぱいいて、毎日誰かに誘われて遊びに行けるような子のこと。香澄は羨ましくならない？」

「そうね……小さい頃は羨ましかった。小学生くらいまでかな。誰とでもすぐ仲良くなれて、いつもいっぱい友達に囲まれてる同級生のこと、羨ましかったな。でも……中学くらいになったら、なんとなく慣れちゃってた。無理して友達に合せるとすごく疲れちゃって、なんだか泣きたくなっちゃうから。おとなしくてつまらない子、って思われても、そっとしておいて欲しい、そんなふうに思うようになってた。いじめられるのは怖かったけど、それならそれでしょうがない、みたいな気持ちもあって」

「香澄、いじめられたの？」

「……少しはね。つきあいの悪い子はどうしてもいじめられるでしょう。それにおとなしいと思われてたから、いじめやすかったのかもしれない。でも耐えられないほどじゃなかった。たぶん、ただ運が良くて、それほど悪い子が周囲にいなかったからだと思うけど、学校に行きたくなくなるほどひどい目には遭ってないの。ただちょっと、からかわれたりしたくらいかな」

「それで運が良かったってことは、やっぱいじめってあるんだね。すごいのかなあ、中学とか」

「真央さんの中学はいじめ、なかったの？」

　真央は少し考えてからうなずいた。

「まあね、なかったよ。すごく人数が少なかったから、喧嘩《けんか》にはなってもいじめとかにはならないの。いじめってさ、結局、みんなで群がってるからできるんだよね。一対一なら喧嘩だから、自分が負けることだってある。でもさ、いじめだと、自分は大勢の方にいるから絶対負けない、安全なんだよね。卑怯《ひきょう》だよね」

「ほんとにそうよね。だけど、それだけみんなストレス溜《た》まってるんだろうな」

「ストレス？」

「うん。中学生くらいの時って、心がとっても不安定でしょう。大人になる為にからだはどんどん変わっていく。でも心はそんなに簡単に変われない。その上、小学校時代とはがらっと環境も勉強の内容も変わるし、高校受験はあるし。なんだか毎日、理由もなくイライラして、発散したくて。でもうまく発散できなくて」

「だからって誰かいじめて発散してもいいってことないじゃん」

「もちろんそうよ。だけど、人ってすごくイライラがつのって来たら、いいとか悪いとかよりも、自分が気持ちよく感じることを優先するようになるかもしれない。特に中学生くらいだと、自分がどう感じるかがいちばん大事、だから。他人や社会を広く意識できるほど大人じゃないのよね」

「香澄はそうやって、自分いじめた連中もゆるしちゃったんだ」

「ううん、ゆるしてはいない。今でも、嫌いよ。きっと死ぬまで忘れることはないと思う。でもきっと、相手は忘れてる。わたしのことなんて忘れてるわ。そう考えると、思い出して悔しかったことや悲しかったことをまた心に体験させて、そういうのって損なのかなって」

「まあそうだけどさあ。でもなんか、仕返しもしないでただ忘れようとするのって、あたしの性には合わないなあ」

「真央さんなら、仕返しする？」

「すると思う。そいつにもういっぺん逢《あ》ったら、おまえは最低だったよって言ってやる」

「いいなあ。そういう勇気、わたしにもあったらな」

「香澄は臆病《おくびょう》なの？」

「うん」

　香澄は言って、笑った。

「そうなの。今、真央さんに言われてなんかはっきりわかった。わたし、臆病なんだね。ずっと臆病だった。いい加減直さないといけないよね。もう二十歳なんだもの。いつまでも臆病じゃ、いけないよね」

「まあ、そんな焦んなくていいと思うけど。二十歳、かあ。成人式とかした？」

「まだ。来年の一月が成人式」

「着物とか着る？」

「うーん、自分では特に着たいとも思ってないんだけど……でも着るかな。両親が楽しみにしてると思うから。わたしの実家、広島なんです」

「広島？　わあ、遠いんだね。でも香澄、広島の方言つかわないの。ナマってないね」

「生まれたのは東京で、小学生の途中までずっと東京暮らしだったから。父の転勤で広島に引っ越ししたけれど、あちらには親戚《しんせき》もいなくて、ほとんど東京にいるので、何かというと東京に戻って来ていたし。でも広島に帰ると広島弁、出ますよ。父も母も広島が気に入ってしまって、たぶん父は広島で定年になると思うけれど、そうしたら二人で喫茶店でもしようかな、なんて言ってます」

「へえ、いいとこなんだ、広島。お好み焼きと野球のカープくらいしか知らないけど。あ、それと原爆ドーム」

「真夏はすごく暑いからあまりおすすめできないけど、それ以外の季節なら観光にはいいと思います」

「お好み焼き、美味《おい》しい？」

香澄はつい、笑顔になった。

「美味しいです。今ではもう、大阪風とか東京のお好み焼きより広島のお好み焼きの方が好きです」

「行きたいなあ、広島」

「ぜひ行ってみて。新幹線でも四時間かからないし、飛行機も使えます」

「うん、いつか行く。ぜったい行く。ねえ香澄」

「はい？」

「香澄のパパとママ、喫茶店やるなんて素敵だね」

「……ええ。でも素人なのに、きっと失敗するんじゃないかな」

「いいじゃん、失敗しても。したいことしないと損だよ。香澄も、したいことあればすればいいじゃん。いじめた奴にリベンジするのはさ、したくなければしなくてもいいけど、何かやりたいことがあるんだったらやった方がいいと思うよ。だって香澄はさ……その……元気だから」

「……元気？」

「うん。健康だし」

「ああ」

香澄はうなずいた。

「そうね。わたし、からだだけは丈夫みたい」

「じゃあ、なんだってできるよ。あの貴賓室使ってた大正天皇って、病気がちだったって書いてあった」

「皇太子時代に日光に静養にいらしてたのね」

「せっかく天皇に生まれても、病気ばっかりしてたらつまんないよね」

香澄はまたうなずいた。

「皇太子に生まれたから余計にお辛《つら》かったでしょうね。戦前は今よりもっともっと、皇太子であるってことが大変な重圧だったろうし」

「ここで静養してさ、これから東京に帰る時にあの綺麗《きれい》な部屋で、列車が来るの待ってて、帰りたくないなあ、なんて思わなかったのかな」

「それは、誰だって思うわ。日光は素敵なところだもの、帰りたくないって」

「友達、いたのかな」

「え？」

真央は貴賓室の方を見ていた。その横顔には、とても繊細な憂いがあった。

病弱だった皇太子に友達がいたのだろうかと、真剣に心配している。この人は、とても優しい。

香澄は、真央と友達になりたい、と思った。

「あの」

携帯を取り出して言った。

「その……迷惑じゃなかったら、メールアドレス教えてくれたら……わたしのも教えます」

「え」

真央は驚いた顔になった。

「わたしのメアド知りたいの？」

「……あ、はい。迷惑でなければ」

「それって、メールくれる、ってこと？」

「あ、もちろん。携帯で文字打つの、そんなに早くないんで、貰《もら》ったメールにすぐ返事が出せるかどうかはわからないけど、必ず読んで返事します。ゆっくりで良ければ」

真央はポケットから、慌てたような仕草で携帯を取り出した。

「あたしもメールする！　あのね、その、あたしの暮してるとこ、携帯圏外というか、携帯使えるとこが限られててね、だから一日に何度かそこでメールチェックするんだけど、そんなんでいい？　すぐに読めなくても怒らない？」

「もちろん。わたしもこういうの、のろいから、ゆっくりの方が」

「なら、はい」

真央はきらきら光る携帯を突き出した。

「データ転送。あたしの方のデータ先に送るから、受信して！」

銀色の携帯電話のフリップに、びっしりとピンク色のラインストーンが貼り付けてある。自分でデコレーションしたのだろう、ピンク色のラインストーンの中に、水色のラインストーンで、ＭＡＯ、と書いてあった。

互いのデータを交換し終わった時にアナウンスが流れた。ゆっくりとホームに電車が入って来る。

「わあ、色が揃えてある」

香澄が言った通り、その電車は形はごく普通の電車なのだが、色が変わっていた。上半分はアイボリーホワイト、下半分はあずき色。駅の様々なところに使われている二色だ。それこそ、ホームのベンチも、ゴミ箱もすべて、あずき色を使ってある。

「電車も貴族っぽくしてるんだ」

貴族っぽく、というよりも、明治っぽく、だな、と香澄は思った。

驚いたことに、待合室にいた人々が次々と出て来て電車に乗り込むのに混ざって、一眼レフを抱えた人が数人、夢中になって電車を写し始めた。

「テツだ」

真央が言う。

「ほんとにいるんだねえ」

「おかしい？」

「何が」

「えっと、鉄道とか電車とかが他の何より好き、って」

「別に。自分が好きなんだからその人の勝手だもん。でもさ、今すごいテツブームとかって言われてたけど、実際にいるんだなあ、って、ちょっと嬉《うれ》しかったの。あたし、ほとんど乗ったことないんだよね、電車って。だからテツも見たことなかったんだ」

「わたしはあんまり興味なかったの。でもこの頃、電車に乗るのがとても楽しくなって来たの。あんなふうに電車そのものに夢中になるとこまではいかないけど、最近はね、旅に出るのに、今日みたいに、他の観光とか見学を目的にしないで、ただ電車に乗りたい、それだけで出ることが多くなっちゃった」

「それでも楽しい？」

「うん。窓の外の景色が流れていくのをぼーっと見てるだけなのに、ぜんぜん飽きないの。わたしもテツになりかけてるのかな」

外側はノーブルな色に塗られていたが、中はごく普通の通勤仕様だった。長椅子型の座席に並んで腰かける。

終着駅でもあり始発駅でもあるので、待合室にいた人は全員乗ったはずだ。混んでいる、というほどではないが、発車時刻までに椅子はほぼ埋まった。

発車すると、保養地らしい高原の光景が少しだけ続くが、間もなく今市《いまいち》駅に着いた。今市を出ると、次第に車窓に家が増えて来る。高度も次第に下っている気がする。平日の午後遅い時間では乗り降りする人はいないのではないかと思っていたが今市駅では思ったより大勢の人が乗り込んで来た。さらに下野大沢《しもつけおおさわ》駅、文挟《ふばさみ》駅と乗り降りが意外なほどある。

カメラを首にぶらさげていたり、洒落《しゃれ》た旅行鞄《りょこうかばん》を引きずっていたりするような、いわば非日常的な乗客は、すべて日光駅で乗車した人たちだった。

どの駅も、駅名が書かれているのはお馴染《なじみ》のあずき色のボードだ。金文字も入り、明治・大正の香りをなんとか醸し出そうとしている。だが乗って来る人たちは、用事で宇都宮に出ますので、といった感じでごくごく日常的な装いをしている。その落差が面白いな、と思う。

電車が走り出すと、真央はからだを半分ひねるようにして窓に顔をくっつけてしまった。驚くような熱心さで、車窓を見つめている。

鹿沼駅に着いた時、真央は、はあ、と大きな溜《た》め息をついて香澄の顔を見た。

「面白いね。ほんとに窓の外に、いろんなものが見えて、それで一瞬で消えちゃうの。家の物干しで猫が欠伸《あくび》してたり、庭で泣いてる子供がいたり、通りをおじいさんが自転車を押しながら歩いてたり、おばさんが抱いてる子供が電車に向かって手を振ったりした」

「すごく一所懸命、見てたものね」

「うん。だって面白いんだもん。電車って面白い。だって自分は歩いてても走ってもいないのにさ、どんどん遠くに運ばれて行くんだよ。一分くらいですごく遠くまで連れて行かれちゃうの。こういうのって……電車に乗らないと体験できないよね。車に乗ってるのとは感じがぜんぜん違うものね」

「あまり電車には乗らないって言ってたけど」

「うん……ほんと言うとね、もう五、六年乗ってなかった」

「もうすぐ宇都宮に着いちゃうね。遠いと思ってたけど……やっぱ電車って速いんだね」

　真央はまた、窓に顔をつけて溜め息をついた。

「あんなに綺麗な部屋を使える人でも、帰りたくない、って思ったことはあるよね。誰でもあるよね……だけどそれは、帰るところがないとか、帰るところがすごく嫌いだとか、そういうんじゃないんだよね。帰りたくない、って気持ちは……もう少しここにいたい、ここにいるって夢を楽しみたい、そういうことだから。いつまでも夢の中にいたらだめってことは、ちゃんとわかってるんだよ」

「帰りたく、ないの？」

香澄は訊《き》いてみた。

真央は、明るい色の長い髪を、軽くひっぱって笑った。

「あのね、秘密教えてあげるね」

「秘密？」

「これ、カツラなの。ウィッグ。見えないでしょ」

「ほんと？　うん……見えない。自然ね」

「誕生日に買って貰っちゃった」

宇都宮駅が近づいて来た。乗り換え案内がアナウンスされる。香澄は大宮まで宇都宮線で出るつもりだった。

「真央さんは、これからどこまで行くの？」

「あ、うん……帰る」

「何線？」

真央は答えなかった。答えずに、じっと窓の外を見ている。

「あの」

香澄は、そっと言った。

「何かその……事情とかあるなら。何か、わたしでも手伝えることあるなら、言って。もしその……うちに帰りたくないなら……わたし、一人暮しだし……」


「違うの」

真央は、電車が宇都宮駅のホームに滑り込むのを見届けてから、香澄の方を見た。涙。

真央の頰に、涙の筋。


「違うんだ。だから……帰らないといけないのはわかってる。わかってるんだけど、このまま永遠にこの電車に乗っていられたらいいのにな、って、つい考えちゃった。それだけ。ごめんね、香澄。心配かけちゃって。あたし大丈夫だから。帰れるから」

「ほんとに大丈夫？」

「大丈夫だよ」

真央は、ぴょんと座席から立ち上がり、さっさとホームに降りた。香澄も慌ててあとを追った。

「あの、ほんとに」

「メールくれる？」

真央は香澄の言葉を遮って訊いた。

「メール」

「も、もちろん」

「楽しみに待ってるね」

「あの、これから何線で」

「タクシーで帰るから。実はね、宇都宮なの、うち」

「あ」

「じゃ、バイバイ」

真央が走り出した。あ、と思う間にエスカレーターを駆け上がり、消えてしまった。

香澄は呆然《ぼうぜん》としていたが、気をとりなおし、乗り換えの為にエスカレーターに乗った。

＊

帰りの電車の中でメールを出したのに、真央からの返事はしばらくなかった。

それが届いたのは、四日ほど経ってからだった。

『香澄、元気？　メールに返事しなくてごめんね。すぐしようと思ったんだけど、帰ったらなんだかんだあって。いろいろありがとう。すごく楽しかった。あのね、あたしね、抜け出して行っちゃったの、おじいちゃんのとこ。おじいちゃん、新鹿沼の病院にいて、病気なのよ。それで抜け出したの。でも黙って出たから、帰ってから怒られちゃった。後悔はしてないよ。電車に乗れたし、香澄と知り合えたし。でも、やっぱり帰らないといけないいんだって、わかってたから。逃げ出したんじゃない。ただ少し、休みたかったのね。あ、ごめん、わけわかんないこと書いて。そのうち説明するよ。とりあえず、ありがとう　真央』

香澄は、微笑んで返信を打ち込んだ。

携帯で交換したデータには、真央の携帯番号とメールアドレスの他に、固定電話の番号もついていた。香澄はあの日、真央の様子がどうしても心配になり、その固定電話の番号にかけてみたのだ。

電話は繋《つな》がった。

宇都宮総合医療センター付属Nこども病院、というところに。

インターネットで調べると、Nこども病院について詳しく知ることもできた。難病の子供たち、幼児から十八歳までが長期入院する病院。小児白血病の患者が多い。

真央は、もう何年そこにいるのだろう。

五、六年前に電車に乗った。そう言っていた。少なくとも五年、真央は入院しているのだ。大人びた化粧をしていたけれど、きっと十六歳くらい。
人数の少ない中学校。院内学級。

長い髪のウィッグ。もしかしたら、薬の副作用で髪が抜けてしまった。


いろんなことがある。

いろんな事情が。

だけど、どんな旅でもいつかは終わる、それだけは誰にとっても一緒だ。終わらない旅は、旅ではなく放浪だから。

真央は逃げ出したんじゃない。ただ少し、休みたかった、だけ。

そう、旅は休息でもあるんだね。

また電車に乗ろう。退院したら、きっと。

せっかく友達になったんだもの、いつか一緒に、もう少し長い旅をしようよ。

長い、長い、長い想い
飯田線

1

香澄は目をつぶって箱の中に手を入れ、指先に触れたものをそっとつまみ出した。小さな折り紙で折られた鶴。凝っている。

井上大吾郎が面白がって眼鏡の奥の瞳《ひとみ》をきらきら輝かせている。

香澄は小さく深呼吸してから折り鶴を開いた。

「おお、飯田《いいだ》線！」

井上が大声で言うと、取り囲んでいた部員から拍手が起こった。

「遂《つい》に四十九院さん、飯田線挑戦か！」

「やったね、飯田線制覇すれば初心者マークとれるから」

「今頃はいいんじゃないない、もうそんな暑くもないし」

「各停だとたまにクーラー入ってないんだよね、あの路線」

「いいなあ、俺ももう一回飯田線やりたいよ」

「乗ればいいじゃんか、自分で」

西神奈川大学鉄道旅同好会の面々が、口々に飯田線の思い出を語り出す。飯田線、鉄道旅が好きな者にとってある種のステイタスになっているらしい。

残りの新入部員、香澄の他の二人もそれぞれ箱から折り鶴を取り出した。

「うわっ、俺、宗谷《そうや》本線だ！　ヤバい、寒いの苦手なんだよ」

「えー、俺、九州新幹線かあ。つまんねーな」

「あ、だったら交換して。俺、新幹線けっこう好き」

「こら、くじ引き通りに担当しろ」

井上が笑いながら言った。

「宗谷本線は今の時期なら楽勝だぞ。ただし特急使用は不可だから、全部各停で行けよ。九州新幹線は新しい路線だから、車両の隅から隅までチェックして、買える駅弁も全部買って、事細かに報告すること。トイレもちゃんと使ってみて、乗務員の目を盗んでグリーン車両にも侵入する。とにかく調べられることは全部調べて来ること。あ、四十九院、飯田線は過去に二度、ホームページに記事を載せてるから、参考にするといい。じゃ、次は二年目部員、くじを引いて」

鉄道旅同好会は、同好会なので大学から部費の支給はないが、補助金はいくらか出ているらしい。だが基本的には部員が金を出し合って旅費を作っている。普段の活動にかかる旅費は各自自前が原則だが、春、夏、秋、冬の各一回ずつは、出し合った部費を使って鉄道旅をする。その路線と旅程は、くじ引きで決められる。新入部員は春・夏のくじ引きに参加できなかったので、香澄にとってはこの秋の飯田線旅が、初めての部費利用となる。各駅停車利用の往復乗車券代と、一泊二日で五千円がその予算。

香澄自身は、飯田線、と聞いても今ひとつピンと来なかったのだが、先輩達が次々と香澄のそばにやって来ては、自分が飯田線を旅した時のエピソードやら、アドバイスやらを喋《しゃべ》りまくり、その興奮を見ているうちに、次第に香澄の気持ちも浮き立って来た。

「飯田線って人気あるんですね」

例会のあとの飲み会で、香澄は井上の隣りに座った。井上は大酒飲みというわけではないようだが、酔っぱらって乱れたところは一度も見せたことがない。だが酒量はけっこう多そうで、くっ、くっ、と焼酎《しょうちゅう》のコップを傾けている。

「とにかく長いからね。豊橋《とよはし》から辰野《たつの》まで、営業キロにして百九十五・七キロ、駅数なんと九十四駅。もちろん長さだけだったらもっと長い路線はいくらでもあるけど、たとえば宗谷本線は旭川《あさひかわ》から稚内《わっかない》まで二百五十九・四キロもあるのに駅数は五十三しかない。飯田線は長い上に駅の数がとにかく多いんだ。だから各駅停車で旅をする楽しみが他の路線より多くなる。しかもそれを一気に、乗り換えなしで旅することが可能だ。東海道本線なんか東京・神戸《こうべ》間が五百八十九・五キロもあるけど、その間が三社、JR東日本、JR東海、JR西日本にまたがっているし、区間も細かく区切られているので、各駅停車で通して一気に乗ることは出来ないからね。飯田線は各停旅の好きな鈍行列車マニアにはたまらない路線だよ。それに最近の秘境駅ブームで、田本《たもと》だの小和田《こわだ》だのが秘境駅と呼ばれるようになってからは、鉄道マニアだけでなく駅マニアにももてはやされるようになった」

「鉄道マニアと駅マニアって、違うんですか」

「もちろん違う。駅のマニア、駅のファンっていうのはね、駅そのものを観たい、知りたいんだ。だから鉄道を使わずに車で移動する人たちもたくさんいるんだよ。考えたら、鉄道を使っていろんな駅を回ろうと思ったら時刻表に従わざるを得ないから、本数の少ないローカル線では一日に何駅もまわれないし、いちいち途中下車しないと駅を外から眺めることができない。でも車なら、時刻表に関係なく好きな駅に行って外から駅を眺められるもんな」

「なんだか不思議ですね。鉄道に乗ることに興味がないのに、駅だけ好き、なんて」

「駅というのは建築物だから、建築物が好き、という人なら鉄道に興味がなくても魅力を感じるんだろうね。戦前の木造駅舎のファンもいるし、最近いろんな駅が改築して、面白いデザインや、地元の名所、特産品なんかをモチーフにしたデザインに生まれ変わってるけど、そういう奇抜な駅のファンもいる。また建築物としてではなくて、その駅がどんなところにあるか、を問題にする人たちもいる。飯田線の秘境駅とされる小和田駅や田本駅は、それこそ飯田線に乗って行くのはとても簡単、ただ電車に乗っていれば着くわけだけど、外から駅に辿《たど》り着こうとしたらすごく大変なんだ。小和田駅は、駅前から車の通る道路まで、二時間近く歩かないとならないし、田本駅もいちばん近い林道から駅まで、人がやっと歩ける程度の山道しかないんだ」

「ほんとですか？　でも、そしたら、いったい誰がその駅を利用しているんですか」

「小和田駅の場合は、駅から徒歩二十分ほどのところに一軒だけ民家があって、そこの人たちに届けられる郵便物はすべて飯田線で運ばれる。人の乗降がなくても、郵便物が駅を利用しているんだよね。田本駅は、周辺、と言ってもけっこう離れているんだけど、近くの民家の人たちはほとんど車を利用していて、飯田線に乗るにしても田本駅からは乗らずに車で隣り駅まで行ってしまうらしいから、それこそ秘境駅探検に来たマニアでもなければわざわざ田本駅で下車したり乗車したりはしないだろうなあ。その意味では、何の為に駅が残っているのか不思議と言えば不思議なんだけど、まあ何かしら役目はまだ持っているんだろうね。もちろん駅が出来た当初は、ちゃんと近くに集落があって、利用客がいたんだ。でも、小和田駅も田本駅も、近接していた集落がダムに沈んでしまった」

「村はダムに沈み、駅だけが残った……」

「うん。飯田線が人気があるのは、そういう、なんて言うかな、哀愁みたいなものがあるから、かもしれないね。でも秘境駅だけじゃなくて、飯田線は車窓風景がほんとにバラエティに富んでる。豊橋から小坂井《こざかい》までは私鉄の名鉄と線路を共有していて通勤通学路線として賑《にぎ》わっているし、次第に町から農村に景色が変わって長篠《ながしの》のあたりまでは名だたる古戦場が続くんだ。あのあたりは日本史マニア、古戦場マニアにはまたたまらないだろうな。そして山あいへとどんどん入って行くと、温泉地ののぼりが沿線に次々と現れる。そのあたりからは紅葉の名所も続いて、秋が深まった頃に行くと素晴らしい。そしていよいよ佐久間《さくま》ダムから秘境駅がつらなる区間に入る」

井上は、梅干しを入れた焼酎のコップを手にしたまま、うっとりしたような目つきになった。

「ダム湖と天竜《てんりゅう》川に沿って山あいをひたすら走り抜ける。少し走っては駅。そしてまた駅。誰も乗り降りしない秘境駅があったかと思えば、高校が近くにあるので高校生で朝夕一杯の駅もあり、観光地へと向かうバスのターミナルになっている駅もある。新緑の頃は鮮やかな緑、夏には空と白い雲の下に輝く水面、鮎《あゆ》を釣る人々の姿が点々として、そして秋の紅葉。真冬には雪も降る。普通運賃だけで素晴らしい景色の中を旅できるんだから贅沢《ぜいたく》だよね。やがて沿線随一の観光地、天竜峡を過ぎると、列車はいつのまにか山から下りて、気づくとなだらかな田畑の中を走っている。そして飯田だ。飯田を過ぎるとさっきまでの渓谷美に代わって、遠く南アルプス、反対側に中央アルプスの青い山脈を望める高原地帯に入る。次第に葡萄《ぶどう》や林檎《りんご》の畑が増えて行き、甲斐駒ヶ岳《かいこまがたけ》の雄壮な姿も見え始める……。飯田線はね、日本の内陸部の美しさを次々と見せてくれるんだ。山国日本の自然美を堪能《たんのう》させてくれるんだよ」

「会長さんは、何度も飯田線に乗られてるんですね」

「ぶっ通しで各停に乗ったのは二度かな。それから豊橋から出ている特急も使ってみたし、途中で一泊しながら秘境駅に降りてみたこともあるよ。そうだなあ、全線を五回くらいは乗ったかな。だけど往復したことはないんだ。豊橋を起点にした時は塩尻《しおじり》に出て中央線で東京に戻るし、逆に中央線から飯田線に入った時は、豊橋から東海道線か新幹線で戻った。いや、さすがにね、飯田線を往復するのはしんどいって言うか、飽きちゃうから」

井上は、はは、と笑った。

「四十九院も無理しなくていいから。もちろん全線一気乗りして、タッチして往復しても構わない、その苦痛とか達成感とかで記事を書いてくれてもいいんだけど、自分が楽しいと思う旅をしないと損だからね。うちはあくまで、鉄道旅同好会で、鉄道研究会じゃないから。途中で一泊して、全線を半分ずつ楽しんで、あずさか新幹線、どっちかで楽に戻って来ればいいよ。起点駅までと終点駅から都内まで戻る旅費は、特急込みで予算に入ってるからね。宗谷本線なんかは旭川か稚内まで飛行機使わせようと思ってるんだ。その方が安くつく。早割とかいろいろあるから」

「会長さんがそんなこと言うと、ちょっと寂しいです」

「そうだなあ。でもさ、北海道まで往復鉄道使われたら、運賃だけでなくいろいろかかって予算が大変。ブログ本の印税だけじゃ苦しいからさ」

鉄道旅同好会のホームページに書かれる旅ブログは、鉄道マニアや旅行通に人気で、大手旅行出版社から書籍として発売もされている。

「実はね、ちょっと面白い話が来てるんだ。これ、まだ正式なオファーじゃないんでみんなには言ってないんだけど。ブログ本読んだ旅行会社の企画部から連絡があってさ、うちの同好会がプロデュースした鉄道旅のパックツアーを売り出したいって言うんだ」

「ほんとですか！　すごいじゃないですか！」

「まあ、そんなたいした収入にはならないけどね、一ツアーいくら、って感じで企画協力料が入るだけだから。でもちょっといいでしょ。それにうちの部員をツアーの添乗員と一緒に参加させて、鉄道についての説明とかそんなもんもやらしてくれるって。マニア向けじゃなくて、初心者というか、鉄道も好きだけどそんなに詳しくない、旅行は大好き、みたいな人たちに向けたツアーにしたいらしいけどね。まあ当然だよね、本物のテツはパックツアーなんか使わないもんな。でさ、四十九院には期待してるんです」

井上は、不意にいつもの丁寧な言葉に戻った。井上は年下の相手にでも敬語を使って話すことが多い。例会では砕けた口調になるけれど、香澄に対しては少し前まで敬語まじりだった。心をゆるした相手以外には敬語で武装するのだろう。だから香澄は、この頃やっと普通に年下相手の口調で話しかけてくれるようになったのが嬉《うれ》しかったのだ。が、まだまだ、井上の心の壁はけっこう厚いようだ。

「こどもの国線の記事、あれは良かった。それから氷見線もとても面白かったです。君には文才があるんだと思うんですよ。飯田線も、君が書いてくれたらきっと、これまでの飯田線エッセイとは違ったものになると思うんです」

「自信はないですけど、せっかく飯田線が当たったんだからやってみます」

「よろしくお願いします。あ、それからこれ」

井上は、居酒屋の椅子にひっかけてあった自分のディパックを開け、中から何か引っ張り出した。

「近藤先輩から電話貰《もら》ったんです」

「近藤先輩？」

「氷見線で偶然一緒になったんでしょ？」

「あ、はい」

近藤は鉄道旅同好会の正式なＯＢではなかったが、なぜかＯＢ会にはちょくちょく顔を出しているらしい。氷見線に乗った時に偶然言葉を交わし、西神奈川大学鉄道旅同好会で繋《つな》がっていると知って驚いた。大学の講師らしいが、暇さえあれば電車に乗っているという鉄道旅マニアだ。

「これね、古い会報。まだホームページにあげていない分の。近藤先輩が、この号を指定して、余分があれば四十九院にあげてくれって。ちょっと探してみたらあったんで」

「よろしいんですか？」

「構いません。最後の一冊ってわけじゃないから。そのうちみんなで手分けして、こうした古い会報もテキストにしてホームページに追加するつもりなんです。国鉄解体民営化で全国のローカル線が一気に廃止されちゃったんで、昔の会報はもはや乗ることができない路線の貴重な記録だからね」

手渡された会報は、民営化前、というほど古くはなかった。二〇〇六年夏号。香澄の心臓が、どくん、と鳴った。二〇〇六年夏。高之が失踪《しっそう》するほんの少し前。

「ただし、ホームページに載せるまでは他の人には見せないでね。いちおうほら、正式会員以外には会報は読めない決まりだから」

「……はい」

香澄は会報を胸に抱きかかえた。

やはり、近藤は何か知っているのだ、高之の失踪について、何か。この会報の中に、高之の足跡を追うヒントがあるに違いない。

＊

自分のワンルームに戻るなり、着替えもしないままで香澄は会報を取り出して開いた。

目次を見る。高之の名前はない。

帰宅途中の電車の中でも目次は開いて見た。その時に高之の名前がないことは確認していたはずなのに、あらためてがっかりした。高之が会報に旅エッセイを載せているわけではないのだ。だが高之がひとつも記事を書かなかったはずはない。会報のバックナンバーをすべて探すことが出来れば、必ず高之の書いた文章に出会えるはずだ。古い会報をテキストにしてホームページに追加する作業を買って出よう。授業の合間にどれだけできるかわからないけれど、それをやらせて貰うしかない。

気をとり直して、会報をゆっくりとめくった。この夏の号で取り上げられている路線は四つ。九州の南阿蘇《みなみあそ》鉄道高森《たかもり》線。鬼怒川温泉の先から福島《ふくしま》県の喜多方《きたかた》へと抜ける会津《あいづ》鉄道。房総《ぼうそう》半島の突端、銚子《ちょうし》電鉄。それにＳＬが走り、焼き物の町益子《ましこ》を抜ける真岡鐵《もおかてつ》道《どう》だ。九州一路線と東日本三路線。

それぞれの記事を書いている人の名前には心当たりがなかったが、いずれも鉄道旅同好会の会員であることは間違いないので、調べる方法はあるだろう。

とりあえず最初の記事を読み始めた。銚子電鉄についての記事だった。銚子電鉄にはまだ乗ったことがない。この書き手は几帳面《きちょうめん》な性格のようで、冒頭から銚子電鉄の歴史について延々と記述している。香澄は少し退屈になってどんどん読み飛ばした。記事の最後に、（　　　）に入った記述があった。

（この旅の同行者は、村田《むらた》敬輔《けいすけ》、高山広樹《たかやまひろき》、園部高之）

園部高之！


香澄は慌てて、すべての記事の最後を次々と開いた。

（この旅の同行者は、斎藤昌男《さいとうまさお》、園部高之）

（この旅の同行者は、村田敬輔、園部高之）

（この旅の同行者は、岩瀬俊介《いわせしゅんすけ》、斎藤昌男、園部高之）


どういうこと？

この会報に載せられた四つの旅エッセイ、その旅のすべてに高之が同行している！

香澄は慌てて机の引き出しを開け、近藤からもらった名刺を探した。刷り込まれているのは勤め先の大学の住所と電話番号だが、ボールペンで携帯メールアドレスと番号が書き加えられている。

香澄は時計を見た。もう真夜中だ。午前零時十七分。こんな時間に携帯に電話するなんて非常識だ。近藤は大学勤めで、朝も早いだろう。

が、どうしても我慢することが出来なかった。

香澄は自分の携帯から近藤の携帯をコールした。

呼び出し音が鳴る。

「もしもし?」

「あ、あの、あの」

自分の名前すらうまく言い出せない。気持ちばかりが焦った。

「あの、わたし」

「四十九院さん、でしょ?」

近藤の笑いを含んだ声が耳に響いた。

「そろそろ電話が来るような気がしてたんだ。井上くんが渡してくれたんですね、会報」

近藤の声が、一段低くなった。

「気づいたと思うけど、その四つの路線が、園部さんが同好会員として最後に旅した路線なんですよ。その四つの旅が終わって一ヶ月ほどして、彼はいなくなった」

2

「や、やっぱり何か知っていらっしゃるんですね! 近藤さん、お願いです、教えてください。園部高之、タカ兄ちゃんの消息を教えてください！」

香澄は抑えることが出来ず、大声を出してしまった。

「四十九院さん、落ち着いて」

近藤の静かな声が耳に響いた。

「突然そんな会報をあなたに見せたりして、僕が悪かった。ごめんなさい。あなたの気持ちをひどく乱してしまった」

「そ、そんなことはどうでもいいんです、お願いです、タカ兄ちゃんはどこに……」

「僕は冷酷でも意地悪でもないつもりです。知っていたら今まで黙っていたりはしません。あなたやご家族がどんな思いで捜しておられるか、園部さんが帰って来るのを待っておられるか、僕でも想像くらいはできます。なのに知らないふりなんか出来ないですよ。本当です。僕は、園部さん……園部くんがどこにいるのか、どうして失踪してしまったのか、そうしたことは本当に何も知らないんです」

香澄の手から力が抜け、携帯電話を取り落としそうになった。不意に悲しみが喉《のど》を締めつけ、嗚咽《おえつ》が漏れる。

「……ごめんなさい、近藤さん。……わたし……」

「いや、ほんとに僕があさはかでした。別に劇的な効果を狙ったとかそんなんじゃないんです。会報のストックが部室にあるはずだと思い出したんで、深く考えないで井上くんに電話してしまった。そしてあなたのショックについてろくに思いやりもしないで、ただ、園部くんがあの夏に出かけた旅について書いたものをみたら、あなたが喜ぶだろうと……」

「それは……でも、そうですね。やっぱり、嬉《うれ》しいです。タカ兄ちゃんが書いたものではなくても、ここに書かれている旅にタカ兄ちゃんもいた。これらの記事の向こう側には、タカ兄ちゃんの笑顔がある。これ、じっくり読んでみます」

「ええ、そうしてあげてください。僕はそれ、詳しくは憶《おぼ》えていないけど、あの夏はとにかく楽しかった。僕も正式な会員でもないのに、会員と一緒にあっちこっち旅していました。前にも言ったように、園部くんと旅をする機会はとうとう一度もなかったんです。でも、いつかは二人で旅をしよう、というような話はいつもしていました。それでね、実はその会報のことを思い出したのには理由があるんです。というか、もっと大事なことを思い出したんですよ。あなたに話したかったのは、そのことなんです」

「大事な、こと」

「ええ。あの夏のことを少しずつ思い出しているうちに、やっと園部くんが、次にどこに行くつもりなのか少しだけ話してくれたのを思い出したんですよ」

「ほんとですか！　それって、この会報に載っている最後の旅のあとで行こうとしていた、ってことですか！」

「そういうことになります。そして園部くんの姿が消えたのは、その会報に載っている旅が終わって一ヶ月後。というか、一ヶ月彼から連絡がなくて、会員が心配し始めて、アパートにもいない、実家にも戻っていないことが判明して騒ぎになったということですね。ご存知だと思いますが、西神奈川大学の夏休みは実質九月いっぱいです。その会報は夏号ですが、発行は十月一日だったと思います。でも中身は夏休み中の旅についてです。園部くんは原稿を書いていませんし、その号は編集にもたずさわっていなかった。おそらくは八月中に旅行を終え、それからあとは例会に顔を出さなかった。夏休み中には帰省する人もいるし、会報の編集作業を担当していない会員は、十月になるまで顔を出さないのが普通なんです。だから園部くんが九月に顔を見せなくても、特に心配する者はいなかった」

「その一ヶ月、九月の間に、タカ兄ちゃんはどこかに出かけたんですね。そして戻らなかった」

「もう一度、徹底的に調べてみましょう。実は僕、これまで言わなかったんですが、警察に友人がいるんです。高校の同級生なんですけどね、僕と違ってものすごく優秀な奴で、国家公務員試験I種合格者、つまりキャリアってやつなんですよ。そいつに頼んで、警察方面から何か判るか調べてもらうことも考えています。もちろんおおっぴらにそんなことはできないでしょうが、現場で失踪者《しっそうしゃ》の捜索にたずさわっている誰かを紹介して貰《もら》うとか、何かしら進展が望めるかもしれない」

「すみません……ありがとうございます。でも、近藤さんにそこまでしていただいては」

「いや、もっと早く僕が動いているべきだったんです」

近藤は、受話器の向こうで溜《た》め息をついた。

「正直なことを言えば、僕は臆病《おくびょう》でした」

「臆病って」

「余計なことをして、知りたくない真実を知ってしまうのが怖かったんです。あ、こんな時間に電話で長話なんかして大丈夫？」

「構いません。どうか話してください。余計なこと、知りたくない真実、それはどういう意味なんでしょうか。タカ兄ちゃんには、失踪する理由が何かあった、そういうことなんでしょうか」

「あの当時、鉄道旅同好会の会員も、僕も、そして……たぶん園部くんのご家族も、ひとつのことを懸念していたと思います。あなたはたぶんご存知なかったと思う」

「わたしが知らないことで、タカ兄ちゃんが失踪する理由になるようなことがあって、みんなはそれを知っていた、そういうことですか」

「はい」

「そんな……どうして、なぜ、あたしには誰も教えてくれなかったんでしょうか」

「それはたぶん、あなたを傷つけたくなかったんでしょう」

「わたしを……傷つけたくなかった？」

「もし園部くんのご両親があなたに何も話さなかったとしたら、間違いなく、あなたを傷つけない為だったと思います。あなたは当時、高校生でしたよね」

「はい」

「そして、園部くんを慕っていた。失礼な言い方になってしまったらすみません。あなたにとって園部くんは……叔父《おじ》であるという事実はあるにしても、初恋のひと、だったんじゃないですか」


「……はい」

香澄は、少し躊躇《ちゅうちょ》してから、はっきりと言った。

「そうです。あの、でも、本当にただの片思いです。決して、決してその……」

「わかっています。もちろんわかってますよ。実の叔父さんとは言っても、あなたと園部くんくらい年齢が近ければ、恋心を抱く対象になったとしても別に不思議なことではないと思います。園部くんのご両親はつまり、あなたにとっては祖父母にあたるんですよね？　あなたのおばあさま、あるいはおじいさまかもしれないが、そんなあなたの淡くて切ない初恋に気づいていた、と思うんです」

気づかれて、いたのだろうか。

いたのだろう。

祖母は、高之の部屋を見たい、高之の持ち物を調べたいと言った香澄を、とても悲しそうな目で見ていた。でも黙って部屋へと通してくれた。その部屋は高之が高校まで過ごした部屋だった。失踪した時に暮していたアパートから持ち込まれた高之の物がすべて、段ボール箱に入れられて置かれていた。

それらをひとつずつ取り出して眺めているうちに、知らず泣き出してしまった。泣きながら、それでもひとつずつ高之の品物に触れていた香澄の様子を、祖母はじっと見つめていたのだ。

「だから、あなたには言えなかったんでしょう。あなたのご家族でも知っていた人はいたかもしれませんが、同じ理由であなたには黙っていた」

「つまり……タカ兄ちゃんには……恋人がいたんですね」

「恋人と言っていいのかどうかまでは、わかりません。ただ、交際していた女性がいたのは確かだと思います」

「でも、その人はタカ兄ちゃんがいなくなってしまっても平気だったんでしょうか？　いくらおばあちゃまがわたしに黙っていたとしても、そういう人がいて何か行動を起していたら、耳に入って来たと思うんです」

「その女性は、すでに結婚しているんです」

香澄は、驚いて携帯を耳から離し、思わずじっと見つめてしまった。そして再び耳にあてた時、近藤はまたその言葉を繰り返した。

「しかも、あの年、彼女は日本を離れてしまいました」

「そんな……じゃ、タカ兄ちゃんの失踪は……失恋が理由で？　でも、でも……」

「本当にそれが原因なのかどうかはわからないんです。ただ、僕らはみんなあの時、それが原因だと思い込んだ」

「それは……タカ兄ちゃんがどこかで……自殺したのだと思った、そういうことですね」

近藤は黙った。わずか二秒ほどの沈黙が、香澄の心を締めつけた。

「あの人は、自殺したりしない」

香澄は言った。

「自殺するような人じゃない。少なくとも、失恋して自殺したりなんか……するはずない！　わたしにはわかるんです。タカ兄ちゃんはいつも、何があっても諦《あきら》めるな、諦めないでこつこつやれば、きっと願いは叶《かな》うぞ、そう言ってくれた。わたしがピアノの発表会で失敗しちゃった時も、地区の水泳大会予選で負けて本大会に出られなかった時も、わたしの目を真っすぐに見て、そう言ったんです。失恋は別だ、なんてぜったい思わないわ。どんなことにだって、タカ兄ちゃんは絶望したり諦めたりしない。そんな人じゃない」

「今では、僕も信じてます」

近藤が言った。

「彼は自殺したのではない。自殺する為に失踪したんじゃない、と。君と氷見線で出逢《であ》ってから、彼のことを少しずつ少しずつ思い出して、思い出せたことすべてをじっくり考えてみました。彼と交わした言葉をひとつずつ、真剣に考えてみたんです。その結果僕も、彼は、園部くんは失恋して自殺したりはしない、と結論を得ました。だから今度こそ怖れずに、本気で彼を捜してみるつもりなんです。僕は臆病だった。下手に彼を捜して、彼の……悲劇的な最期を確認することになったらどうしよう、そんなことになるくらいなら、このまま失踪したと納得して、どこかで生きているかもしれない、と思うふりを続けていた方がいい。そうやって逃げてしまった。井上くんとも話し合いました。井上くんも、先輩である園部くんは自殺したと噂を聞いていたので、君の意図を知っても協力していいものなのかどうなのか、迷っていたんだそうです。僕の気持ちを伝えたら、井上くんも、積極的に協力すると約束してくれました」

「ありがとうございます。わたし……不思議だったんです。どうしておばあちゃまもわたしの父も母も、タカ兄ちゃんのこともっと捜そうとしないんだろう、なんでみんな、そんなに諦めが早いんだろう、って。みんな冷たい、タカ兄ちゃんに冷た過ぎるとも思ってました。そんな事情があったなんて……」

「もう一度、失恋で自殺しようと失踪、という先入観を捨てて調べれば、新しい事実が出て来るかもしれない。あの年の九月に彼がどこへ旅をしたのか、それをなんとしてでも突き止めます。あの、井上くんから聞いたんだけど、四十九院さん、飯田線にはいつ乗りに行くつもりですか」

「来週の水、木曜日は休んでもなんとかなる授業ばかりなんです。週末より平日の方が、飯田線の普段着の顔が見られると思うんで、行って来ます」

「水曜日泊りですね」

「そのつもりです」

「実は、ぜひ四十九院さんに紹介したい人がいるんですよ。今は長野《ながの》の大学で教えている人なんですが、園部くんと親交があった人なんです。彼ならば、いなくなる寸前の園部くんの様子を何か知っているんじゃないかと。四十九院さんの話を電話でしたら、飯田線に乗るならご一緒したいが構わないだろうか、と言われたんです」

「その方も鉄道ファンなんですか」

「昔の僕らの仲間です。実は彼、園部くんと飯田線の旅をしたことがあるらしいんです。それで、久しぶりに飯田線に乗ってみたい、そうすれば園部くんの思い出もたくさん思い出すことが出来そうだと」

「ぜひ、ご一緒させてください。来週で都合が悪ければ、そちらの予定に合せます」

「わかりました。じゃ、都合を聞いておきます。そしてまた電話しますね」

止まっていた時が、一気に動き出した感じだった。

これまで誰に訊《たず》ねても、何も知らないふりをされ続けていた高之のこと。みんな知っていたのだ。知らなかったのはわたしひとり。みんな思っていた。園部高之は、失恋の衝撃に心を破壊され、死を選んだ。そして死ぬ為の旅に出て、戻って来なかった、と。

だからみんな黙っていたのだ。

みんな、わたしに同情していた。この子は何も知らないんだ。かわいそうに。

違う。みんな間違っている。高之は自殺なんてしない。ぜったい、しない。

何か事情があったのだ。高之が帰って来ないのは、帰れない事情があるからなのだ。

必ずつきとめる。

香澄は、携帯を充電器に戻し、ベランダに出た。もう夏も終わりに近づき、見上げた夜空には馴染《なじみ》深いペガスス座の三つ星が見えた。星座は秋へと移っている。

この空の下のどこかに、高之はいる。生きている。それだけは、誰が何を言おうと信じ続けて来た。

西神奈川大学の鉄道旅同好会に入って半年、ようやくすべてが動き始めた。

そう、きっと高之がわたしを呼んでいるんだ。

逢いに来てくれ、と、望んでいる。

＊

朝早くの新幹線で豊橋に着き、駅のコーヒーショップでゆっくりと朝食をとった。特急ワイドビュー伊那路《いなじ》に乗ってみたい、という気持ちもあったが、今回は全線を乗り通すことにして、10時43分発に乗り、天竜峡で二分の発車待ちをして上諏訪《かみすわ》着が17時40分。実に七時間の荒行だ。一人で行こうと思っていた時は、無理をしないで飯田あたりに泊るつもりでいたが、同行者が二人くわわることになり、それなら一気に乗ってしまおう、ということになった。そのまま無理をすれば、あずさで東京まで戻って来られるのだが、高之の捜索についてじっくり話し合う為に、上諏訪で一泊することになった。

十時過ぎに近藤がまず姿を見せ、十分ほどして、髪を五分がりにしたとても体格のいい大きな男が近藤と香澄が座っているテーブルに近づいて来て会釈した。

「はじめまして、柳原武夫《やなぎはらたけお》です」

手渡された名刺には、信州《しんしゅう》の工科大学名と、准教授の肩書きがあった。坊主頭の上に脂肪も筋肉も多い感じの固太りなので、年齢がよくわからない。肌はつやつやとしているが、目元や口元は近藤よりも少し老けて見える。高之のテツ仲間だったというが、高之よりはだいぶ年上ではないだろうか。

柳原は、席につくなり大盛りポテトフライとサンドイッチを注文したが、一緒にアイスミルクをたのんだのが、なぜかとても可愛らしく思えた。

「すみません、朝飯まだなんです」

「長野からいらしたんですか。大学は長野市にあるんですね」

「ええ、長野からです」

「特急で名古屋《なごや》まで出て新幹線？」

「いや」

柳原は、ニヤッと笑った。

「東京から新幹線。長野新幹線を使って東京に出て、東京から新幹線に乗った」

「その方が速いのか？」

「しらん」

柳原は、運ばれて来たアイスミルクにたっぷりガムシロップをそそいだ。

「実はゆうべ、東京に泊ったんだ」

「なんだ。だったら連絡くれれば良かったのに」

「おまえとは今日、明日とずっと一緒なのに、なんだって前の夜まで一緒に飲まないとならんのだ？　せっかくだから、東京の他の知人と飲んだよ」

「そんなに飲んだのか」

「けっこう飲んだなあ。久しぶりに逢う奴だったんで、つい調子にのった。起きてすぐ朝飯が食いたくなかったのはしばらくぶりのことだ。東京駅でチキン弁当買って車内で食うつもりだったのに、弁当屋のディスプレイ見てたら吐きそうになった」

「おい、それでそんなに食って大丈夫か」

「まったく問題ない。豊橋まで来る車中で爆睡したから、完璧《かんぺき》に復活してる」

柳原は、目の前におかれたポテトフライを指でひょい、ひょいとつまんで口に放り込む。香澄と目が合って、にこりとした。

「食べますか？　こんなとこのだから冷凍食品揚げただけだろうけど、割とイケます」

「あ、ありがとうございます。わたしも今、ここで朝食を済ませたところなんです」

「柳原、あんたは食いすぎだ。もう若くないんだから、ちょっとは摂生しないと早死にするぞ」

「うるさいな。俺を若くないって言うならおまえだって一緒じゃないか」

「俺はあんたより若い」

「だったら少しは先輩を敬え。年下のくせにタメ口きいてんじゃねえ」

柳原がサンドイッチを二つまとめてつかみ、ぱくり、ぱくりと二口で呑《の》み込んでしまうのを横目で見ながら、近藤は楽しそうに笑っていた。


「飯田線」

皿の上のものを食べ終えて、柳原が言った。

「あれは最高ですよ。僕は日本中の鉄道はすべて乗りました。完乗です。で、飯田線は好きな路線のベスト5に入ります」

「もう何度も乗られているんですか」

「いや、一度だけです」

柳原は屈託なく笑った。

「日本全国の鉄道、全線完乗達成までは、一度乗った路線は可能な限り避けて移動していたんです。完乗達成は今年の四月でした。なので、今やっと二回目の完乗をめざし始めたとこなんです」

「二度も全部乗られるんですか！」

「ええ、今度は特急や季節列車を中心に乗ります。前の時は金もなかったし、各停オンリーでしたからね。でも飯田線は、園部くんと来た時は豊橋から特急に乗ってしまったんですよ。伊那路です」

「へえ、それは初耳だ」

近藤が言った。

「園部も各停マニアだと思ってた」

「いや、そうだったよ。あいつは各停ばかり乗ってた。でもあの時は、ちょっとわけあってね、伊那路を使うことにしたんだ」

柳原は、ハンカチを取り出して五分がりの頭をゴシゴシと撫《な》でた。

「わけがあって？」

近藤は身を乗り出しかけたが、柳原はそれを軽く制した。

「そんなたいした理由じゃないんだ。あのさ、こちらのお嬢さんは園部の姪御《めいご》さんだと聞いてるけど」

「はい。園部高之はわたしの母の弟なんです」

「そっか。だとしたら、やっぱり近藤、おまえたちは園部を捜す気なんだな」

「これまで俺たち、あいつのことはなんとなく、そっとしておこう、そっと心にしまってしまおう、って、体よく避けてた気がするんだ。あいつがいなくなった直後は事故に巻き込まれたのかも知れないっていろいろ問い合わせたりしたけど、それもそのうちしなくなった」

「ああ」

柳原は坊主頭をまたハンカチで拭《ふ》いた。

「夢野《ゆめの》のことがあったからなあ」

「ゆめの？」

香澄の怪訝《けげん》な顔つきに、柳原は少し動揺した表情をしたが、近藤がすぐ言った。

「まだ話してないんだ、香澄さんには。でも、今日はおまえのいるところで、話すつもりで来た」

「そうか」

柳原は残っていたアイスミルクを飲み干した。

「そうだな。夢野と園部のことには、俺にも責任があるからな。おっと、そろそろ行かないと飯田線に乗り遅れる。えっと、香澄さん、いや、四十九院さん」

「あの、香澄、でいいです」

「そうですか。じゃ、香澄さん。園部のことも、それから夢野のことも、飯田線に乗りながらゆっくり話します。どのみち飯田線は長い旅になるから」

「はい、お願いします」

＊

出発を待って停車中の車内に入り、ボックス席に落ち着くなり柳原が指さした。

「ほら、名鉄」

「あ、ほんと。同じところから出るんですね」

「豊橋から豊川《とよかわ》の複線区間の、平井《ひらい》信号場の分岐ポイントまでは両方で共有してるんだ。下り線をJR、上り線は名鉄の所有。でも名鉄は船町《ふなまち》駅と下地《しもじ》駅には停まらない。この二つの駅は飯田線専用なんだ。面白いよね」

「飯田線って鉄道ファンに人気があるんですね」

「最近は鉄道ファンの中でも、秘境駅ファンに人気なんじゃないかな。飯田線の最大の特徴が、とにかく駅の数が多いってことなんだ。それは飯田線ができあがる歴史と関係してる。もともとは四つの私鉄、豊川鉄道、鳳来寺《ほうらいじ》鉄道、三信《さんしん》鉄道、伊那《いな》電気鉄道だったものを、第二次大戦中の国策で国有化して一つに繋《つな》げてしまった。だからそれぞれの
「隣りのホーム見て」

鉄道の駅がそのまま使われて、こんなに駅だらけの路線になった」

「戦時中は私鉄の国有化が各地であったんですよね」

「うん。軍事物資や燃料の輸送に鉄道は極めて重要とみなされ、それらを完全に国、というか軍が掌握することが必要だったんだね。でも国有化、というとソフトに聞こえるけど、実態は強制接収みたいなもんだったらしい。経営者の事情なんかおかまいなく、有無を言わせずに国有化してしまったところが多かった。その一方で、軍事的、国策的価値が低いとみなされた私鉄は廃止され、一般の国民が私用で鉄道を使って出歩くことは悪いこと、無駄なこととされた。どうしても必要な場合を除けば、鉄道に乗らなければ行かれないような遠出をするな、そんな暇があったらお国の為に働け、ってことだよね。旅行なんて贅沢《ぜいたく》はゆるされず、たまにこっそりと旅を楽しんでいる者がいたら侮蔑《ぶべつ》された時代だよ。戦争も末期が近づいて戦況が厳しくなって来ると、旅館、と看板を出していても、遊びで旅行してるような奴を泊めると非難されるから、そうした旅行者はお断りの宿が多かったし、緊急な用事で泊る場合でも、米を持参しないと泊めて貰《もら》えなかったらしい。秘境駅巡り、なんて、興味のない人から見たら無意味にしか思えない旅をしたり、全線完乗めざして、ただただ始発駅から終着駅まで電車に乗ったり、そんな自由な旅がゆるされる今の時代は、月並みにしか言えないけど、やっぱり幸せだよね」

出発時刻になる頃には、席はすべて埋まり、立っている人の姿も多くなった。朝の通学・通勤時間帯はそろそろ終わりなのに、この路線の利用者は多いようだ。

「思ったよりも混んでいるんですね。秘境駅がたくさんある路線、ってイメージを持っていたので、朝と夕方しか利用者がいないようなローカル線のイメージを抱いてました」

「豊橋から豊川までは都市生活圏内だから、それなりに利用者は多いよ。でもその先は、地元民の移動が車中心になる。鉄道を利用するのは、車の免許を持っていない若者とお年寄りばかりになるわけだ。ただ、現在のJR、というか国の基本政策では、代替輸送手段、つまりバス路線が確保できない路線は、廃線にしない。絶対にしないというわけじゃないけど、基本的にはね。だから、たとえば新潟《にいがた》と福島とを結んでいる只見《ただみ》線なんかは、利用者が非常に少なく、運転本数も少なくていつ廃止にされてもおかしくないような路線なのに、冬に雪がすご過ぎてバスでは冬期の運用ができないから、未《いま》だに廃線にならずに済んでる。逆に、そこそこ利用者もいるし活気のある路線でも、同一ルートに新幹線が通った場合は第三セクター化するのも基本方針なんだ。九州新幹線の開通で、肥薩《ひさつ》おれんじ鉄道が出来たみたいにね。そういうこと考えると、次にヤバいの中に函《はこ》館《だて》本線が入っちゃうんだよなあ」

柳原は溜《た》め息をついた。

「函館本線は、僕が気に入っている鉄道のベスト3に入るくらいいい路線なんです。でも北海道新幹線が実現すると、本州の青森《あおもり》新幹線と繋がって、最終的には東京から札幌《さっぽろ》まで新幹線で行かれるようになるでしょうね。そうなると、路線がぴったりと被《かぶ》っている函館本線は、第三セクターになる可能性が高い。第三セクターの経営はどこも本当に大変で、ちょっと何かあれば廃線になってもおかしくない状況です。それでなくても北海道はかつて鉄道王国だったのに、今は廃線ばかりになってしまった。この上、函館本線まで失うのは辛《つら》すぎる」

「第三セクターになると、その路線だけで利益を出さないとならないからしんどいよなあ。只見線がいくら赤字でも、ＪＲ東日本は大会社だからそれで潰《つぶ》れる心配はないけど、第三セクターやローカル私鉄は、その路線が生み出す利益がすべてだものなあ。もちろん補助金はあるわけだけど。香澄さん、ＪＲのローカル線で旅をする時に、帰りの切符ってどうやって買ってます？」

「どうやって……フリー切符や往復割引は、東京のみどりの窓口で買うことが多いです。地域発売しかしていないフリー切符は現地で買いますけど」

「そうした切符や往復割引を使わない場合、たとえば新幹線でどこかの地方都市まで行って、そこから在来線を乗り継いで、ローカルな盲腸線に乗る、みたいなケースでは、たいていの人がローカル線の駅で新幹線に接続している在来線の駅か、新幹線の駅までの乗車券だけ買って乗り、改札を出ないでそのまま新幹線に乗り換える場合には新幹線駅で精算するでしょう。その時に降車駅までの乗車券と新幹線の特急券も買う」

「ええ」

「でも、家に帰るって目的ならば、乗車券は、一気に自宅もより駅とか都内の駅までローカル線の窓口で買ってしまうと、そのローカル線の売上に貢献できるんですよ。降車駅まで百キロを超えていれば途中下車できるので、新幹線に乗り換える時にちょっと駅の外で食事したい、なんてのも大丈夫だから」

「そうだったんですか。わたし、ローカル線の駅では遠くまで切符を買えないのかと思ってました」

「自動券売機は近郊の切符しか売ってませんからね。でも無人駅でなければ窓口があるはずで、窓口ではたいてい、JR全線の切符が買えるんです。ほんのちょっとのことだけど、そうやってローカル線の売上を少しでも上積みしてあげれば、ローカル線の存続には多少の力になると思います。ただそれでも、ローカル私鉄や第三セクター路線にはそういう援助も難しい。我々に出来ることは、とにかく切符を買って電車に乗ることだけです」

「俺、いや僕なんか」

「俺でいいですよ」

香澄が言うと、柳原は照れたようにうなずいた。

「すみません、丁寧に喋《しゃべ》るの苦手で。俺なんか、鉄道なんてのはぜーんぶタダにして、税金で走らせればいいじゃねえか、なんて思っちゃうんですよね。そうすりゃ赤字だのなんだの関係なくなるのに、ってね。とにかく鉄道が好きだから、一路線でも廃止になるのは悔しくてしょうがない」

「鉄道ファンは皆さん、似たような感覚なんでしょうね」

「柳原は鉄オタですから、一般の常識的な鉄道ファンと同じに考えちゃだめですよ。いくら鉄道が好きでも、あれだけの設備と維持費を捻出《ねんしゅつ》するのは大変だ、というのは、常識的な鉄道ファンは理解してる。利用者が激減すれば廃線もやむを得ない。それが時代の流れってものだから」

「なんて、わかったようなこと言ってるけどその実、おまえの方が俺より過激じゃねえか」

柳原が笑った。

「こいつ、廃線イベントがあると必ず出かけて行って、最終列車まで乗らないと気が済まないんですよ。それだけじゃない、最終運転日の数日前から出かけて行って、泊まり込みで乗りまくるんです。仕事もおっぽらかして」

「それは嘘。授業を休んだことはないよ。最終運転日が休日でなければ諦《あきら》めるし」

「でも泊まり込みで行ってるじゃないか」

「だから、あれは、春休みとかで授業がない時だけだってば」

「それにしたって、何日も前から泊まり込みで乗りまくるなんて、他人のことを鉄オタだなんて言えないだろうが、おまえも」

「一週間や十日も前から現地に乗り込んでるファンもいるんだから、三日くらい前から参加してる俺なんかたいしたことないさ」

「廃線になる鉄道に乗るのに、そんなに前から行くんですか！」

「みんなすごいですよ。分割民営化前後に多数の路線が一気に整理されて、それ以降悲しいことに、毎年何路線も廃止になってますからね、今では廃線イベントなんて呼び方されてて、鉄道ファンにとっては一種のお祭りなんですよ。もちろんみんな廃線を喜んでいるわけじゃないんだけど、そうやってワイワイ盛り上がることで、せめてもの惜別の情を示したいんでしょうね。いくら鉄道ファンだからって、普通に社会人をやってて仕事も持っていたら、そうそう一つの路線ばかり乗りまくってはいられない。全国のいろんな鉄道に乗りたいと考えたら、逆に一つの路線に乗る回数は減ってしまうんです。ちょうど柳原が、飯田線が好きなのにこれでやっと二回目の乗車なのと一緒です。だからいざ廃線が決まると、我々の胸に去来するのは思い出と共に後悔なんです」

「後悔、ですか」

近藤と柳原は同時にうなずいた。

「あんなにいい路線なのに、どうしてもっと乗っておかなかったんだろう。そういう後悔です。その後悔を少しでもまぎらわせたくて、残りわずかな日々、乗りまくりたい、すべてを見尽くしたい、感じ尽くしたいって思うんです」

「別れることが決まった女の子がすごく綺麗《きれい》に見えて、なんか急にもったいなくなっちゃうみたいに」

「それはおまえだけ。そんな優柔不断だから、おまえはいっつも女の子にフラれるんだよ、最後には。香澄さん、とても信じられないと思いますが、実はこの柳原はこれでけっこう、女性に人気あるんですよ。こいつの大学でも、こいつのゼミは学内の他のゼミより女子率が高いんです」

「うちは工科だからもともと女学生は少ないの。そんな中で俺のゼミは情報科学系だから、よそより女子率高いのは当たり前なの」

「それだけじゃなく、こんな顔してるのにしょっちゅう新しい恋人を連れて歩いてるんです。鉄オタでコンピューターフリークな男がそんなことするのは反則ですよね」

「そういう偏見と差別を堂々と述べるな！」

「なのに、数ヶ月もたないで別れちゃうんです」

「俺の話なんかいつまでしてんだよ、香澄さんは興味ないってよ」

「ちゃんと断っておかないとな。夢野のこと話すなら、そこはポイントだ」

列車は豊川の駅を出るところだった。さっきまで立っている乗客も多かったのに、気づくともう、座席は半分ほどしか埋まっていない。

東京の郊外とそう変わらなかった車窓風景が、一気に田園ののどかさを見せ始める。

夢野、という人物は、いったい誰なのだろう。その人が、高之が愛した女性なのだろうか。

他愛のない軽口の応酬なのに、そこにはある種の緊張があった。近藤も柳原も、夢野、という人についてわたしに話すことに躊躇《ためら》いがあるのだ。香澄は、あえて二人に対して、早く教えて、と迫ることはしないでおこう、と思った。二人はたぶん、どう話したらいちばんわたしに衝撃が少ないのか、わたしを傷つけないで済むのか、それを考えている。近藤も柳原も、優しいのだ。

焦らなくても、二人はちゃんと話してくれるだろう。二人とも、高之を捜し出したい、という思いは自分と同じなはず。

「確かにな」

向かいの席に座っている柳原は、進行方向と逆に流れる景色に目をやった。

「俺は恋愛上手じゃないし、いつもフラれてるのはほんとだ。俺が恋愛に関して言うことなんか、話半分で聞いてくれればいいんだ。香澄さん、そんなわけで、あまり深刻に考えないで聞いて欲しいんですよ。実際、今から話すことが園部の失踪《しっそう》の理由なのかどうかなんて、わかりませんから」

「はい、それはわかっています」

「すみません。園部の身内だったら、一刻も早く園部を捜したいと思うのが当然ですよね。本当はもっと早く、園部のご両親にもこの話はしておいた方が良かったのかも知れない。でもさっきもこいつが言ったように、俺は女性の気持ちをちゃんと理解できる男じゃないんです。いつも最後には、自分勝手な行動をして女の人に嫌われる。呆《あき》れられる。基本、ワガママで身勝手な男です。園部は俺なんかよりずっと誠実で、女性を大事にする男でした」

「タカ兄ちゃん……わたしはそう呼んでいたんですけど……タカ兄ちゃんには、恋人がいたんですよね？　でもその人は別の男性と結婚して今は日本にいません」

「そうです。その女性が、夢野真梨子《まりこ》。あ、夢野は旧姓ですね。今は、アメリカ人と結婚したからえっと、近藤、夢野のラストネームって何になったんだっけ？」

「リチャードソンだったと思う」

「そうだ、そんな名前だ。とにかく夢野は、彼女の大学で語学講師をしていたアメリカ人と結婚して渡米してしまいました」

「彼女の大学、ということは、西神奈川大学の学生さんではなかったんですね」

「違います。彼女は、あなたの先輩ですよ。東京聖華女子大の学生でした。つまり、その旅行同好会に所属していて、西神奈川大の鉄道旅同好会と一緒に活動していたわけです。あの頃から、そういう慣習があって」

「もともとは初代の同好会会長が所属していた鉄道研究会を飛び出して、自分のカノジョだった東京聖華女子の学生と一緒にたちあげたんですよ、西神奈川大の鉄道旅同好会って。そのカノジョが東京聖華女子の旅行同好会の会長だったらしい。考えたら、その初代会長ってのは、西神奈川大男子学生には高嶺《たかね》の花の、お嬢様大学の女子学生と交際していたんだから、たいしたもんです」

近藤は笑った。

「そんなんだから、西神奈川大の鉄道旅同好会は、学生の鉄研仲間からは軟弱だと馬鹿にされ続けてました。今でもその状況はあんまり変わってないですね。ただ、時代が我々に追いついて来たというか。今の鉄ブームってのは、すごくコアな一部の鉄道マニアによるものじゃなくて、そうしたコアな鉄道マニアを適当におだてて作ったブームの上に、たくさんの、普通に電車で旅行するのが好き、ってレベルの人をのっけてできあがってます。ブームの中心にいるのは、ゆるーいファンなんですよ。車両形式の名前や専門用語を知らなくても、電車に乗って旅行するのが好き、という人たちなんです。西神奈川大の鉄道旅同好会は、そうした中心層に支持されてます。だから旅行社とのタイアップなんてのまで声が掛かるようになっちゃった」

「俺はちょっと、そうした現状はどうなんだろうと思うけどね」

柳原は腕組みした。

「学生の時には、社会人になったらできないような旅をすべきだ。ただ鉄道を使って旅をして、その旅のエッセイを書いてあわよくば金儲《かねもう》けしようなんて、なんか間違ってる」

「井上は金儲けのことなんか考える奴じゃないよ。あいつはどっちかって言うと、俺たちなんかより鉄だから。ただあいつのは、もっぱら乗ることにこだわる鉄だけどな」

「大吾郎はいいやつだ。あいつは乗り鉄なのか」

「すでに全線完乗は三回くらいやってる。今は全線全駅下車に挑戦中らしい」

「あのせせこましいやつか。時刻表とダイヤグラムで、ひとつの路線を行ったり来たりする。でも同好会のホームページにはそのことは出てないな」

「あいつに言わせると、全線全駅下車は自分の個人的な趣味でやってることで、同好会の活動とは関係ないんだそうだ。そういうとこもあいつらしい」

「だが大吾郎はそうでも、他の部員はどう考えているのかな。なまじホームページが人気になって、本が売れたり旅行社からオファーがまいこんだりして、浮き立ってるのもいるんじゃないか」

「まあ、そうだとしても、俺たちOBがあまり口を出さない方がいいさ。大吾郎が率いているんだから、あいつの判断に任せる。おっと、話がそれてすみません。つまり、夢野真梨子と園部とは、会の活動を通じて知り合ったわけです。そして交際を始めた。交際はオープンで、俺たちはみんなそのことを知ってました。でも二人は決して感じの悪いカップルじゃなかったですよ。人前でべたべたすることもなかったし、会の活動をしている時は別々に行動してもくれました。夢野はむしろ、一人旅が好きな女性だったんです。交際始めてからも、夢野はいつも一人旅でした」

「遠慮しないで二人で行けよってみんなからかってたけど、夢野には夢野のこだわりがあったみたいで。それに彼女は旅行同好会の活動を優先してて、鉄道旅同好会の方は正式会員にならないままだった。そういうとこも、好きになったからっていつもその男のあとをくっついて歩いているわけじゃない、夢野らしいところだったな」

「彼女は城好きだったんですよ。マニアというほどではないけど、彼女の旅はいつも、城めぐりが中心でした」

「城って、姫路《ひめじ》城とか大坂城みたいな？」

「まあそうですけどね、夢野が惹《ひ》かれたのは、すでに城趾《じょうし》と石垣ぐらいしか残っていないような、歴史の向こうに忘れられようとしている城なんです。山城で、発掘調査もろくにされていない、ただ苔《こけ》むした石垣の残骸《ざんがい》があるだけ、なんていう、荒城のファンだったんです。最近また城はブームで、そうした忘れられた城も復元して資料館を造ったり、整備して公園にしたりするのが流行《はや》ってますが、夢野が探して歩いてたのは、廃墟《はいきょ》なんだか城跡なんだかわからないような、すごいやつが多かったな。地元の人でもそれが城の痕跡《こんせき》だってこと知らない、とかね、そういうとこに出かけて行って、写真も自分で撮って、自費制作で本にしてたんですよ。なんて言うのかな、いろんな意味でほんとに行動的で、しっかり自立した女の子だったな。ああ、そうそう。飯田線もね、夢野は園部と行かずに一人で旅をしてました。彼女は俺たちが盛り上がるような、佐久間ダムより先の秘境駅銀座《ぎんざ》には興味を示さなかったんです。彼女は、ほら、もうそろそろかな、このあたりからの一帯で途中下車を繰り返してたみたいです」

列車は、野田城《のだじょう》、という駅にすべりこんで停車した。

とても小さな無人駅だった。駅舎は高原のコテージのような雰囲気だ。乗り降りする人もなく、列車は静かにまた走り出した。

「駅名の通り、今の駅は野田城趾のもより駅です。野田城の戦い、って聞いたことありませんか」

「わたしあまり詳しくないんですけど、武田信玄《たけだしんげん》と徳川家康《とくがわいえやす》でしたっけ」

「そうです。実は僕もあまり詳しくないんです」

近藤は笑った。

「ただ、武田信玄の最後の戦だってことくらいしか。いずれにしても、日本の戦国史に名前が残っているくらいですから、そっち方面が好きな人には重要な城趾なわけです。でも現地に行ってみると、観光用に整備もされていなければ、歴史資料館みたいなものもないらしい。そういうところに夢野は惹きつけられたんです」

「そう言えば、さっき牛久保《うしくぼ》という駅もありましたけど」

「牛久保城も、まだ他にもたくさんの城がこの飯田線沿線にはあるんですよ。豊橋から本長篠《ほんながしの》までの区間は、かつての豊川鉄道の区間になりますが、ここは古戦場と古城のオンパレードなんです。秘境駅ばかりがもてはやされてちょっと忘れられている感もありますが、古城や古戦場ファンにとっての飯田線は、秘境駅とはまた違った魅力にあふれる路線なんですよ」

「長篠の合戦くらいなら俺だって知ってるぞ」

「本長篠のひとつ手前に、もより駅の長篠城《ながしのじよう》駅があります。戦国史のファンなら一度は行ってみたいと思う場所でしょうね。ここから数駅先の茶臼山《ちやうすやま》駅は、長篠の戦いで織田《おだ》信長《のぶなが》が陣をしいた茶臼山から名前をとってます。もっと面白いのは、長篠城駅のひとつ手前の鳥居《とりい》、という駅なんですが、神社の鳥居を連想しちゃいますよね。でも人名からとった駅名なんです。長篠の合戦、というか、長篠城攻めの最中に、武田軍の包囲をくぐって鳥居《とりい》強右《すね》衛《え》門《もん》という男が援軍要請の使者に出て、城に帰った時に武田軍にとらえられてしまった。敵の戦意を喪失させるため、援軍が来ないと伝えれば命を助けると言われたのに、鳥居強右衛門は、城に向かって、援軍は来ると叫んで殺されたそうです。磔《はりつけ》にされて。その鳥居という名前が駅名になっている」

「戦国史に残る郷土の英雄なんですね」

「そういうことですね。飯田線の旧豊川鉄道区間は、この国の歴史上最も過酷だった時代、戦国時代の風を我々に今でも感じさせてくれる、そんな路線です」

3

列車がひとつ駅に停まるたびに、近藤が駅由来の歴史物語を披露してくれた。近藤も今回の旅の為に付け焼き刃で仕入れたにわか知識だと笑っていたが、香澄は、そんな戦国史や古戦場、荒れた城跡に惹きつけられて旅を続けていた、夢野真梨子、という女性にどんどん興味を抱き始めていた。

本人には逢《あ》ったこともないのに、高之がその女性に恋をしたのは当然のような気さえしていた。

恋人がいるのに一人旅をする女性。

自分のこだわりを大切にし、一人の世界を守りながら他人を愛することが出来る女性。

その人はきっと、自分の意見や考えをはっきりと述べ、安易に周囲と妥協せず、けれど周囲が居心地悪くなるような意地は張らず、時に高之を支え、時に高之をひとり残して旅に出て、そうしてめりはりの効いた恋愛関係を保つことのできる、聡明《そうめい》な女性だったのだろう。そしてそんな女性ならば、あの、繊細だけれど冒険好きで優しいけれど孤独も愛した高之が、心惹《こころひ》かれるのにふさわしい、と思った。

なのに、二人は結局、別れてしまったのだ。

なぜ？


「ふたりは」

抑え切れず、香澄は言った。

「どうして別れたんでしょうか」

「ふたりって、夢野と園部のこと？」

香澄は頷《うなず》いた。

「僕は知らないんだなあ」

近藤が柳原を見る。

「おまえ、彼女に話してやれることが何かあるんじゃないか？」

柳原は車窓に目を奪われている、という素振りを少しの間続けていたが、香澄が自分から目を離さないのを感じて、やがて溜《た》め息と共に言った。

「結局、本当のことは二人にしかわからないでしょ、恋愛なんて。だから他人の俺が今ごろになってああだこうだ言うのは、フェアじゃないし、できればしたくないんだけどさ」

「そのお気持ちはわかります。でも、教えてください。タカ兄ちゃんの気持ちを少しでも知っておくことが、タカ兄ちゃんがどこに行ったのか……どこに行こうとしていたのか知る近道のような気がするんです」

「園部が失踪《しっそう》したって判ったのは、夏休みが終わってだいぶ経った頃だったけど、実はその時まで俺たち、知らなかったんだ。園部と夢野の交際が終わってたってこと。夏休みに入る前は、二人は確かにつきあっていたと思う。さっきも言ったけど、二人は人前でべたべたするようなタイプじゃなかったから、夏休み前にも二人がラブラブだった、そういうことって客観的証拠はない。ないけどさ、なんとなくわかるもんだろ、そばにいると、そうってこと。べたべたはしなかったけど、二人は交際そのものを隠してコソコソもしなかったから。とにかく、二人は部室でもいつも一緒にいて、雰囲気はとっても良かったんだ。だから二人は別れてはいなかったと俺は思う。だから二人の関係が破局したのは、夏休みの間、七月の半ばから九月の終わり頃までのことだと思う。なので、俺たちは何も知らなかった」

柳原は、ペットボトルの緑茶をごくごくと飲んだ。

「夢野はもともと西神奈川大の学生じゃない。だから、夏休み明けに鉄道旅同好会の活動に顔を見せなくても、しばらくは誰も不思議に思わなかった。でも園部の行方がわからない、ということがはっきりして、ふと気づいたら、そう言えば夢野真梨子も全然顔を見せてないぞ、ってことになると、当然、みんなおかしいと思うよね。それで君の大学の旅行同好会に連絡して、夢野真梨子は大学に来ているか訊《き》いたわけ。そしたら、夢野は後期から休学した、と言われて、みんな驚いたんだ。夢野は一年間休学して、アメリカに渡っていた。語学留学という名目だったけど、たぶんその時にもう、今のご亭主と一緒だったんだろうな。ご亭主ってのは、君の大学の講師だったアメリカ人だ。結局夢野は向こうでその人と結婚し、そのまま大学は中退してしまった。だから俺たちも、夏休み前に見たっきり夢野の顔は見ていない。旅行同好会を通じて消息は聞いてたけどね。園部の失踪のことは、もちろん伝えて貰《もら》った。でもそれに関して、彼女から俺たちには一言のメッセージもなかった。ただ、伝言で、園部の行く先については何も知らない、渡米して以来園部とはメールのやり取りもない、ということは聞いた」

「すごく唐突というか、妙な感じだったよな。いきなり休学して渡米、別れの挨拶《あいさつ》もなし、だもんな。それまですごく感じが良くて、俺たちの間でも人気あった子だったから、なんだか裏切られたみたいな気がしちゃってさ」

「そう」

柳原は頷いた。

「そのせいだと思う、園部の失踪は夢野が原因なんだって、なんとなく暗黙の了解みたいに俺たちが思い込んだのは。でも本当のところは何もわかってなかったんだ」

「夢野真梨子に裏切られたような、勝手な被害者意識があって、だから夢野が悪い女で園部と講師とを二股《ふたまた》かけてて、結局園部をフって、それで園部が絶望して……ってストーリーができ上がっちゃったんだよな。でも根拠がないことはみんなわかってたから、はっきり口には出さなかった。口に出さないまま、それが俺たちの中では事実として認識されてしまった」

「しかもおせっかいなことに、園部の親御さんが園部の行方を捜して鉄道旅同好会を訪ねてくれた時に、そういう根拠もないストーリーを親御さんの耳に入れてしまった。……誰が喋《しゃべ》った、ってことじゃなくて、俺たちの誰かが一言口をすべらせるとみんなが不自然に沈黙する、そうすると親御さんが、なんでもいいから教えてくださいって言う、言われると黙っているのが苦しくて、少し話してしまう。少し話すと親御さんにさらにつっこまれて、またちょっと喋って……それを繰り返しちゃって、最後には俺たちが作ったストーリーを親御さんたちも事実だと思い込んで。そういうことで、親御さんも……園部は……自殺する為に旅に出たんだと納得しちゃったんだなあ」

「四十九院さん、園部はまだ失踪宣告はされていないんですよね。まだ七年は経ってないよな」

「祖父母は……相続のこともあるので、自分たちが元気なうちにけじめはつけたいと言ってます。だからわたし……だから、どうしても捜し出したいんです。わたしは……タカ兄ちゃんが自殺なんかしたなんて、どうしても信じられない。納得できない。タカ兄ちゃんは生きているって思いたいんです」

「はっきりしていることは、園部に自殺する理由があった、なんて話に根拠なんかない、ということだ。俺たちが軽率だったんです。ただ、俺はあれから夢野に逢ってはいないけど、別のルートから二人の交際について、意外な話を聞いたんです」

「意外な話、ですか」

「ええ。俺は西神奈川大を卒業してから、別の大学の大学院に進んだんです。大学院受験に一度失敗しちゃって浪人してね。で、ようやっと受かって院生になったら、同級生に東京聖華女子大出身の子がいた。その子は現役で院生になったんでひとつ年下で、夢野と同級だったんですよ。旅行同好会の子じゃなかったんでまったく知らない子だったんだけど、院に入って最初の飲み会で、自己紹介するでしょ、で、西神奈川大で鉄道旅同好会にいました、って言ったら、向こうから話しかけて来た。夢野真梨子って女子学生を知ってますか、って。その子、夢野の友達で、かなり親しくしていたらしいんです。

最初はただ、知ってますよ、って答えただけでした。正直、夢野のことはあまり思い出したくない気分で、口を開いたら悪口になってしまいそうで嫌だった。俺の頭ん中でも、園部は夢野のせいで失踪したんだ、って意識が強かったから。でも院の同級生になったらどうしても、話をする機会がある。飲み会もある。なんだかんだするうちに、ちょっと酔ってる時だったけど、喋っちゃったんだ。夢野に捨てられて、園部がいなくなって、みたいな恨み言。そしたら、その子は、それは誤解だ、と怒った。二人が別れた原因は夢野にではなく、園部の方にあるんだ、って」

「それはどういう意味ですか」

「つまりね」

柳原は、言いにくそうに苦笑いした。

「その子の話だと、別れたいと突然言い出したのは園部の方なんだって。あまり突然で、夢野はすごくショックを受けて、その子に話しながら一晩泣いていたらしいんだ。夢野は本当に園部のことが好きだったんだ、って。夏休み明けから休学して渡米したのは、あまりにもショックで大学に通う気になれなくなっちゃって、立ち直りたくて環境を変えたんだって言うんだ。結婚相手になったアメリカ人講師は、当時は夢野とは何でもなかったんだけど、留学の相談に乗っていたらしい。で、日本の大学での任期が終わって、秋からアメリカで就職するので帰国した時、親切心から夢野のアメリカ生活にいろいろ骨折ってくれた、ってことらしい。そこのところは本当かどうか、俺にはわからない。

でも二人が一緒にアメリカに行こうと行くまいと、その前に園部が夢野をフッたことが事実なら、どうでもいいことだもんな」

「タカ兄ちゃんが……そんなひどいことするなんて、信じられない」

「俺もそう言った。園部はそんないい加減な男じゃない、理由もなく、飽きたからって突然別れようなんて言う奴じゃないって。でもその子もすごく怒って泣きながら言うんだ。夢野だってそんな女の子じゃない、すごく真面目で、そして、すごく園部のことが好きだったんだ、って」


「真相は藪《やぶ》の中、だな」

近藤が、ビニールの袋から弁当を取り出した。

「そろそろ食べない？」

香澄は同意した。柳原から聞いた話があまりに意外で、少し考える時間が欲しかった。

「お、けっこう豪華だな、秘境駅弁当」

豊橋駅で買った弁当を広げて、近藤が歓声をあげた。

「こっちもいい感じだ」

柳原は二つ弁当を買っていた。秘境駅弁当と、もう一つは手筒花火弁当。

「巻きずしで花火の形を表現してるのが可愛いですね」

「豊橋は手筒花火発祥の地らしいね。夏には手筒花火大会も開かれる」

「いいなあ、花火大会。わたし……もう何年も観てないです。最後に観たのが……」

香澄は、不意にこみあげて来た涙を呑《の》み込んだ。

最後に花火を観たのは隅田川《すみだ》の花火だ。隅田川沿いに建っているマンションの一室に親戚《しんせき》が住んでいる。毎年隅田川の花火大会の夜は、親戚が集まって花火を観た。でも大学生になってからは、高之がその集まりに参加することはなかった。夏は旅ばかりしていたから。

それなのに、あの前の年の夏は、高之も花火見物にやって来た。一緒に、茹《ゆ》でたとうもろこしを齧《かじ》りながら、親戚宅のベランダで、首が痛くなるまで夜空を見上げていた。

高之と二人で、いつまでも。いつまでも。

「ここを出ると、飯田線はまた違う性格を見せるようになります」

本長篠の駅を出る時に、弁当を食べ終えた近藤が言った。

「ここからは、まず温泉地を通り、それからいよいよ秘境駅が目白押しの区間になりますよ」

「飯田線は温泉路線でもあるよね」

柳原が口をもぐもぐさせながら言った。

「まあ日本は火山の上に国があるみたいなもんだから、沿線に温泉がいっぱいある路線は珍しくないけど。でも、もうすぐ駅を通る湯谷《ゆや》温泉は、なかなかいいですよ」

「この男は温泉巡りも趣味にしてるんですよ」

近藤が笑う。

「鉄オタで温泉マニアなんて、ちょっとベタですよね」

「日本人なら温泉好きで当たり前なんだよ。おまえみたいにいつもカラスの行水ってやつは、国土に対する愛が足りんのだ」

「俺だって温泉は好きだよ。ただ熱い湯が苦手なんだ」

「あ、わたしもどちらかと言うと、少しぬるめのほうが好きです。ゆっくり入れるから」

「最近はそういう人の方が多いですよね。熱い湯は健康にあまり良くないってのも今や常識になってるし。昔ながらの温泉場でも、湯の温度はかなり下げてるんじゃないかな」

近藤はガイドブックを広げた。

「湯谷温泉は、これによると、利修仙人《りしゅうせんにん》、って人が見つけたことになってますね」

「誰だそれ」

「知らないよ」

「ちょっと待て。ここ、携帯の電波大丈夫？」

柳原はスマートフォンを取り出した。

「知らないことがあればすぐ調べる」

「偉そうに。最近買ったそれを自慢したいだけだろうが」

「いいから。りしゅう、の、り、は」

「利己主義の利。しゅうは修行が足りないの修」

「利己主義で修行が足りないのはおまえじゃねえか。……お、出た出た。なんだこりゃ。ものすごいおっさんみたいだぞ、利修仙人。京都《きょうと》生まれで八十五歳の時に百済《くだら》に渡って、百三十歳で文武《もんむ》天皇の病気を治して、三匹の鬼と暮してて、死んだのは三百八歳だってさ。むちゃくちゃだなあ」

近藤が笑いながらガイドブックから顔を上げた。

「だから仙人なのか。その人が住んでたのが鳳来寺山《ほうらいじさん》の祠《ほこら》で、その人が開いた寺が鳳来寺。ああ、山岳寺なんですね、鳳来寺。寺の名前は、病気を治してもらった文武天皇の奥さんがつけたみたいだけど。つまり湯谷温泉は、その鳳来寺に修行やお参りに来る人たちに愛用された温泉なんでしょう」

「なんでか知らないが、このおっさんは生まれた年は判ってる。五七〇年、っていうから、このおっさんが百歳の時に発見したとしても、湯谷温泉は千三百年の歴史があるわけだ」

「そんなに昔からの名湯なのに、この本によれば、温泉旅館が出来たのは大正時代になってからだそうです。飯田線の前身だった四つの鉄道のひとつ、鳳来寺鉄道が開通してからです」

「山の中だもんなあ、鉄道がないと、いくら効能が知られていてもおいそれとは行かれないよな」

列車がいくらか傾いて感じられるのは、少しずつ線路が山を登っていくからだろう。やがて車窓に、温泉、という文字がちらちらと見えるようになって来た。看板やのぼりに温泉施設の宣伝が書かれている。

「そう言えば、夢野は温泉好きだったな。城巡りついでに山奥の露天風呂《ろてんぶろ》に入るのが大好きだった」

「あ」

近藤が思い出したように顔をあげた。

「彼女、露天風呂日記みたいなブログやってなかったっけ？　一度読んだような記憶があるんだけど」

「ああ、そう言えば……だけど、もうやめちゃっただろ。今はアメリカ暮らしだし。アメリカに露天風呂なんてないだろうし」

「あの、それもう読むことできないでしょうか」

香澄が言うと、近藤は宙を睨《にら》むようにして少し考えていた。

「……うーん、夢野は特にコンピューターに強いってこともなかったと思うから、たぶん、一般的なレンタルブログを借りてやってたと思うんだよね。アメブロとかヤフーとか。そういうとこだと、ブログ削除したり退会したりすれば読むことはできないけど、ログは残ってる可能性ある。ただなあ、よほどの理由がなければログを読ませてもらうことはできないですよ。それとは別に、ただ退会手続きしただけならば、キャッシュが残ってる可能性はあるよね。たとえばGoogleなんかは、一度すべてのインターネットコンテンツを自分とこに取り入れてキャッシュにして、それから検索に応じて提供する。コンテンツが更新されるたびに新しいデータをとり入れるわけだけど、ブログの書き主がそのサイトを退会してブログを閉鎖しても、最後のデータはキャッシュとして残ってる理屈になるでしょう。だから検索すると出て来る可能性があるんだよね。もちろん、退会する時に過去のブログをすべて消去して、空っぽの状態で更新してしまうと、その空っぽのものが最後のデータとしてキャッシュに残る。だから、過去のブログやホームページをもう誰にも読まれたくないと思うなら、一度すべて消去して、空っぽの状態で更新してから閉鎖する必要がある。でもそういうことって意外と知らない人も多いから、夢野がブログを閉鎖してても、キャッシュが残ってて出て来るってことは有り得ます」

「だけど夢野が結婚してからもう何年経ってる？　よほど検索キーワードがハマらないと、掘り出せないだろう」

「うん、広大なネットの海の底に沈んじゃってるわけだからなあ」

「あのさ」

柳原が、どこからか柿の種の袋を取り出してポリポリさせながら言った。

「えっと、四十九院さん。夢野について知りたいなら、いっそ、本人に連絡とってみたらどう?」

「えっ」

香澄は驚いて柳原を見つめた。柳原は、真面目な顔で言った。

「恋愛問題ってのは、結局のところ当事者同士にしか真相はわからない。夢野がひどい女だったのか園部がひどい男だったのか、俺たちには判断できないし、判断するべきことでもないよね。ただ、俺たちが知っている限りでも、夢野はそんなにいい加減な女の子じゃなかった。彼女なら、きっと君の知りたいことを話してくれるんじゃないかな。いちばんデリケートなことは話せないにしても、園部がどこに行ったのか手がかりを知っていたら必ず教えてくれると思うよ。君だって園部を見つけ出すことが出来るなら、園部と夢野の恋愛について何もかも知る必要はないでしょう。肝心なことは、園部がどこに向かったのかを夢野が知っている可能性があるかないか、それでしょう」

「確かに、夢野に直接会ってみるのがいいかもしれない」

近藤も言ったが、香澄は不安だった。

「でも……わたしは夢野さんと一面識もないし……いきなりアメリカに押し掛けるわけ

にはいかないです」

「夢野だって里帰りくらいはしてると思うよ。なんとか今でも夢野と連絡をとりあってる人を探せれば、次に帰国する時に話くらいは聞けるよ。なあ近藤、おまえ知りあいいないの？」

「おまえこそ、その大学院で同期になった子からなんとかならんのか」

「院を出てから一度も連絡してないからなあ。その人は三重《みえ》の方で大学の講師やってるけど。まあいい、メールしてみよう。四十九院さん、あなたのことは隠さずに、園部の姪《めい》だと紹介していいですよね？」

「はい、もちろん」

「じゃ、なんとか連絡つけてみます。夢野が帰国するのがいつになるかはわからないけど、もし近いうちにそういう機会があるなら、直接会って話してみた方がいいですよ」

　電車は湯谷温泉駅に着き、すぐに発車した。沿線でも名の通った温泉地なのに、乗り降りした人はいなかった。

　豊橋を出る時は立っている乗客がたくさんいたのに、ここまで来るともう、数えるほどしか乗客がいない。

「次の駅の三河川合《みかわかわい》あたりは、梅の名所」

柳原がスマートフォンの画面を見ながら言った。

「このあたりは食用にする梅が多いんだって。花盛りの頃にはいい香りだろうなあ」

「似合わないことを言うなって。三河川合を出ると、次の駅の池場《いけば》まではトンネルがたくさんありますよ。そろそろ静岡《しずおか》県との境に近づいてます」

「池場の次、東栄《とうえい》駅を過ぎたあたりから、川の流れが逆になるから」

「ああ、池場峠が分水嶺《ぶんすいれい》だったな」

次々と二人が提供してくれる情報に、香澄はしばらく、高之のことを忘れて飯田線の旅を楽しむことにした。

「どの駅から静岡県なんですか？」

「えっとどこからだっけ、近藤」

「地図からみて」

近藤は地図を広げている。

「出馬《いずんま》からだ。東栄の次。愛知《あいち》県側は豊川水系だったけど、分水嶺を過ぎると天竜川水系になる。景色もさっきまでとは随分違って来る」

「一般に飯田線のイメージは、天竜川に沿った山岳路線、だよね」

「実際にはそうした区間は一部なわけだけど、秘境駅ブームのおかげでそういうイメージが定着した感はある。まあなんだっていいよな、利用客が減少する一方の、地方を走る鉄道に、一人でも多く乗客が増えれば」

「飯田線全線には使えないけど、秘境駅部分だけ存分に楽しむなら、土日に使えるフリーきっぷもあるしね」

「ああ、青空フリーパスか。あれは豊橋から飯田まで乗り降り自由だっけ。名古屋や鳥羽《とば》まで行かれるから使いであるよな」

「特急は、別に特急料金とられるけど、飯田線の秘境駅めぐりなら特急はどうせ関係ないし」

「やっぱりそういう形でしか、鉄道の乗客ってもう増えないんでしょうか」

香澄が思わず呟《つぶや》いた言葉に、近藤と柳原が同時に香澄を見た。

「あ、すみません……わたし」

「いや、四十九院さんはどう思う？　他に鉄道の、それも住んでいる人が少ない地方の鉄道が乗客を増やす方法、何かあるかな。ごめん、非難してるんじゃないんだ。ただ、他に方法があるとは思えないからさ」

「俺たちもいろいろ考えてはみた」

柳原は、スマートフォンをポケットにしまった。

「俺たちみたいな鉄道好きにしてみたら、こんないいものにどうしてみんな乗らないんだ、と思う。なんでわざわざ、面倒くさい車なんかに乗るんだよ、ってさ。俺だって免許は持ってるし、普段の生活には車を使ってるよ。俺が住んでる長野でも、車がないとすごく不便だし。でも休みの時は車より鉄道の方がだんぜんいいと思ってる。ビール飲みながら乗ったって誰にも怒られないし法律にも違反しない。目も疲れない。神経も使わない。眠くなったら寝ればいい。寝ていたってちゃんと目的地に連れてってくれる。景色だってゆっくり見られる。携帯電話もいじれる。自分で運転してたんじゃ、ろくに景色を眺める余裕もないもんな。ほら、鉄道はいいことばっかだ。でもそう考えない人間も世間にはおおぜいいる」

「車だと時間にしばられることがない。特に地方の鉄道は、とにかく本数が少ないからね、発着時刻に合せて行動しないとならない。車なら自分の好きな時間に出発できるし、着きたい時刻に合せて到着できる。それに駅までわざわざ行く必要がない。ホテルでも自宅でも、玄関先からすぐに旅に出られる」

「荷物もたくさん積めるしな。土産物だってめいっぱい買い込んでも重くない。……結局、鉄道だって車だって長所もあれば短所もある。どっちの方がよりいいと感じるかは、それぞれの人間の好みやライフスタイル次第だってこと。だとしたら、なんで全国的に車が勝って鉄道が負けているのか。その理由は実はとても単純なことなんだと俺は気づいたんだ。つまり、人の数の違い、なんだと」

「人の……数の違い」

「そう。人がたくさんたくさん住んでいる首都圏では、一度に大量の人が運べる鉄道の利点が活《い》かせる。同じ目的地に向かって同じ時刻に移動する人間の数も多い。だから、同じ行き先の電車に同時刻にたくさんの人が乗れる。逆に人があまり住んでいないところでは、同時刻に同じ目的地を目指す人の数はおのずと限られて来る。鉄道は、定員いっぱいまで人を詰め込んで運んでも、たった一人しか乗客を乗せていなくても、コストがほとんど同じだけかかる。人の輸送から利益を生み出したいなら、できるだけコスト率が低い方がいいのに、乗客が少なければ同じ利益あたりのコストがまるで違って来てしまう。鉄道がいいか車がいいか、じゃないんだ。人が多いか少ないか、なんだ」

「そして、地方の人口はどこも減り続けている。日本人全体も人口減少しているけど、地方は過疎が深刻になってるよね。人口が増加しなければ、鉄道の利用率はぜったい増えないから、今の日本では地方の鉄道を活性化するのは至難のワザだ。せめて観光客や鉄道好きな連中が、フリーきっぷでもなんでも買って遊びで鉄道に乗る以外に、利用を増やす方法なんかないんじゃないかな」

「そのうちに日本には、首都圏しか人が住む場所はなくなっちゃうのさ」

柳原が溜《た》め息と共に言った。

「冗談でなく、そうなっちゃうよ。なんとかしないとなんないってのはみんな感じていることだけど、具体的にどうしたらいいのかは、わからない。俺たちにはなんにも出来ないなら、せめてこうやって休みの日には鉄道に乗る。乗って乗って、ただ乗って、この鉄道を動かす為に働いている人たちに、あなたたちの仕事に感謝しています、と態度で示す以外、ないんだ」

「さて、静岡県に入った」

近藤が車窓に顔を向けた。

「いよいよ飯田線のハイライト、秘境ゾーンが近づいて来ました。四十九院さん、君はとてもすてきな文章を書くよね」

「いいえ、そんなこと」

「同好会のホームページにあった、こどもの国線の記事はすごく良かった。そんな君がこの飯田線をどんなふうに描写するのか、君の目にはこの飯田線で何が見えるのか、僕はすごく楽しみにしてるんです」

4

「わたしの文章なんて……わたし、本当は鉄道にそんなに強い興味があったわけじゃないんです。知識もないし」

「園部の行方を追いかけて鉄道旅同好会に入ったんでしょ。それは井上から聞いてます」

「……会長は知ってたんですね、やっぱり」

「聖華女子の旅行同好会員でも、鉄道旅同好会の正式会員になりたがる子はめったにいないからね。君はどうしても正式会員になりたいと粘って、例会に出ることをすごく希望していたんでしょ。最初から、この人には何か事情があるんだな、と思っていたようですよ。でもそんなことは、ある意味どうでもいい。今、君は、この飯田線の旅をどう思ってます？　楽しい？」

「はい。楽しいです。すごく楽しいです」

「だったらそれでいいんですよ。君はもう、鉄道で旅をすることが好きな女性になった。それで充分だ。確かに鉄道ファンってのは、どんどんエスカレートしていく傾向はある。鉄道の機械的な部分に惹《ひ》かれる人はパーツまで偏愛してコレクションするようになりがちだし、鉄道写真のマニアは周囲から顰蹙《ひんしゅく》を買っても、ひたすら写真を撮りまくる。時刻表マニアは、そんなことまで知らなくてもいいだろう、というとこまで暗記して、ロスなく鉄道を乗り換えて一日にどれだけ乗れるか競ったりするし、全路線の全駅に下車しているコアなファンもいます。でも、鉄道ファンの大多数の人は、もっとゆるやかにおおらかに鉄道を楽しんでいると思うんだな。こうやって飯田線みたいな路線を各駅停車で乗り潰《つぶ》すハードな旅にもチャレンジするけど、設備が整ってサービス満点な観光特急に乗って楽な旅を楽しむこともある。それぞれがそれぞれに、楽しい、と思うやり方で鉄道を楽しめばそれでいい。四十九院さんの感性は、そうした人たちとシンクロするんじゃないかな。マニアックになり過ぎない、普通の視点で、住宅地を走るとても短い路線を見つめたから、こどもの国線の記事はとても読みやすくて心に残った。この飯田線の旅も、あんなふうな、普通で自然で素直な目線で書いて貰《もら》いたいな」

列車は下川合《しもかわい》駅を出た。

「この先で、これまで車窓に沿っていた大千瀬《おおちせ》川と佐久間湖から流れ出た天竜川が合流します。いよいよ中部天竜《ちゅうぶてんりゅう》駅だ」

「以前はこの中部天竜駅には面白いものがあったんだ」

「面白いもの？」

「うん。佐久間レールパーク、という鉄道車両博物館で、昭和に活躍した鉄道車両を展示保存してあった。貴重な車両もあって楽しかったんだけど、去年閉館しちゃった」

「あれは残念だったよな」

「どうして閉館したんですか？　飯田線は今、鉄道ファンに人気なのに」

「新しく名古屋に出来る鉄道博物館に、展示車両を移すことになったらしいです。確か、来年開館予定じゃなかったかな」

「ちょっと待って」

「まーたスマートフォンの自慢か」

「まあ待てって。あ、出た出た。えっと、リニア・鉄道館、夢と想い出のミュージアム、だってさ。うん、来年、二〇一一年の三月十四日開館予定、名古屋市の金城埠頭《きんじょうふとう》に建設中だ。まあ名古屋だったら、中部天竜よりは行きやすいけどな」

「でも少し残念ですよね。こんな、飯田線を使わないと来られないところにそういう博物館があったのって、とても面白いと思うんですけど」

「でしょう？　俺もそう思うなあ。まあいろいろと大人の事情もあるんだろうけどね、秘境駅ブームとか言ったって、そんなに大勢の鉄道ファンが毎日押し掛けてるわけじゃないんだから、名所はひとつでも多い方がいいよな」

「あ、このあたりで川が合流します。あっちの方角が佐久間ダムです」

近藤に車窓を指さされ、香澄は窓に顔を押し付けた。

「飯田線は一度天竜川から離れて、トンネルで一気に佐久間湖に近づきます。秘境駅銀座の始まりですよ。秘境駅のほとんどは、駅周辺にあった集落が佐久間ダムの建設で佐久間湖の底に沈んで、秘境になって生まれた。飯田線はその佐久間湖に沿って走ります」

「時間があったら佐久間ダムに電力資料館があるから、あれを見るのも面白いよ。ダム建設の写真とかあって」

「行ったことあるんですか」

「その時は電車じゃなくて、車だったけどね」

「この駅はちょっと洒落《しゃれ》てるでしょう」

列車は佐久間駅に停車した。

「図書館が駅にくっついているんですよ」

「中も洒落てるよ。部屋の真ん中に丸太が立ってるんだ。なんか、唐傘の中に入ったみたいで面白い」

「わあ、入ってみたいです」

「飯田線は、一度目はこうやって乗り潰して、二度目は目をつけた駅で下車して楽しむ、というのがいいよね。けっこういろんな工夫を凝らした駅があるから」

「トンネルを出たら相月《あいづき》駅、そこを過ぎたら、次の城西《しろにし》駅を出てすぐに飯田線でも指折りの名所になるから、注意してください」

「渡らずの橋、知ってる？」

「あ、向こう岸に渡らずにもとに戻っちゃう、S字の鉄橋ですね！」

「そう。もともとはトンネルを通す予定だったのに、なんと、中央構造線の大断層が地殻変動して、作りかけのトンネルが崩壊しちゃった。それで川の上に線路を張り出させて回避した。面白いよね」

「しっかり観察します」

香澄はまた車窓に額をくっつけた。

城西駅を出てすぐに列車は鉄橋を渡り始める。香澄は興奮してカメラを向けた。

「ほんとに渡らない！」

「でも写真にしちゃうと、なんだかよくわからないんだよね」

近藤が笑った。

「俺達もそうだけど、鉄道好きが撮った写真って、説明しないとなんで撮ったのかもわからないようなのばっかりだから。スイッチバックなんか、車窓を動画やビデオで撮ってネットにアップしてる人も多いけど、興味ない人が見たら、なんじゃこりゃ、ってのばかり」

「列車がバックしたからって、それがどうした、って話だもんな。テツにはスイッチバック・フェチが多いけど、興味ないやつと乗るとぜったい言われる。で、だからこれがなに？　って」

「ワンマンなんかだと、スイッチバックの時に運転手が車内を早足で移動したりする、ああいうのにロマンを感じるのってテツならではなんだろうね」

「タブレットの投げ込みとかもなあ」

「あれはちょっと、アクションとして面白いでしょ」

「タブレットの投げ込みって、単線の時の」

「うん、衝突を避ける為に、行き違いの時にタブレットを交換する、あれね」

「まだ見たことがないんです。見てみたいな」

「ほんと？　大吾郎に言えば、連れてってくれるよ。都心からなら、どこがいいかな」

「久留里《くるり》線とかいいんじゃね？　千葉だから近いし」

長いトンネルを出ると、車窓に湖が見え出した。

佐久間湖だった。

「次の次が、小和田。飯田線の秘境駅の中でも、人気ナンバーワンかもしれないな」

「なんでか人気あるよな、小和田。俺なんかは田本のほうが感動するけどなあ。おおっ、なんだこの駅っ、って」

「小和田は駅舎があって、割と綺麗《きれい》な駅なんだよね。それと、ストーリーがあるから」

「ストーリー、ですか」

「ロマン、と言い換えてもいいかな。小和田駅の周囲に民家は一軒しかないんです。駅から徒歩二十分くらいのところに、ぽつんと一軒。その家を過ぎると、車が通れる道路に出るまでどのくらい歩くことになるかなあ」

「一時間くらい歩いた記憶があるな」

「おまえやったの、小和田下車」

「やった。死にそうになった。ダチに車で拾って貰う手はずになってたから、なんとかやれたけど。一時間くらい山道を登ると集落がひとつある。小さいけどね」

「陸の孤島みたいですね」

「飯田線がなかったらまさに、陸の孤島だよね。その一軒の家にとっては、飯田線がライフラインなんです。郵便物も飯田線で届けられる。でも逆に言うと、小和田駅は、どんなに一日の乗降客が少なくても存在している意味がある。簡単になくしてしまうことの出来ない駅なわけです。存在感というか、使命があるんだよね。そういうとこが人気の理由のひとつじゃないかな」

「駅のある場所が、三つの県の県境ってのもいいよな」

「愛知、長野、静岡ですね？」

「うん。駅のホームに分境の標識があったはず」

「それと、あれもある」

「小和田《おわだ》雅子《まさこ》さんの、あれか」

「やっぱ小和田駅で途中下車する計画にしたら良かったなあ。四十九院さん、小和田駅は恋が成就する駅、なんですよ」

「皇太子殿下のご成婚記念ですね！」

「そう。でもほんとは、読みが違うんだけどなあ」

「まあいいさ、ケチくさいことは言うな。停車したらおまえもしっかり拝んどけ」

「駅は神社じゃねえよ」

大嵐《おおぞれ》駅を出てトンネルをいくつか過ぎると、小和田駅だった。

小さいけれど駅舎がある。ホームに、梅だろうか、枝ぶりのいい樹木も植えられている。

恋成就駅、と赤文字で書かれ、その下に黒い文字で小和田、と書かれた木製の表示も立てられている。

「……なんだかわかります。この駅が人気があるのって。わたしも好きです」

「ホームからの景色もいいよね。一般に秘境駅って、ホームだけかろうじてある、みたいなすごい駅が多いけど、ここはちょっとなごみ系というか」

「贅沢《ぜいたく》だけどなあ。無人駅なのに駅舎もあるし」

「ま、この先、おまえ好みのハードな秘境駅があるんだから、ちょっと待て」

列車は小和田駅を離れ、佐久間湖に沿って走る。やがて細長いダム湖が終わってそのまま天竜川の流れになった。

中井侍《なかいさむらい》駅に着く。

「ここも人気のある秘境駅ですよ」

「あ、降りる人が」

小和田では一人もいなかった降車客が、ホームに降りて列車の写真を撮り始めた。

「でしょ。ここはね、厳密に言えば秘境駅とは言えないんだろうけど、まあもともと秘境駅なんて、ちゃんとした定義があるわけじゃないし。自分が、ここは秘境だ、と思えばそれでいいわけで。小和田みたいに近くに民家が一軒しかない、というわけじゃなくて、散在してるけど何軒か家があるんです。車が通れる道路も比較的近いところを通ってるから、鉄道を使わないアクセスが可能です。それに、ちょっときつい道を登ることになるけど、三十三所観音《さんじゅうさんしょかんのん》なんかもあるから、下車しても次の列車が来るまで時間を潰《つぶ》せる。以前にここで下車したことあるけど、茶畑が見事なんです」

「お茶の畑ですか」

「ホームの下へ段々畑になってて、すごく綺麗だった。中井侍で下車するなら、初夏がいいですよ」

「まあ飯田線はどこでも、初夏なら間違いないけどな。山ん中走ることが多いし、長野に入ったら林檎《りんご》や葡萄《ぶどう》の畑が続くから。林檎の花の季節は見事だよ」

「六月になれば鮎《あゆ》も食える」

「そうだ、鮎だ」

柳原は、ぽんと手を打った。

「天竜川の鮎はうまいよなあ。飯田線に乗るなら鮎の季節にして、鮎の食える旅館に一泊、これ最高」

それからしばらく、柳原と近藤は、旅に出て食べたものの話を始めた。二人とも、さすがに旅慣れているだけあって、各地の名物やB級グルメに詳しい。

タカ兄ちゃんは、旅に出てどんなものを食べたんだろう。

この飯田線の旅で、どこに泊ったのかしら。泊らずに全線乗り通したのかな。

トンネルや木立に遮られながらも、車窓には天竜川の流れがずっと見えていた。じっと見つめていると、魚が泳いでいるのが見えたような錯覚に、思わず目をこする。流れに午後の陽射しが反射して、きらきらと魚の動きのように見えるのだろう。

ごとん、ごとん、と列車はのんびり走って行く。駅と駅の間が短いので、そんなにスピードを出さない。

平岡《ひらおか》駅は、それまでの駅より立派で、乗り降りする人も多かった。駅に隣接する施設に、飲食店や商店、温泉や宿泊施設などが入っているらしい。仲の良さそうな初老の夫婦が、手を繋《つな》ぎながらホームに降りて行った。羨《うらや》ましい、と、思った。ああして人生の終盤にさしかかった時、自分には、手を繋いで旅をしてくれる人がいるのだろうか。

まだ二十歳にしかならないのにこんなことを考えるなんて。

まだ、恋愛もまともにしたことがないのに。


「次の為栗《してぐり》駅も、秘境駅の仲間かな」

「為栗は秘境じゃねえだろう。近くにリクリエーション施設あるし、車でアクセスできるぜ」

「まあそうなんだけど、雰囲気が秘境っぽいよ。四十九院さん、信濃《しなの》恋し、って知ってます?」

「あ」

香澄は慌ててガイドブックをめくった。

「どこかに書いてありました……えっと」

「為栗駅から少し歩いて川に降りると見られる名勝です。ただ、本当の信濃恋しはもう見られないんですけどね、ダムが出来ちゃったから。ダムが出来る前は、天竜川の急流が岸壁にぶつかって逆流して、流れが上流に向かってしまったんだそうです。天竜下りの筏《いかだ》がここで反対向いちゃって、信濃の方に戻ろうとする」

「だから、信濃恋しですか！　信濃が恋しいと船が戻ろうとするから」

「筏の船頭さんたちがそう呼んだんでしょうね。こうした川には、ところどころに流れが逆さまになったり渦を巻いたりするところがあって、船頭さんの意のままに操れない。そういう場所が、どこそこ恋し、と呼ばれる例は他にもあったと思います。でも、そういうなんとなくロマンチックな名前がつけば、やがてそこに恋愛伝説が生まれる。昔も今も、人間はみんな恋愛が好きだ。この流れに恋人同士で小石を投げると、その恋がうまく行くんだそうですよ」

「恋人同士で投げる、ってのがミソだな。つまり俺らには無関係だ」

「一緒にするな」

「っているのかよ、カノジョ」

「今はいない。が、一生持たないつもりはさらさらない。その気になったらきっと出来ると信じている」

香澄は思わず笑った。

次の駅は温田《ぬくた》駅だったが、驚いたことに、かなりの数の乗り降りがあった。高校生がどやどやと乗り込んで来て、あっという間に車内が混雑してしまった。それまで乗り降りする人が数えるほどしかいない駅ばかりだったので、香澄は思わず車内を見回してしまった。

「びっくりした？」

　近藤が笑いながら言った。

「このあたりは飯田線でも秘境駅銀座と呼ばれている、元の三信鉄道の路線だけど、無人駅も多いし人がたくさん住んでるイメージはないでしょう。だけど、通学時間帯に当たればこんなふうになっちゃう。これってまあ、ローカル線だとよくあることなんだけど。利用者が高校生とお年よりだけ、みたいな感じでね。だけど、突然車内がこんなふうに人でいっぱいになると、これだけの若い人が住んでるんだなあって、ちょっと不思議な感動もあるよね」

「温田には阿南《あなん》高校があるので、そこの生徒たちかな。俺が教えてる学生にも、阿南の出身者がいたっけ。バスのターミナルにもなってるから、バス利用の人たちもここで乗り降りする。で、ここでこんなふうに車内が混雑して、現代社会の喧騒《けんそう》みたいなもんを抱えたまま次の駅に着くと、衝撃が大きいわけだ」

「次の駅……田本ですね！」

「そう。……そら、着くよ」

　列車はいつのまにか、田本駅に到着していた。

「ホーム見て。右側しかないから」

「四十九院さん、立って見たらいいよ。よく見てね。前も後ろも」

香澄は近藤に手招きされてドア付近に立った。ドアが開く。

「見た？」

「……はい」

「すごかったでしょ」

列車は走り出した。

「……はい」

香澄は、ようやく言って座席に戻った。

「……狭かったというか……ホームが細くて……」

「小錦《こにしき》だと田本では下車できないよな。からだがはみ出して列車に接触しちゃうぞ」

柳原が笑った。

「降りたことあるけど、まじ狭い。ホームから落ちそうで怖いくらい」

「しかも、ホームの前方はすぐトンネル。後ろもトンネル。トンネルとトンネルの間に、無理やり作ったみたいなホームだよね」

「しかもあのホームからどこに出たらいいのか、最初はわからなくてすごく悩むんだ。表示もないし、出口らしき階段もない。なんだこの駅、どこにも行かれないのかよ、と涙目になりかけたところでふと気づく。あるんだ、細い道が。でも覗《のぞ》き込むとなんだか獣道みたいで、やっぱ違うのかと思うんだけど、そこ以外にどうしても出入り口がないんだ。それで仕方なく歩き始める。すると」

柳原は笑った。

「やっぱり獣道なんだぜ」

「秘境駅ブームで情報が知れ渡ったから、田本で降りるような物好きなら知ってるけどね、今は。でもあの道は確かに、ちょっとビビる」

「まあ小和田に比べたら、道路に出るのに二、三十分だから歩けないことはないけど。でも歩いたところで名所があるわけでなし、ヒッチハイクで温田駅に出るしかないから、降りて歩くよりも駅でおとなしく次の電車待ってた方がいい。降りても無駄な駅、って点では、ほんとすごいよ」

「周辺に民家はないんですか」

「小和田よりは近いとこに集落はあるんだけど、そこの人たちも飯田線に乗るなら温田に出て乗るから、住民は田本駅は使わない。小和田みたいに郵便物が住民に届けられるわけじゃないからなあ、あの駅の存在意味って、たぶんJR側にしかないんじゃないかな。廃駅にしないんだから、JR的には意味があるんだろうけど」

「やっぱり飯田線の秘境駅では、田本が横綱かな」

「俺は好きだね。なんでこんなとこに駅なんか作ったんだー、って怒鳴りたくなるような辺鄙《へんぴ》さがたまらん」

「車内は若い人でいっぱいで、あの駅はだれも使わない。なんだか……ほんとに不思議な気持ちです」

香澄は、賑《にぎ》やかに笑いあっている生徒たちを見つめて言った。

5

田本を出ると、列車は峡谷を縫うように天竜川に沿って走る。頻繁にトンネルに入るので、トンネルから出た時に視界に飛び込んで来る川面《かわも》の煌《きら》めきが一層美しい。

唐笠《からかさ》駅は天竜ライン下りの船着場があるとガイドブックにはあったが、乗り降りする人はいなかった。車内を埋め尽くすようにいた高校生たちも数を減らすことなくそのまま乗車している。秘境駅の仲間入りをしているという金野《きんの》駅、千代《ちよ》駅と過ぎ、ようやく、列車は天竜峡駅に到着し、気がつくと高校生の姿が半分ぐらいに減っていた。

「天竜峡は利用客が多いんですね」

「このあたり一の観光地だからね。天竜ライン下りの他に温泉もあるし」

ホームにライン下りの船が展示され、マネキン人形の船頭さんと客が船に乗っている。使われているマネキンが、デパートなどにある西洋人の顔をしたものなのが、なんとなくおかしかった。

「はあ、さすがにケツが痛くなったたな。鈍行の座席は硬くて、長い時間座ってるのはきついよな」

柳原が座席から立ち上がって屈伸運動をしながらぼやく。香澄も座ったままで、膝《ひざ》の曲げ伸ばしや背筋を伸ばす運動を少しした。

「やっぱり苦行ですね」

「若い時ならこんなの何でもなかったんだけどなあ」

近藤が笑った。

「四十九院さんでもしんどい？」

「まだ大丈夫です。車窓の景色が面白くて、予想していたより退屈してません」

「鉄の素養たっぷりだな。しかし羨《うらや》ましいよ、最近の鉄っちゃん連中は。女の子の鉄道ファンがほんと増えたもんなあ。俺たちの頃には、四十九院さんみたいに普通に可愛い若い女の子が、飯田線乗り潰《つぶ》しやってるなんて信じられなかった」

「そうそう、たまーにローカルな盲腸線に女性が一人で乗ってて、終点でなんの変哲もないディーゼル車とかの写真撮ってると、思わずまじまじ見ちゃったよな。母親くらいのおばさんでも女の人ってだけで、鉄道お好きなんですかあ、なんて話しかけてみようかと思っちゃったり」

「あるある」

近藤は膝を叩《たた》いた。

「なんか妙に親近感覚えるんだよね、ローカル線の終着駅で車両の写真撮ってる人と会うと。しかもどこにも行かず、次の折り返しに乗ったりするの見ると、もう話しかけたくてうずうずした。まあたいていは、勇気がなくて話しかけないまま、あの人はどこで降りるのかなあ、何線と何線に乗るつもりなのかな、青春18きっぷかな、なんてすごく気になって、ずーっとちら見してたりして」

「それが自分とおない歳くらいの男だと、変なライバル心が湧いて来る」

柳原が言うと、また近藤が膝を叩く。

「それもわかる。なんだこいつ、どこまで乗るのかな、もう全線乗車完遂したのかな、なんていろいろ想像するんだよな」

「車両オタクか、時刻表か、なんて勝手に自分と同じオタク扱いして勘ぐったり」

「面白いですね。同じ趣味でもライバルになっちゃうんですね」

「そんなもんでしょう、鉄道に限らず趣味なんて、いれこんだら結局、他人より自分の方がすごいんだぞ、って思いたいもんだから。でも今はさすがに、そういう競争心みたいなものはすっかりなくなっちゃったなあ。最近はむしろ、定年退職してから青春18きっぷでローカル線の旅をしてるおじさんなんかに、すごくシンパシーおぼえちゃって。自分も定年になったらああいう暮らししよう、なんて妙に固く決心してる」

「近藤さん、まだ定年なんてずーっと先じゃないですか」

「そんなことないよ。大学を出ると人生はなぜか、ものすごいスピードで走り出すもんですよ。学生時代はあんなに暢気《のんき》に、夏休みも春休みもすごく長くて楽しかったのに、社会人になったら季節の移り変わりすら意識できないままで、気づくと一年、また一年と過ぎてる」

「人生の速度ってのはすごく相対的なもんなんだな、って実感するよな。自分が教えてる学生たちと一緒にいると、確かに時計をみれば同じ時間の流れで動いているはずなのに、彼らの一日と俺の一日、彼らの一年と俺の一年は速度が違うと思う。学生でなくなった途端、ランニングマシンのスピード設定を上げちゃったみたいに、みんな駆け足になる」

「だからたまに、鉄道に乗りたくなるのかも。鉄道はそんないろんな速さで走ったり歩いたりしてるたくさんの人生を、一度にのっけて、同じ速さで時間を過ごす体験をさせてくれる。ほら、四十九院さんと僕と、今はこの飯田線に乗っているから、同じ時間の流れの中でいろんなものを見たり考えたり出来てるでしょ」

静かに列車は発車し、天竜峡駅を離れた。時又《ときまた》駅を出たあたりから天竜川が細くなる。天竜下り一番の難所らしい。駄科《だしな》駅を出ると、線路は川の反対側へと渡ったように思え、川が見えなくなった。

「秘境駅銀座が終わって、このあたりからはまた景色も雰囲気も変わりますよ。この先、下山村《しもやまむら》駅を出てからがΩ《オメガ》カーブの始まりです」

「線路がぐっと曲がっているんですよね？」

「六・四キロ左に曲がって戻るんです。Ωの文字みたいに」

「俺はやったことないけど、ここで二キロ走る体力があったら電車と競走ができる」

「電車と競走ですか！」

「そう。二キロの上り坂を一気に駆けられれば電車に勝てるよ。下山村で下車して、全力疾走してぐるっと曲がってる部分をショートカットして、伊那上郷《いなかみさと》駅でこの電車にまた乗れるんだ。その間にこいつは、鼎《かなえ》、切石《きりいし》、飯田《いいだ》、桜町《さくらまち》と四つの駅に停車するから、距離ロスの上に停車時間のロスもある。それで走って追い越せるわけ」

「柳原、おまえいつも体力自慢してるんだから、どうだやってみたら」

「まっぴらだ。せっかく電車に乗ってるのに、なんでわざわざ降りて走らにゃいかん」

　下山村駅を過ぎて、確かに列車の進行方向が変わったような気はしたが、カーブが大き過ぎてよくわからなかった。

　景色も雰囲気も変わる、と言った近藤の言葉が次第に実感出来た。確かに先ほどまでとは、まるで別の路線に乗り換えたように車窓の雰囲気が変わっている。川と切り立った崖《がけ》や岩、濃い緑で圧倒して来るようだった景色が、おおらかで明るい高原的なものになって来た。ところどころ、果樹園も現れる。林檎《りんご》の木々がすでに実をつけている。

　視線を上げると、それまで気づかないでいたアルプスの山々があった。

近藤の胸のポケットで、携帯が振動する。

「あれ、メールじゃないや。ちょっと失礼」

近藤は言って、携帯を持ったまま隣りの車両に向かった。

「通話できるとこなんかあるかしら。連結部は広くないですよね」

「便所だろ。あっちの車両には付いてるから」

数分して、近藤が戻って来た。困惑したような顔をしている。

「どうしたんですか?」

「いや……大吾郎からだったんだけど」

「会長から?」

「うん」

近藤は、デイパックから時刻表を取り出してめくり始めた。

「やっぱ無理か」

「なんだ?」

「それがさ……こんなことってあるのかな。偶然にしちゃちょっと、気味が悪いんだが」

「なんだよ、じらすな」

「夢野が飯田に来てるって」

香澄は驚いて近藤の顔を見た。

「夢野さんって……」

「夢野真梨子、いや、真梨子・リチャードソンかな、今は。大吾郎の話だと、突然電話して来て、四十九院さんのことを訊《き》いたらしいんだ」

「わたしの……こと」

「うん。園部くんの姪《めい》が同好会にいると聞いたので、その人のことを教えてくれって。それで、今飯田線乗り潰しの旅に出ていると話したら、自分は今日、飯田で通訳の仕事頼まれてる、飯田に泊るつもりだから、四十九院さんに逢《あ》えないだろうか、って言われたらしい。だけど、飯田で途中下車して一時間つかったら、この先すぐ日が暮れて真っ暗で、旅のレポートもできないし、宿に着くのも遅くなる。どうしよう」

「お逢いしたいです」

　香澄はすぐさま言った。

「夢野さんに逢いたい。ごめんなさい、わたし、飯田で下車します。宿泊費のキャンセル料はお支払いします」

「飯つきじゃないから、キャンセル料はそんな高くないと思うけど、でも飯田線レポートどうする？」

「明日、飯田から先を乗ります」

「じゃ、飯田に泊るの？」

「そんなに長くかからないだろ。いいよ、みんなで降りよう。諏訪《すわ》に出るのが暗くなったっていいじゃないか、明日また折り返して飯田まで乗ればいいんだから。一時間かそこら、夢野に話を聞くだけなら寄れる」

「そうだな、四十九院さん、それでいい？　俺たちも一緒に夢野に逢ってもいいかな」

「よろしくお願いします」

香澄は頭を下げた。

「ご迷惑おかけしてすみません」

近藤は頷《うなず》いて、携帯でメールを打ち始めた。


飯田駅は、飯田線の駅としては大きく、駅らしい駅だ。飯田線以外の路線は乗り入れていないが、特急「伊那路」の発着駅であり、留置線もひかれているので線路がたくさん見える。ホームも二面あり、もちろん有人駅で改札を出るとみどりの窓口もちゃんとある。

駅の外に出て駅舎を眺めてみると、赤い屋根に丸いデザインが組み込まれ、可愛らしい。どうやら、りんごをイメージしてデザインされているらしい。

途中下車にさびしさを感じながらも、夢野真梨子に逢えるという思い掛けない出来事に、香澄は興奮していた。

「夢野のメールアドレス、大吾郎から転送して貰《もら》ったから。通訳の仕事は五時に終わるらしい。飯田文化会館ってとこで、アメリカの農産物なんとかの勉強会だって。そのあ

「とシルクホテルに戻るから、ホテルの喫茶室に五時半でどうですか、って」

「シルクホテルってどこなんだ？」

「GPSナビによれば、あっちだ」

近藤が指さす方に三人で歩いた。幸い、シルクホテルはさほど遠くはなかった。どこかひなびた感じのある駅前のロータリーから左手に歩き、ほどなくホテルに着いた。喫茶室に落ち着いて夢野真梨子の到着を待つ間、香澄は混乱しそうになる頭の中をなんとか整理しようと、必死だった。心臓がドキドキと鳴る。なぜか頬が熱くなる。

近藤と柳原はコーヒーを注文したが、香澄はココアにした。甘くて熱い飲み物は、心を静めてくれる。

「それにしても、噂をすればなんとやら、だなあ。夢野が井上に連絡して来るなんて」

「おまえが院の同級生にいろいろ突っ込んだのが功を奏したんじゃないかな。その彼女が夢野に連絡したんだろう。夢野にしてみたら、自分のせいで園部が行方不明になったみたいにみんなに思われてるのは、辛《つら》いだろうしな」

「俺たちも悪かったんだ。結局、園部の失踪《しっそう》は誰にとっても予想外で、まったく理由がわからなかった。驚いて困惑して、心のどこかに、万が一自分のせいだったらどうしよう、みたいなやましさが生まれてた。そうした心の焦りを八つ当たりで晴らすのに、園部と別れてさっさと結婚して渡米した夢野の存在が、うってつけだったんだな」

「それだって、夢野のことが嫌いだというわけじゃなかった。むしろ、あの当時の仲間ていた空気が、理解できたように思った。
香澄は、二人の会話でなんとなく当時の鉄道旅同好会の雰囲気というか、そこに流れ
しかも向こうで結婚してしまったことで、取り残されたような気にもなったというか」
「だから余計なんだろうなあ。夢野があまりにもあっさりとアメリカに行っちゃって、
には夢野は人気あったよ」

五時二十分過ぎに、喫茶室のドアが開いて近藤たちと同年代の女性が入って来た。そ
れが夢野真梨子だということは、誰に言われなくても即座にわかった。ショートカット
の髪が似あう形のいい頭部、耳に一粒パールのピアス、薄いけれどメリハリのある化粧、
シックな紺《こん》のパンツスーツにインナーは生成り色のシルク。大きめのショルダーバッグ
を肩から提げているのは、一泊分の着替えなどが入ってるのかもしれない。
真梨子は近藤と柳原にまず目をとめ、笑顔で片手を軽くあげた。そして、空いていた
香澄の正面の椅子に、素早く座った。
香澄は言葉が出ずにただ真梨子を見ていた。真梨子の方も一瞬、香澄の顔を確認する
ように見て、それから笑顔になった。
「園部くんの姪御《めいご》さん、ですよね」
「はい。四十九院香澄です」
「珍しいお名前ね、つるしいいん、って」

「漢数字で、四十九と書いて、その下に院が付きます」

「園部くんの」

「わたしの母が、タカ兄ちゃんの姉なんです」

真梨子は頷いた。

「実は」

真梨子は柳原の方をちらっと見た。

「友人の、河合良子《かわいりょうこ》さんが、柳原くんと大学院で一緒だったとかで。それで、柳原くんからいろいろ質問されて」

「園部の失踪は夢野にフラれたのが原因だ、って俺たちが思っていたことだろう」

「ええ。それで本当に驚いちゃって」

「今、夢野は日本にいるの？」

「四月から夫がまた、日本の大学の講師になったの。東京じゃなくて高崎なんだけど」

「それじゃ今は高崎に住んでるんだ」

「ええ。わたしは特に仕事していないんだけど、通訳として登録してあるので、不定期に今回みたいな仕事をやってます。それでたまたま今日、思いついて井上くんに電話してみたの。良子から聞いた時はすごく困惑したけど、だからって今さらわざわざ、事実と違いますってわたしが否定してまわるのも変でしょう。あの頃の同好会員はみんな卒業して、それぞれに散らばっちゃってるし。でも、もしかしてOB会の予定でもあるなら、思いきって出席して、申し開きした方がいいのかなって思って」

「申し開き、か。なんか申し訳ない、みんなで夢野を悪者にしてたみたいで」

「ううん、わたしも悪かったから。とにかくいろんなものから逃げたい一心で、ろくに友達に事情も話さずにアメリカに行っちゃったんだもの。でも井上くんに電話したら、園部くんの姪御さんが同好会にいるって教えてくれて、もうすごく、すごくびっくりしちゃって。しかも飯田線に乗ってる最中だなんて……ただの偶然とは思えなかった」

「すみませんでした、わざわざ」

「それはわたしのセリフです。ほんとはわたしの方からもっと早く、姪御さんに説明に伺わなければいけなかったのに、せっかくの旅の最中に呼びつけるみたいなことしちゃって。ただもう、井上くんに飯田線に乗っていると聞いた時、すぐにお逢いしたくてたまらなくなっちゃったんです」

「わたしも……お逢いできて良かったです」

真梨子はコーヒーを頼み、コップの水を半分くらい一気に飲んだ。コーヒーが運ばれて来るまでは、近藤と柳原が交互に近況を話してくれて気まずい沈黙はまぬがれた。

運ばれたコーヒーを一口すすってから、真梨子が話し始めた。

「簡単に言うと……別れたいと言い出したのは、園部くんでした。誤解しないでほしいけど、今さら自分の責任を逃れたいとか、関係ないことにしたい、そういう気持ちはないです。これは本当のことだから、この場に園部くんがいたとしても、同じ話しかできない。乱暴に要約するなら、フラれたのはわたしで、そのことに傷ついて旅に出たのもわたしの方なの。つまり……アメリカに。渡米した時から結婚するつもりだったわけじゃないんです。良子も説明してくれたと思うけれど、わたしは園部くんと別れたことにすごくショックを受けてしまって、秋から大学に通う気力がとても湧かなかった。何もかも嫌で、辛くて、園部くんと結びつくものすべてから逃げたかったの。それで、留学しようと決めて、学生課に相談に行きました。夫のジェフは当時、学生のアメリカ留学の相談にのってました。で、ジェフのアドバイスに従って、留学先をボストンに決めました。向こうの生活にいくらか慣れた頃に、ジェフが日本の大学との契約が終わって帰国して。異国でひとりぼっちだったので、ジェフの存在はとてもあり難かった。それに彼はとても優しい、誠実な人なの。数ヶ月後にプロポーズされた時も、迷いはなかった。ジェフにはすべて話してあります。わたしの揺れる気持ちは理解してくれた。結婚して良かったと、今では心から思ってます。でも……園部くんのことを綺麗《きれい》に忘れてしまった、というわけにはいかなくて。

「それじゃ、タカ兄さんが失踪した理由は、何もご存知ないんですね」

「失踪していたなんて、かなり経ってからようやく知ったのよ。ただ」

「……ただ？」

真梨子は香澄を見て、それから目を伏せた。

「わたしと別れた理由が、彼の失踪の理由でもある、という可能性はあると思います」

香澄は緊張した。何か、とても大事なことが今から判る、そう思った。

「彼は……彼には、どうしても諦《あきら》められないひとがいたの。彼はわたしに、自分をごまかすことはもう出来ない、実らないとわかっている思いだけれど、その人を本当に諦められると思える時までは、ひとりでいることにした、と言いました」

「実らないとわかっている……」

「不倫、かな。はっきりとは言わなかったけど、ゆるされない恋だと。結婚している女性を好きになっちゃった、そういうことね。でもわたしとのことも遊びのつもりじゃなかった、わたしとならうまくいく、そのうちにはそのひとのことも忘れて、幸せになると思っていた。それが彼の言い訳。園部くんは嘘つきじゃないから、あれは彼の本心だったのだと思います。でも……わたしは傷ついた。他に好きな人がいたのに、彼はわたしと交際していた。それはわたしに対する裏切りじゃないかしら。わたしはあの時、そう思ったの。彼に裏切られたって」

「人妻に恋、かよ」

柳原が呟《つぶや》いた。

「らしくない」

近藤も、ぽつりと言った。

「これがすべてです」

真梨子は、もう一度香澄の顔を見た。

「園部くんが本当に失踪《しっそう》しちゃったのだとしたら、実らない恋の苦しさをまぎらわせたくて旅に出た、のだと思うの。でも……わたしは信じないわ。彼が……」

「死ぬつもりで旅に出た、ことをですか」

香澄の言葉に、真梨子は頷《うなず》いた。

「彼はそんな男じゃない。自殺とか心中とか、そういう解決方法を選ぶ人じゃないわ。どんなに苦しくても辛《つら》くても、耐えようと決心したからわたしと別れたんだと思います。だったら、あっさりと投げ出して死に場所を探しに行くなんて、あり得ない。彼らしくない」

真梨子は、笑顔になった。

「大丈夫、園部くんはそんなことしないわ。いろいろ考えてみたけれど、わたしの結論は、彼は駆け落ちしたのだろう、と。彼は遂《つい》に、思いをとげた。そしてどこかで、二人仲良く暮しているんだと思うの。事情はわからないけれど、それが最善だと判断して。ご実家にも連絡しないのはひどいと思うけど、それも連絡できない事情があるのよ。連絡できる状況になったら、きっと連絡して来ると思います。わたしはそう信じてます」

＊

18時17分発の岡谷《おかや》行きにぎりぎり間に合って、香澄と近藤、柳原は、飯田線の旅に戻った。だがすぐに車窓の日は暮れ、かろうじてアルプスの山々が夕闇に沈むのを見ることはできたが、あとはただ、停車する駅を数えるだけになった。

「明日、岡谷から飯田まで戻って乗りましょう」

「すみません、わたしの為に」

「いや、夢野と話が出来て、僕たちもなんか、ホッとしたから。おまえはどうする、明日」

「明日か。どうしようかな。午後から研究室に行くつもりだったからなあ」

「あの、わたしのことなら気にしないでください」

香澄は慌てて言った。

「わたし一人でも、岡谷から飯田まで引き返せますから」

「いや、別にどうしても行かないといけないわけでも」

「だったらつきあえ。授業はないんだろ」

「ない。まあいいか。俺は帰るのも近いしな」

「しかし同じルートを往復するってのも芸がないな。柳原、何かアイデアない？」

「飯田線は一本道だぜ。飯田まで戻ったら、また逆に乗って岡谷まで戻るか、豊橋まで行くしかないよ。距離からして戻った方がいいけど、塩尻まわりか中央線か、辰野で選べる程度かなあ」

「うーん。バスのルートでも調べてみるか」

「ま、いずれにしても、明日の昼飯だけは確定してる」

柳原は、楽しそうに言った。

「駒ケ根《こまがね》でソースかつ丼食う。これは譲れない」

「ソースかつ丼？」

「名物なんだよ」

「美味《おい》しいんですか」

「うまい」

「たいしたことない」

柳原と近藤が同時に返事して、香澄は思わず笑った。

高之が人妻と駆け落ちした。そんな可能性に衝撃を受け、何をどう考えたらいいのかわからないまま呆然《ぼうぜん》としていた気持ちが、笑うことで少し落ち着いた。

今ここでくよくよ考えたって、何もわからないのは同じだ。香澄は、笑顔で小さく深呼吸した。

今は、この愉快な二人と旅をすることを楽しもう。

せっかくの旅だもの。せっかくの、飯田線だもの。

新しい路《みち》
沖縄都市モノレールゆいレール

1

窓に顔をくっつけるようにして、眼下に広がる海の中にいきなり現れた家々の屋根にみとれているうちに、いつのまにか飛行機は着陸態勢に入り、ググっとからだが落ちるような感覚のあとで軽く座席の下からお尻《しり》に衝撃が伝わり、着陸は成功した。

沖縄《おきなわ》！

生まれて初めて、香澄は沖縄の地にやって来た。

香澄が通う女子大では、秋季試験を終えると一週間だけの秋季休みがある。飯田線の旅から戻ってすぐに試験勉強を始めたので、この一ヶ月近くは鉄道旅も、鉄道以外の旅もしていなかった。試験が終わった日、明日からふらりとどこかにひとり旅に出よう、と旅行社に寄り、壁一面に並べられている膨大な数のパンフレットを眺めていた時に、その写真が目に飛び込んで来たのだ。

趣のある瓦屋根《かわらやね》の上からこちらを睨《にら》みつけている、ひどく大きな目をして不思議な愛《あい》嬌《きょう》を持つ、シーサー。

その目に魅せられたのだ。まるで、直接自分に、自分だけにこう語りかけて来るような目だった。

おい、ちょっと沖縄に来てみな。
いろんなことがあんたの中で、変わるぜ。

まだ台風シーズンが終わっていなかったので、沖縄へのツアーは割安だった。一人旅でも加算料金がないツアーもあって、飛行機で往復するのに鉄道旅よりも安いくらいだ。香澄は、ほとんど衝動的に翌々日出発のツアーに申し込み、自分の部屋に駆け戻って旅のしたくをした。ガイドブックも何冊か買い込んで徹夜で読みふけったけれど、準備期間がたった一日では、どんな旅にしたいかのイメージすら、はっきりと頭に描くことが出来なかった。それでも、たったひとつ、これだけはするぞ、と決めたことがある。それはもちろん、ゆいレールの完乗、であった。

ゆいレールは沖縄県唯一の鉄道で、二〇〇三年八月に開通したモノレールである。戦前には沖縄本島にも軽便鉄道が走っていたが、戦争末期に廃止され、その後復活されることはなかった。戦後長らく鉄道が存在していなかった沖縄に、ようやく建設されたゆいレールは、那覇《なは》空港《くうこう》駅と首里《しゅり》駅の間、十二・九キロを十五の駅で結ぶ。もちろん鉄道旅同好会のほとんどの会員は、とっくにこのモノレールを完全乗車しているのだが、これまで沖縄とはまったく縁がなかった香澄にとっては、ちょっとした憧《あこが》れの路線だったのだ。

飛行機から降ろされたスーツケースがターンテーブルに乗って出て来るのを待って、香澄はガラガラとスーツケースを引っ張りながらゆいレールの駅へと急いだ。ゆいレールの駅は那覇空港と連絡通路で結ばれている。香澄と同じようにスーツケースを引きずった観光客が何組もゆいレールの駅へと向かっていた。一人旅らしい人がいないのが少し心もとない気もしたが、自分が今、沖縄にいるんだ、という興奮の方が先に立って、足取りは自然と軽くなる。

那覇空港駅から、ホテルのある県庁前《けんちょうまえ》駅まで二百六十円。初乗り運賃が二百二十円というのは少し高い気もするが、モノレールの建設費を考えるとそんなものなのだろうか。一説には、ゆいレールが出来ることで客を奪われる地元タクシーに配慮して、比較的高い運賃設定がされた、とも言われているけれど。対して沖縄のタクシーは東京などと比べてかなり割安らしい。今度の旅ではゆいレールと路線バスを乗り尽くしたいと思っているので、タクシーは利用しないつもりだが。

切符を買う前に、今日これからの予定を頭の中でおさらいした。ゆいレールにはフリー乗車券があって、一日券、二日券、三日券がそれぞれ六百円、千円、千四百円と設定されている。急に決めた旅なので、ほとんど下調べをして来なかったから、とりあえず初日の予定だけしか決めていない。なので、明日と明後日《あさって》をどうするかは今夜ホテルでゆっくり考えるつもりだった。さしあたっては、今日これから、約半日、六百円以上の利用をするかどうか、だけれど、この運賃なら三回乗れば元がとれる。ホテルにチェックインして、それからどこに出かけるにしても往復で二回乗るわけだから。

香澄は一日フリー乗車券を購入した。

ホームに出ると、発車一分前だったので慌てて写真を一枚撮った。この那覇空港駅は、日本で最も西にある駅、なのだ。そして、那覇空港駅の隣り駅、赤嶺《あかみね》駅が、日本最南端の駅になる。

もっとも、沖縄にあればたいがいのものは日本最南端か最西端になってしまうだろうから、この二つの駅が「日本一」だということはほとんど話題にならない。今では日本一の座を奪われてしまったというのに、JR最南端の駅「西大山《にしおおやま》駅」の方が鉄道ファンには人気だ。空港から簡単に乗れて手軽にアクセス出来てしまうゆいレールの駅よりも、指宿枕崎《いぶすきまくらざき》線という鹿児島《かごしま》のローカル鉄道の、もちろん各駅停車しか停まらない、それどころか時間帯によっては三時間に一本しか列車が来ない無人駅の方が、いろいろな意味でテツ心をくすぐるのだろう。

那覇空港駅が最西端で隣りの駅が最南端ということは、ゆいレールは那覇空港駅を出てからぐいっと南に向かっていることになる。自衛隊の敷地が車窓に広がるのは、海上自衛隊と航空自衛隊の那覇基地だ。手元の観光ガイドによれば、航空祭というのが毎年開催されるらしい。香澄は飛行機に興味はないが、普段見慣れない戦闘機や輸送機が停まっているので、物珍しさで見入ってしまった。

赤嶺《あかみね》駅は糸満《いとまん》や豊見城《とみぐすく》など沖縄本島南部の町へ向かう人がバスに乗り換える駅でもあるので、けっこう乗り降りする人が多い。観光客ではなく、地元の人の姿が増えて楽しさが増した。

次の小禄《おろく》駅は、さらに生活の匂いがする駅だった。駅前にある大型ショッピングセンターは本土と同じ巨大企業のものだが、団地らしい建物、マンションが並び、香澄がよく知っている本土のベッドタウン駅に似た雰囲気がある。沖縄、というと勝手にスローライフを連想してしまうのは、本土在住者のある種の傲《おご》りなのだろう。実際にここで暮らす人たちにとっては、本土の人々が便利だと感じる生活は同じように便利なのだ。

モノレールなので駅間が短く、駅を出た、と思ったらすぐに隣りの駅に近づいている。次は奥武《おうの》山公園《やまこうえん》駅。ここにはスポーツ施設が揃っている。改築されたばかりの立派な野球場があり、沖縄セルラースタジアム那覇と命名され、この夏にはプロ野球の公式戦も行われたらしい。駅からもスタジアムの銀色の屋根がきらきらと輝いて見えている。

奥武山公園駅を出ると、モノレールは国場《こくば》川を渡り、それから再び北へと川に沿って曲がった。

次の駅が、壺川《つぼがわ》駅。この駅には名物駅弁があるらしい。その名も『海人《うみんちゅ》がつくる壺川駅前弁当』。ガイドブックの写真があまりにも美味《おい》しそうで、羽田《はねだ》を発《た》つ時に買った空弁を機内で平らげていたのに、降りて買ってしまおうかとドアが閉じるぎりぎりまで悩んだ。ホームで売っていたなら買ってしまっただろう。だがこの駅弁は、駅の構内で売られていないので正式には駅弁ではないらしい。それで駅前弁当、と呼ばれているとか。それでもやっぱり降りて買えば良かったかな、どうせ一人旅なのだから何度昼ご飯を食べたって気がねする必要もないのに。と、未練がましく悩んでいるうちに車両は旭橋《あさひばし》駅へと近づいてしまった。今度は久茂地《くもじ》川に沿ってレールがカーブする。

旭橋駅近くには那覇バスターミナルがあり、ここで路線バスに乗れば市内各地へも、遠方へもバスで行くことができる。沖縄で那覇市内以外の場所をいろいろ観光しようと思えばレンタカーが圧倒的に便利だが、香澄のように運転免許を持たない一人旅の旅人にとっては、バスが頼りだ。

香澄は手帳を取り出し、ホテルの名前を確認した。次の県庁前駅で下車して徒歩五分。ビジネスホテルだが、新しくてネットの評判もいい。インターネットも使えるしコインランドリーもあって便利そうだが、何よりまず、朝食に沖縄家庭料理のビュッフェがある、というのが最大の魅力で決めたホテルだった。

旭橋駅から県庁前駅はガイドブックを眺める暇もないほど近く、すぐに着いた。香澄はスーツケースを片手で引っ張りながら車両を出てホームに立った。

と、香澄が乗っていた車両の次の車両に、香澄をドキリとさせる顔があった。

あのひと！

いやでも。こんなところであうなんて偶然過ぎる。それに、人違いかもしれない。いやきっと人違いだ。

ゆいレールは香澄の目の前でホームを離れ、あっという間に視界から遠ざかってしまった。

ほんの一瞬だもの、きっと見間違いだ。

他人の空似。むしろ錯覚。近くでちゃんと見たら、きっとまったくの別人。

自分に言い聞かせながら、駅を出て町に下りた。だがどうしても、さっきの顔が気になって仕方なかった。

あの夜以来、すっかり忘れていたのに。いや。

違った。忘れていなかった。そう、近藤に初めて会った氷見線の旅で、あの人の話をしたよね、確か。

あの、急行能登の旅で見かけた、不思議な行動をとった女の人。

予約していたホテルは国際《こくさい》通りから一本通りを裏に入ったところにあり、インターネットからダウンロードした地図が少し大雑把だったので、スーツケースを引いたままでぐるぐると近くを五分ほど探してしまったが、やがて無事にたどり着いた。

チェックインを済ませ、スーツケースを開けて中の荷物を取り出してホテルのクロゼットに入れると、ベッドに大の字になってとりあえずの疲れを癒《いや》した。自分の部屋から羽田空港、飛行機に乗り、ゆいレールに乗った。ただ乗っているだけだったけれど、飛行機はとても疲れる。このまま昼寝でもしたい気分だったが、決めた予定がある以上はとりあえずそれを実行しよう、と思い直して起き上がった。

あの女性のことは気掛かりだったが、どのみちもう逢《あ》えないだろうし。


ホテルを出ると、初秋とはいえ、南国の陽射しがきつく照りつけていた。幸いなことに天気予報によれば、今回の旅行中は台風の洗礼を受けずに済みそうだ。

この日の午後は、壺屋《つぼや》やちむん通りを観光する予定でいた。やちむん、とは焼き物、つまり陶器のこと。壺屋、は地名だが、おそらくは壺を扱う店がたくさん集まっていたからついた地名ではないだろうか。やちむん通りは、そのものずばり、焼き物を扱う店がずらりと並ぶ細い通りで、周辺には情緒あふれる石畳の路地などもあり、少しだけ洒落《しゃれ》たカフェが沖縄茶を飲ませてくれたりする、とガイドブックに書いてある。香澄は特に焼き物に詳しいわけではなかったが、旅に出るとその土地の焼き物を土産に買って来る程度にはそうしたものが好きだった。特に、ガイドブックの中に載っていた、魚の絵が内側の底に描かれたぐい呑《の》みがとても気に入ってしまい、似たようなものが売られていたらひとつ欲しい、と思っている。

やちむん通りまでは徒歩だと少し遠そうで、安いと評判の沖縄タクシーを試してみたい誘惑にかられたが、初日からタクシーに頼っていてはだめ、と自分に言い聞かせて残暑の町を歩き出した。

ホテルから国際通りに出て、ガイドブックの地図を頼りに牧志《まきし》駅の方向を目指す。県庁前で香澄が降りたゆいレールは、川沿いに国際通りを迂回《うかい》するようにして美栄橋《みえばし》駅を経由し、そのまま川に沿ってまた国際通りに戻るように牧志駅に至る。やちむん通りまでは牧志駅から歩いた方が近かったかな、と思いながら、国際通りの喧騒《けんそう》を楽しんだ。

国際通りは那覇を訪れる観光客が、たぶん滞在中に一度は来る場所だ。通りの両側にぎっしりと並ぶ商店は、そのほとんどが観光客をあてにしたもので、過剰なまでの南国ムードとキャラクターグッズ、安っぽいがゆえに欲しくなるような大量生産の土産物で埋め尽くされていた。旅の達人、などと自負する人はおそらく避けて通るだろう雰囲気だ。

けれど、香澄は、この空気は嫌いじゃないな、と思った。

ローカル鉄道の旅をするようになって、ひなびた田舎の駅や、駅舎すらない無人駅の空気もそれなりに好きになった。次の列車が来るまで一時間以上も、誰もいない、何もない駅でぼんやり待つのにもすっかり慣れて、そうした時間を楽しめるようになった。

でも、そうした駅で「これが楽しい」と思うのは、しょせんは旅人だからなのだ。

なぜその駅には駅員も、駅舎もないのか。

どうして次の列車まで、一時間以上も待たなくてはならないのか。


人が、いないから。

鉄道を利用する人が圧倒的に少ないからだ。そしてその鉄道の沿線に住む人の数も、決して多くはないからだ。


そこには確かに、美しいもの、懐かしいものがある。けれど、そこに未来があるのかどうか。

そこに、元気、があるのかどうか。

ローカル鉄道の旅を続けていると、ふと、言いようのない寂しさを感じる時がある。

今香澄が歩いている、この国際通りは、少なくとも表面的には元気で溢《あふ》れ、人で、未来で、溢れていた。

そう、歩いている観光客の半分以上が、修学旅行生なのだ。

未来を具現化しているような、中学生たちの生み出す喧騒。

彼らはこれから大人になり、この社会を担っていく。そんな彼らがこの通りにはひしめいている。

たとえまがい物でも、大量生産でも、くだらなくても、安っぽくても、未来を担う彼らを惹《ひ》きつけることができるなら、そこに大きな価値があるのかも。

まだやっと午後三時を過ぎたばかりだというのに、歩道の両側から手が伸びて来てチラシやサービス券が手渡され、そのほとんどが居酒屋やカフェ、ステーキハウスなどのレストランのものだった。国際通りに面した雑居ビルには、ぎっしりとそうした飲食店が詰め込まれているのだ。

やちむん通りに向かうには、どこかで国際通りから離れて右に折れなくては。どうせならば、桜坂《さくらざか》を通ってみたかったので、三越《みつこし》を通り過ぎ、商業施設のてんぶす那覇を目指した。そこで国際通りを離れて桜坂の方へ歩く。

ガイドブックで詰め込んだにわか知識によれば、戦後アメリカ統治時代、この桜坂一帯は沖縄随一の大歓楽街で、バーやキャバレーなどの飲食店、映画館などが建ち並び、大変な賑《にぎ》わいを見せていたという。が、八〇年代に入って衰退の一途をたどり、映画館も次々と閉館してしまった。たったひとつ残っていた映画館・桜坂琉映館《りゅうえいかん》は八〇年代半ばにシネコンに変わって生き残っていたが、それが二〇〇五年に、映画館を中心とした文化発信基地、桜坂劇場、として生まれ変わった。現在ではこの桜坂劇場周辺に、地元の若者にも支持されているクラブや、日本中から若者たちが沖縄での長期滞在の為に訪れるゲストハウスなども増加しているという。

繁栄から衰退、そして復活。

どの町でもそうした歴史を繰り返すことで、町はその命を繋《つな》いでいる。だが、町を甦《よみがえ》らせようと思う「若い力」がなければ、命を吹き返すことができない。

桜坂劇場は、東京ならば珍しくもなんともないモダンなビルで、沖縄情緒を求めてやって来た観光客はむしろがっかりするような外観だった。ミニシアターやライブ劇場を中心に文化発信する、というコンセプトも、東京なら特にとりたててどうこうというものではない。が、だからこそ、行きずりの観光客の為ではない、那覇に住み、那覇で生活する人々の為のものなのだな、と、香澄は、上映中の映画館の看板を眺めながら思った。

沖縄も、観光と一次産業だけでは雇用が確保できず、若者に仕事がない、という日本中の地方都市が抱える問題に悩まされているという。そして国際通りに溢れる若者たちは、修学旅行が終わればそれぞれの故郷へと帰ってしまう。ここも、日本、という国が抱えている「病」と無縁ではいられない。

比して、自分、はどうする？

香澄は自問していた。

わたしはこの先、どうしたい、何がしたいのだろう。

初恋を失って、その失ったものを追い求めることだけに夢中になって、わたしの十代は終わってしまった。大学を選んだのも、高之の足跡を追いたい、その為に、西神奈川大学の鉄道旅同好会に接触したい、ただそれだけの動機だった。来年は専攻課程に進むというのに、秋季試験が終わってもまだ、選択は決まっていない。今、何がしたいのか、将来何がしたいのか、わたしには、未来へのビジョンらしきものが何も、なんにもないのだ。


タカ兄ちゃんにもう一度逢《あ》いたい。


ただそれだけが、自分が生きている動機なのだ。毎日を暮らしている理由なのだ。けれど。

逢えたにしても……逢えなかったにしても。

自分の人生はそこで終わらない。その先ずっと続いていく。生きる動機、理由は、その先の人生にも必要なのに。

どうしよう。

2

桜坂からやちむん通りまでは、時々道に迷いそうになりながらも楽しく歩いた。民家の屋根やマンションのベランダにちょこんと乗っているシーサーをデジカメで撮影したり、道の突き当たりや三差路などにある『石敢當』の三文字に首を傾げ、立ち止まってガイドブックをめくったり。『石敢當』は、イシガントウ、と読む。由来は諸説あるようで正確なことはわかっていないようだが、要するに魔除《まよ》けなのだろう。沖縄だけでなく台湾《たいわん》やミャンマーなど、アジア諸国に同様のものがあるという。

那覇も日本中のあらゆる主要都市部と同じで、古い建物はだんだんに取り壊され、現代的なマンションへと姿を変えつつある。海洋博をあてこんだ諸リゾート開発の失敗やバブル経済の崩壊による打撃によって、沖縄経済も低迷してしまい、リゾートマンションなどは売れ残りも相当あるらしい。が、那覇の中心部では、地元の人々も次第に快適なマンション生活へ移行しているのかもしれない。

自分は便利な都会のマンション暮しを享受していながら、地方へ旅するとついつい、古いものを壊して新しくしてしまうことを簡単に非難しがちだ。それは無責任で無神経なことだと思う。しかし『石敢當』のようなものと出逢《であ》うと、やはりこうしたものがどんどん消えてしまうのは悲しい、と強く思う。

いつのまにか、通りの向こう側に壺屋焼物博物館らしい建物が見えていた。この博物館の前からひめゆり通りに向かって続いている道が、壺屋やちむん通り、だ。

細い通りの両側に、陶器を売る店がずらっと並んでいる。人間国宝の作品などの高価なものもあれば、数百円で買える日常使いの食器などもあり、修学旅行生が気軽に買える小さなシーサーなどもぎっしりと売られている。

どの店にも、似たようでありながらどこかそれぞれに個性のある焼きものが売られていて、眺めているだけで飽きなかった。まず片側をひめゆり通りまで店を冷やかしながら歩き、反対側を戻って来て、博物館を見て終わりにしよう。初日から欲張るとあとが続かないので、今日はそのくらいでやめておくつもりだった。

ひとり旅の気楽なところは、誰のペースにも合せなくていいこと。疲れたと思えば観光なんかやめて、カフェに座ってぼーっとしていればいい。

やちむん通りから路地を入った石畳の小道は、最近人気の観光スポットになっているらしい。沖縄のぶくぶく茶を飲ませてくれるカフェがある、とガイドブックには出ていた。ひめゆり通りまで片道を歩き、戻って来る途中で石畳の小道に入ってみると、ほどなくそのカフェの看板が見えたので、一休みすることにして中に入る。昔ながらの沖縄民家をカフェに改造してあって、小さな庭にはハイビスカスの花が咲き乱れていた。庭に面したテラス席で、ぶくぶく茶と茶菓子を味わっていると、目の前に不意に人が現れた。

　香澄は、驚いて立ち上がった。

「夢野さん……どうしてここに」

「ごめんなさい、驚かせて」

　夢野真梨子は、笑顔で香澄と同じテーブルについた。

「誤解しないでね、こっそりあとをつけたわけじゃないのよ。まったく偶然に、わたしも夫と沖縄に来ていたの。もう三日目になるわ。実は、井上くんからメールもらったの。わたしと夫が沖縄に行くことは夫のブログで知ったんですって。夫は自分のブログを持っていてね、英語のブログなんだけど、日本の様々なこと、自然や文化や習慣なんかを思いつくままに書いていて、日本に興味がある英語圏の人たちにはけっこう人気ブログになっているの。井上くん、それをチェックしてくれていたんですって。英語の勉強になるからって。夫が妻と沖縄に行く、と書いていたので、四十九院さんも今日から沖縄だからって教えてくれたの。今日の午後着いて、初日はやちむん通りを見学する予定だって。それで通りを探して、お茶でもしてるのかも、ってここを覗《のぞ》いてみたの。ここ、観光客に人気あるみたいだから」

「そうだったんですか。会長にはいちおう、予定を知らせてあったんです。プライベートな旅行ですけど、ゆいレールに乗るつもりなので同好会用の取材もして来ます、って」

「お邪魔しちゃってもよかったのかな?」

「あ、もちろんです。わたしひとりですから」

　真梨子はコーヒーを頼んだ。

「今日はご主人様は」

「あの人は釣りに出たわ」

「釣りですか」

「あの人の趣味なの。沖縄に来るたびに船をチャーターして、沖縄に住んでいる友人たちとトローリングに。わたしは船があまり得意じゃなくて、以前に誘われて一緒に行ったことがあるんだけど、すぐに船酔いしちゃってもう死ぬかと思った。二度と釣りはいいわ。なので沖縄にいる時は、昼間はほとんど別行動なの。やちむん通りは大好きで、滞在中に一度は寄るのよ。四十九院さんは、焼き物がお好き?」

「詳しくはないんですけど、なんとなく好きです。でも特に贔屓《ひいき》にしているものというのもなくて、焼き物の町に行くとついお土産にコーヒーカップとかお皿とか買ってしまうので、うちには雑多にいろいろあるんです」

「ローカル鉄道の旅をすると、日本中に焼き物で有名な町ってたくさんあるんだなあ、と思うわよね。一度、園部くんとも行ったことあるわ。真岡鐵道で、益子に行ったの」

「真岡鐵道って、日曜日にＳＬが走っている路線ですよね」

「ええ。益子駅から、益子焼の店が並んでいる陶器通りまではちょっと距離があるんだけど。園部くんも特に焼き物に興味があったわけじゃなかったけど、でも適当にお店を冷やかして歩くだけで楽しかった」

「真岡鐵道は、タカ兄ちゃん、好きだったみたいですね。何度か乗っていたみたい」

「そうね、お気に入りだったようね。あ、この間はごめんなさいね、飯田線の旅の途中で無理に呼びつけたみたいになっちゃって」

「いいえ、お話が聞けて良かったです」

「あれから飯田線の続きは？」

「岡谷まで乗りました。でもお天気がいまひとつで。ほんとは駒ヶ根で下車して、バスとロープウェイで千畳敷《せんじょうじき》まで行ってみようかなんて思っていたんですけど。代わりに光《こう》前寺《ぜんじ》をお参りして来ました」

「光前寺というと、早太郎《はやたろう》ね！　早太郎伝説って大好き。忠犬ハチ公はなんか健気《けなげ》過ぎて可哀想《かわいそう》で、そこまでしなくても自分の幸せを見つけに出かければいいのに、なんて思っちゃうんだけど、同じ忠犬の物語でも、早太郎はカッコいいわよね」

「スーパードッグですもんね。生贄《いけにえ》を要求する悪い狒狒《ひひ》をやっつけた」

「日本全国に、村人に生贄を要求する怪物の昔話があるけれど、犬が怪物を退治してくれる話って、他にもあるのかしら。早太郎伝説自体、いくつかバリエーションがあるみたいね」

「光前寺に早太郎の像があったんですけど、日本の犬っぽくなくて、ちょっとシェパードみたいでした」

「シェパードは確かに強そうだけど、日本の伝説にドイツ犬、ってのはちょっと不似合いかも。やっぱり秋田犬《あきたいぬ》あたりをモデルにして欲しいなあ。駒ケ根で途中下車したなら、ソースかつ丼は食べた？」

「はい、駅前の店で」

飯田で会った時は、どことなく堅く打ち解けない雰囲気だった真梨子だが、今は仕事ではないプライベートな旅の途中だからなのか、格段にリラックスしていてやわらかい。南国の明るい陽射しの下で見るせいなのか、屈託のない笑顔がとても魅力的だった。

高之がこの女性と恋愛をした、というのは理解できる。この笑顔を持つ女性になら、惹《ひ》かれて当然だ。けれど……その高之が、この人のことをふってまで、想いを通した女性が他にいたというのは、本当なんだろうか。香澄には、自分が知っている高之はそんなに恋愛にのめり込むような人には思えなかった。

「でも鉄道好きには、沖縄はちょっと物足りないでしょう」

「そうですね……わたしはもともと、それほど鉄道好き、というわけでもないんです。旅が大好きなだけで。でも今日、飛行機に乗って羽田から那覇まで来てみて、ああやっぱり鉄道の旅はいいなあ、とあらためて思いました。飛行機はとても速くて便利ですけど、窓の外が雲と海ばかりで。時々陸地が見えると面白いなあ、と思うんですけど、建物も家も道路もあまりにも小さくて……そこに人がたくさん生活している、という実感がないんですよね。なので、ジオラマの上を通り過ぎているような気がしました」

「音も、辛《つら》いわよね、飛行機って。まあ好みの問題なんでしょうけど、わたしはあの音が苦手なの。絶え間なくごうごう響いていて。鉄道だと、ごとん、がたん、ごとごとん、って、音楽があるのよね。わたし、電車に乗るとなぜかとても眠くなるんだけど、電車でうたた寝するのって本当に気持ちいいでしょう。でも飛行機だと、よほど疲れている時以外は眠れないわ」

「わたしもです。眠ろうとして目を閉じても、耳鳴りがしているような感じで」

「でも仕方ないわよね。沖縄は、鉄道では来られないし。戦時中までは沖縄にも軽便鉄道があったそうね」

「線路跡は残っているところがあると聞きました。わたしは車の免許がないので、レンタカーを借りられなくて見に行かれないんですけど」

「今の鉄道旅同好会には、廃線マニアはいないの？」

「廃線マニアですか」

「廃止になった鉄道の痕跡《こんせき》を偏愛する、特殊な鉄っちゃんたちのことよ。廃線って言っても、廃止になった直後なら線路も駅も残されていてたどるのも簡単だけど、年数が経つとレールは剝《は》がされ、駅も取り壊されたりして、跡を見つけるだけでもちょっとした冒険なんですって。昔は西神奈川大の鉄道旅同好会にも廃線好きな部員がいたわよ。……あ」

真梨子が、ぽん、と掌《てのひら》を叩《たた》いた。

「そうそう、確か園部くんも、いつか廃線跡を辿《たど》りたいって言ってた」

「どこの廃線を、だったかわかりますか」

「えーと、どこだったかなあ。高千穂《たかちほ》鉄道？　あ、でもあれはまだ、当時は走ってたのよね。ちらっと聞いただけだから……思い出したら連絡するわ」

「お願いします」

「あのね」

真梨子は、空になったコーヒーカップの底をちらっと覗いてから言った。

「すごく嫌なこと訊《き》いちゃうんだけど」

「……はい」

「わたしね、飯田であなたと会って、園部くんのこと話してから、自分でもよく考えてみたの。わたしと園部くんとの交際については、一切嘘は言ってません。ほんとに、彼の方から別れを言い出したのよ。わたしはそれでとてもショックを受けて、結果的には日本を離れることになった。だけど、もうそのことは、時が解決してくれました。あの当時は園部くんのこと恨みにも思ったけど、今はそういう感情はまったくないし、逆に昔のことを思い出しても、どうして園部くんのことがあんなに好きだったのか、そのこと自体よく思い出せないの。つまり……園部くんのことはわたしにとって、完全に過去になった。園部くんはいい青年だったと思う。誰からも好かれていたし、とても気持ちのいい人だった。だけど、ものすごーく美男子というわけではなかったし……あ、ごめんなさい」

「いいえ。その通りだと思います」

香澄は少し笑った。

「ごめんなさい、ほんとに。でも正直に言うわね、なんていうのかな、そんなに目立つ人ではなかったのよ。女性にモテモテってタイプでもなかった。会話は、わたしには楽しかったけれど、鉄道や旅に興味の薄い人だと退屈したかもしれない。今で言うなら彼はやっぱり、鉄っちゃんだった。それ以外の何かじゃなかったわ。何が言いたいかというと……いずれにしても彼は、他人に強いインパクトを与える人ではなかったと思うの。つまりそれは視点を変えるとね、彼自身、何かとんでもなく大それたことをしようなんて、きっと考えてなかったと思う」

「……計画的な失踪《しっそう》ではない、ということですね……」

「彼は常識のある人だったのよ。どんな理由があったにせよ、周囲の人を困らせるとわかっているような方法をあえて選ぶ人ではなかった。彼には……似合わないの。わざと失踪して姿をくらましてしまう、なんてことが」

「やっぱり……そうですよね」

香澄は思わず、掌で顔を覆った。

「タカ兄ちゃんは自分の意志で失踪したんじゃない……つまり……事故だった」

「ごめんなさい、ほんとに。だけど、そう考えるのが」

「はい、わかっています」

香澄は顔を覆ったまま言った。

「タカ兄ちゃんは失踪するつもりなんて全然なくて、ただ旅に出て、そして旅先で事故に遭って……もう生きてはいない。だから帰りたくても帰れない」

「あるいは、もう一つ……あ、ごめんなさい、何でもない」

言いかけてやめた真梨子は、誤魔化すように店員に声をかけてコーヒーのお代わりを頼んだ。

香澄には、真梨子が何を言いたいのかはわかっていた。もう一つの可能性。だがそれも、高之の死を予想させる。高之は、恋に悩み、自殺する為に旅に出た。そして目的を遂げた……

誰に言われなくても自分でよくわかっていたことだ。高之が生きている可能性は低い。旅先で事故に遭ったか自殺したか、いずれにしても、もう戻っては来ない。

でも、それはわかった上で、それでも捜すと決めた。捜し続けると。

「確かめたいんです」

香澄は、手を下におろした。

「タカ兄ちゃんがもう生きてはいないだろう、ってことは、心のある部分で覚悟しています。わたしも子供じゃないから、ただ闇雲に生きていると信じ続けることは難しくなりました。でも、タカ兄ちゃんの消息が不明である限りは、生きている可能性って消えないわけですよね。信じ続けることが難しくても、可能性が残されているならそれは希望なんです。希望が完全に消えてなくなるまでは、結局、諦《あきら》めることなんてできない。わたしには出来ないんです。だから確かめたい。たとえ……最後に辿《たど》り着いたところにタカ兄ちゃんの……骨しかないのだとしても……それを自分の目で見たいんです」

「ごめんなさい。その決心があるのなら……わたしなんかがあれこれ口を出すことではなかったわ。ただわたし……四十九院さんは、今がいちばんいい時だと思う。若くて、いろんな未来が目の前にあって。そしてあなたは聡明《そうめい》で……美人よ。とても綺麗《きれい》だと思う」

「……そんなことは」

「本当よ。だから……なんだか、もったいないと思ってしまったのよ。もちろん園部くんを捜し続けることが悪いなんて、そんなことはない。むしろ、捜し続けるのが当たり前よね。血の繫《つな》がった人なんですもの。わたしたち、少なくとも友達だったはずなのに、捜すこともしないでただ時が経つのにまかせてしまった。薄情だったわ。でもね……捜し続けることはいいとしても、あなたの人生、四十九院さんの今の日々をすべてそれに捧《ささ》げてしまうのは、園部くんが望むことじゃない……そんな気がして」

香澄は頷《うなず》いた。

「わたしも……沖縄に来て、なぜか考えていました。このまま続けていいのかな……うらん、続けることは決めているし、続けないといけないと思ってる。だけど、わたしももしかしたら」

「……もしかしたら？」

「何かから……逃げているのかな、って」

逃げている。

そうだ。ようやく、胸の中でもやもやと育っていたものの正体が見えた気がして、香澄はひとり、大きく頷いた。

「タカ兄ちゃんは死んでなんかいない。絶対にタカ兄ちゃんをわたしが捜す。そう決心したのは高校生の時です。それからずっと、何をするのも何を決めるのも、タカ兄ちゃんを捜す、という目的にそったものだけ選んで来たんです。進学する大学すら、タカ兄ちゃんが入っていた鉄道旅同好会に入りたかったから、聖華にしました」

「あなたも学校の成績は良かったのね」

真梨子はふふ、と笑った。

「西神奈川大だとご両親に反対される、そう思った？」

香澄は下を向いた。

「面倒だったんです。両親を説得する口実が見つからなくて。西神奈川大は通うにも遠いし。とにかく、いろいろ訊かれるのが嫌でした。聖華ならごちゃごちゃ言われないと思って」

「そうやって、面倒な説明は出来るだけ省いて、今まで突き進んで来た。ただひたすら、園部くんを捜す、というだけの為に」

「はい。……でも……この先はどうすべきなのか。鉄道旅同好会に入ることが出来て、それでこの先、タカ兄ちゃんを見つけられなかった時に、それからわたし、何をすればいいのか」

「ずっと園部くんのことばかり考えて来たのね」

真梨子は、少しだけ小さな声で訊いた。

「もしかして……初恋だった？」

香澄は答えなかった。答えずに、ただ黙って、自分の指先を見つめていた。

「とにかく」

真梨子は立ち上がった。

「園部くんのことで思い出せることは出来るだけ思い出して、メールします」

「ありがとう……ございます」

「たぶん、頑張ればいろいろ思い出せると思うの。これまでは、そうね、出来るだけ思い出さないようにして来たから。失恋した痛みだけでなく、やっぱり、園部くんがもうこの世界にはいないのかもしれない、と少しでも考えることは、苦しいことだった。たぶん他のみんなも同じなのよ。近藤くんも、他のみんなも。考えたくなかったのね。園部くんはどこかに生きている、そういうことにして、あとは胸にしまっておこう、みたいな雰囲気があったの。それは……わかってくれるかしら」

「……はい」

「あなたの存在で、わたしも、みんなも、きっと園部くんのこともう一度考えないといけないって思ってると思うな。わたしもしっかり思い出してみることにしたもの。だから、もう一度みんなの記憶を集めて園部くんの旅を辿れば、きっと……」

骨が見つかる。

骨……でもいい。他のなんでもいい。

見つけてあげないと。見つけて。

「焦らなくても、まだ四十九院さんの学生時代は始まったばかりでしょう。専門課程に何を選ぶか決まらなくても、それで慌てることはないのよ。選んでみたものが本当に学びたいものではないとわかったら、その時にだって進路を変更する手段は必ずあるもの。それよりも、ただ、せっかくいちばん楽しい時期を生きているんだから、園部くんのこと以外にもその目を向けてみたらどうかな。その意味では、園部くんの旅とはおそらく無関係なこの沖縄に来たのって、いい選択だったと思う」

真梨子は、魅力的な笑顔を見せた。

3

真梨子とは、そのあと少し他愛のないことを喋《しゃべ》って別れた。首里城に行ってみたいと言った香澄に、豊富な知識で首里城の隠れた見どころなどを教えてくれてから、真梨子は買い物をして帰るから、と笑顔で席を離れた。

香澄は真梨子がいなくなってからさらに二十分ほど、座ったままでいた。何かを考えていたというよりは、心を落ち着けていた、という感じだった。

高之はもう生きてはいない。

そのことは、高之について考える時にいつも真っ先に頭に浮かぶ。そして浮かぶつど、激しく打ち消して来た。高之の失踪《しっそう》から間がない頃は、高之の死を認めるなどというのは絶対に受け入れられない、高之に対する冒瀆《ぼうとく》だと思っていた。しかし数年が経ち、何の手がかりもないまま高之の記憶が周囲の人々の中で薄れていくのを眺めているうちに、少なくともその可能性だけは受け入れなくてはいけないのだ、という現実に少しずつ慣れた。高之の両親でさえ、すでに半ばそれを受け入れている。真梨子の言った通りなのだ。高之は、身内の者に迷惑と大変な心労をかけるとわかっていて、わざと失踪できる性格ではなかった。それをするとしたらよほどの覚悟をかためた時だけ……命で償うつもりがあった場合だけ、だろう。つまり……自殺するつもりでの失踪。

そうでないならば、高之は失踪するつもりも死ぬつもりもなかったのに、ちゃんと旅を終えたらうちに帰るつもりだったのに、それが出来なくなってしまった、ということだ。

どちらにしても……高之は。

香澄は料金を払ってカフェを出ると、やちむん通りを焼物博物館の方へと戻った。飛行機での移動で思ったよりも疲れを感じていたが、せっかくだから、と博物館に入り、一通り見学する。博物館はなかなか面白かった。沖縄の陶器について、ドキュメンタリー映画の上映もあり、その歴史や成り立ち、戦後の復興などを学ぶことが出来た。三階の展示室の外は屋上テラスのようになっていて、昔の陶窯《とうよう》が再現されていた。

小一時間見学し、そろそろ日が沈みかかる桃色の空の下を、牧志市場を目指して歩いた。まだ気温はかなり高いが、頬に涼しい風が吹き始めている。見上げると、いかにも南国の空らしく、もくもくと盛り上がった雲が金色に輝いていた。

牧志公設市場はその名の通り公設の市場で、衣料品や雑貨などを扱う場所もあるらしいが、一般には食品を扱う第一公設市場が知られている。やちむん通りから歩いて行くとそこそこの距離があり、市場に着いた時には、さすがに疲れを感じていた。それでも、売り場にぎっしりと並べられた珍しい海産物に目を奪われ、市場に来たというよりは水族館にでもいる気分になった。地元の買い物客も多いのだろうが、物珍しげに魚介類に見入っている人々はみな観光客のようだ。市場独特の生臭さと何かが発酵《はっこう》しているかのようなこくのある香りが漂い、その中にかすかに、ココナッツや南国のフルーツの匂いだろうか、エキゾチックな香りが混ざっている。売り場は広く、海産物の他に別の区画には野菜や果物、乾物や缶詰などがそれぞれ売られている。

とにかくそのカラフルさには驚くばかりだった。本土のスーパーや商店街の魚屋とは見た目がまったく違う。食用にするのだ、ということがちょっと信じられないほど鮮やかな色の魚やエビの類《たぐい》が美しく並んでいて、鮮魚の売り場というよりも、置物か飾り物の売り場のようだ。

売り場の、香澄の母親くらいの年齢に見える女性が、頭部が平べったくて面白い形のエビを摑《つか》んで香澄の顔の前で振った。

「これスナワラグチャね、美味《おい》しいのよ、フライ、海老フライして貰《もら》えるよ。二階で」

「二階？」

「この上に店がたくさんあるから、そこに持ってけば料理してくれるの。あなたお一人？」

「はい」

「なら一人で食べられる分だけ魚選んであげるよ。これなんか美味しいよ。イラブチャー」

女性が指さしたのは、氷の上に並べられている真っ青な魚だった。本当に見事な青い色で、絵の具で塗ったのかと思うほどだ。

「イラブチャー、アオブダイ。刺し身でもいいし、煮つけもできるよ。味はさっぱりしてる。」

「綺麗《きれい》な色ですね」

「沖縄の魚はみんなさっぱり、ヘルシーな味よ」

「こっちも美味しい。これはアカミーバイ。高級魚よ。一人ならこっちの方がいいかな」

「これもお刺し身ですか」

「うん、刺し身もいいけど煮つけが美味しい」

女性は次々に並んでいる魚の説明をしてくれたが、沖縄の呼び名ばかりなので本土の魚と比較することが出来ず、味も想像がつかない。

どうしよう。

足はいい加減疲れていたし、お腹も空《す》いて来た。今夜は首里のレストランで食事の予定だったが、予約をしてあるわけではないし、どのみち一人だ。ここで食べてしまおうかしら。海産物は嫌いではないし、市場で魚を選んで、それを調理して貰《もら》って食べるというのはなかなか楽しい体験になりそうだ。

香澄は決心して、売り手の女性と予算を相談し、一人で食べ切れる分量でと条件をつけて魚を選んで貰った。二階にはいくつか料理店があるらしいが、その売り場、その魚屋が契約している店を指定され、番号札を持って古びたエスカレーターで二階に上がる。

市場の二階にはなるほど、いくつも料理店がひしめいていて、まだ六時にもなっていないのに、すでに活気づいていた。指定された店を探し、番号札を手渡すと、テーブルに案内された。畳敷きのあがり座敷と、テーブルがいくつか、それだけの小さな店だが、座敷の方にはグループ旅行らしい団体がすでに陣取っている。テーブルは脚の一本が長さ違いなのか、ひどくガタガタした。飲み物のオーダーを訊《き》かれたのでシークワーサーのジュースを頼み、さらに手渡されたメニューを広げる。

「魚の他の料理です。ご飯類の他に麺《めん》もあります」

島らっきょうや島もずく、ゴーヤチャンプルーなどのおなじみの料理名がずらっと並び、せっかく沖縄に来たのだから食べてみたい、という欲求と戦うのが大変だった。周囲のテーブルに並んでいる皿の大きさを見れば、余計なものを頼んだら一人ではぜったいに食べ切れない、と判った。

やがて最初の一皿が運ばれて来て、自分の判断が正しかったことを知った。ものすごい量だった。

注文を間違えられて他のテーブルに運ばれるはずの皿が来たのか、と思ったほど。白身の魚と貝の刺し身が、皿から溢《あふ》れるほど並んでいる。だがそれは確かに、さっき下の魚売り場で自分が選んだ魚らしい。これで一人分、しかも他にまだ料理が来るのだ。

うわあ、どうしよう。食べ切れない。

皿には粉わさびをといたものも盛られていたし、テーブルには醬油《しょうゆ》もあった。が、どうやら、その刺し身は別皿の酢みそにつけて食べるものらしい。

魚は二種類買ったが、どちらも白身だった。どちらがどちらなのかわからないけれど、何もつけないで食べ比べてみると、そんなに大きな差は感じられない。が、一種類の方が少しクセというか独特の匂いがあり、後味ももったりとしている。もう一種類はとても清々《すがすが》しい味で、嚙《か》んでいると甘味が出て来た。どちらも酢みそをつけると、なるほど、醬油《しょうゆ》よりも美味しく感じられる。

南の海は、その彩りの豊かさに反して、栄養分が薄いと聞いたことがある。魚が餌に出来るプランクトンなどが少ないのだ。必然的に南の海の魚には脂肪分が少なくなり、味にこくがなくなるらしい。南洋の魚は淡泊で、売り場のおばさんの言葉を借りれば、ヘルシー。そうした刺し身には、ワサビや醬油よりも酢みその方が相性がいいようだ。

しかし、淡泊な白身の魚を刺し身でたくさん食べるのは、酢みそを使ってもなかなか大変だった。しかも酒にあまり強くない香澄は、シークワーサーのジュースなどを飲んでいる。これでは刺し身に箸《はし》は進まない。このあとも料理が続くらしいのに、ここで挫《ざ》折《せつ》してしまっては……

え？


ふと、隣りのテーブルに目がいって、香澄は声を出しそうなほど驚いた。

そこに、あの女性がいた。

急行能登で不思議な振るまいをし、先ほどのゆいレールからその姿を見かけた、あのひと！

いつのまにそこに座ったのだろう、さっきは確かにそのテーブルは空いていた。刺し身と格闘している間にやって来たらしい。

近くで見ると、三十代くらいのなかなか美しい女性だった。ストレートな長い髪に、沖縄の太陽の下ではすぐに真っ赤になってしまいそうな、色白の肌。さほど濃くはないがしっかりと化粧がしてあって、いかにも大人の女性、といった風情だ。大きな花柄のノースリーブのワンピースに、足下のサンダルは真っ赤で、その足先の爪も赤く塗られている。

女性の方は、ちらっと香澄を見たが関心を示さずにメニューに見入っていた。当然の反応だ、向こうは急行能登に香澄が乗っていたなどと記憶しているはずがない。

あの時のこと、訊いてみたい。

香澄の好奇心が強く揺さぶられた。だが見ず知らずの相手にいったいどうやって話しかけたらいいんだろう。

目の前の刺し身の皿を見つめて、香澄は突然決意した。

「あの」

隣りのテーブルの女性は、話しかけられて驚いた顔になった。

「お、おひとりですか」

「……ええ」

「あの……いきなりでごめんなさい。実はわたしも一人で、それで、下の市場でお魚を買ってここで料理してもらうことにしたんですけど、その、魚屋のおばさんに一人前でお願いしたのに、なんだかこれ、すごい量で」

香澄は必死の思いで目の前の皿を指さした。

「美味しいんですけど、最初のお刺し身だけでも食べ切れなくて。でもこのあと、まだお料理が来るらしくて、それで、あの、食べかけなんでほんとに失礼なんですけど、もしまだ注文されてないなら、えっとその、半分その……」

女性は、刺し身の皿と香澄の顔とを交互に見ていたが、やがてにっこりした。

「よろしいんですか？」

「は、はい、もちろんです！　すごく助かります。せっかく買ったのに残してしまうなんてもったいないし、でもお刺し身なんて持って帰れないし」

「じゃ、お言葉に甘えちゃいます」

　女性はくすっと笑った。

「本当はわたしも下で魚を買って食べたかったんですけど、前に沖縄旅行した友人から、ここのはとても量が多いから一人では食べ切れないと聞いていたので、諦《あきら》めてたんです」

　女性が飲み物を運んで来た青年に頼むと、青年は笑顔で二つのテーブルをくっつけてくれ、新しく酢みその入った小皿もひとつ持って来てくれた。女性は、島らっきょうと紫芋《むらさきいも》の天麩羅《てんぷら》を注文した。一人前の料理を二人で食べることにした、と言ってもまったく嫌な顔をせず、陽気に承知してくれた沖縄の青年は、足りなかったら魚の追加も出来ると教えてくれた。

「このお刺し身だけでも充分、二、三人前はありますよね。沖縄の人ってたくさん食べるんですねえ」

「那覇は沖縄の中では飛び抜けて物価が高いらしいけれど、それでも東京と比べたら安いってことでしょうね。あ、わたし、川島慶子《かわしまけいこ》、っていいます。三本川の川島に、慶応大学の慶子」

「四十九院香澄です」

「つるしいん？　もしかして、漢数字で書かない？」

「はい、四十九と漢数字で書いて、その下に病院の院です。よくご存知ですね」

川島慶子はほがらかに笑った。

「実はね、小学校の時の担任が、四十九院先生だったの。珍しい名字なんでずっと記憶に残ってて」

「そうなんですか」

慶子の笑顔には、どこか見る者をホッとさせる温かさがあった。香澄は、急行能登での慶子の不思議な行動を近藤とあれこれ推理していた時に、慶子が犯罪でも犯したかのような仮説を立てていたことを思い出した。

「あ、これ、こんな味なのね。アオブダイでしょう、この皮の色は」

「たぶんそうだと思います。あっさりしてますよね」

「うん、白身であっさりしてる。酢みそは合うわね。でもちょっぴりクセがある。南の海の魚は美味《おい》しくないって言う人も多いけど、確かに、あぶらがのったこくのある魚が好きな人には物足りないでしょうね。でもわたしはこういう味、好き」

「わたしもです。だけど、こればっかりたくさん食べるのはちょっときついですね」

「確かに。この味は、ご飯のおかずにするには淡泊だし」

「泡盛には合うのかもしれませんね。わたしはお酒があまり強くないので、泡盛は飲めなくて。川島さんは、お酒は？」

慶子が飲んでいるのは、冷たいさんぴん茶だった。

「お酒はわたしも駄目。梅酒で頬が真っ赤よ。一人旅でも少しお酒が飲めれば、夜はちょっといい感じのバーとかで過ごせて楽しそうなんだけど。四十九院さんは沖縄、初めて？」

「はい」

「わたしは何度か来てるんだけど、那覇はお土産を買ったことしかなかったの。いつも友達と、恩納《おんな》や名護《なご》のビーチリゾートに泊ってたから。沖縄って言えばビーチ、海で遊ぶことしか考えたことがなかった。でも一人で来てみて、那覇でゆっくり過ごして、ああ沖縄ってビーチ以外にもいろいろ面白いものがたくさんあるなあ、って再認識できた」

「川島さん、旅はよくされるんですか」

「ええ、旅は大好き。でもね、正直に言うと沖縄にはあまり興味がなかったの。ハワイやグアムに行くより手軽にビーチリゾートで遊べるから来てただけで。わたしね」

慶子は、肩をすくめていたずらっぽい笑みを浮かべた。

「鉄子なの。てつこ」

「あ」

「知ってる？　鉄道オタクなのよ。女の鉄道オタクを鉄子って言うらしいわ。でもそんな言葉ができるずーっと前、ほんとに子供の頃からわたし、鉄道が大好きで。初めて一人旅したのは高校生の時だったけど、各駅停車を乗りまくる旅だった。でも今から十年前は、まだ、女が一人で鉄道旅してるのはすごく珍しがられてたのよ。同じ年ごろの女友達に同好の士もいなくて、かといって、いくら趣味が合っても男の子と旅行するわけにはいかなくて、いつも一人旅。この頃は女の子の鉄道好きがすごく増えたんですってね。まあたぶん、増えたって言うよりも、女の子でも鉄道オタクなんだってカムアウトできる環境になったってことなんでしょうけど。わあ、すごい！」

運ばれて来た皿を見て、慶子と香澄は同時に歓声をあげた。片方の皿には紫芋の天麩羅、というよりはドーナッツのような衣のついたフライが山盛りになっている。こちらの天麩羅はボリュームがかなりありそうだ。もう一枚の皿の上には、唐揚げにされた魚の上に、野菜の千切りを入れた甘酢あんがたっぷりかかっている。

「豪華ねえ。こういうの、鯉の唐揚げで食べたことあるわ」

二人がかりで箸を動かしても、魚も甘酢あんもなかなか減らなかった。慶子を誘わなければ、とてもではないが半分も食べ切ることは出来なかっただろう。紫芋の天麩羅も素朴でほこほことした味で美味しかったが、食べ過ぎれば次の料理を楽しむことが出来そうにない。

島らっきょうの塩漬けをかじると、舌が新しくなっていくらか食が進んだ。

「これまでに日本中の鉄道に乗ったんですか」

「日本中全部、ってわけではないけど、そうね、まったく乗ったことがない路線の方が少ないかな」

「すごいですね……あの……急行能登にも乗ったこと、あります？」

「急行能登？　四十九院さん、あなたも鉄道、詳しいの？」

「あ、詳しくはないです。でも鉄道の旅は好きで。大学で、旅行同好会に所属しているんですけど、その同好会が他の大学の鉄道旅同好会と友好関係にあって」

「鉄道、旅、同好会？　鉄道研究会とか鉄道同好会ではなくて、旅、がつくのね。それって乗り鉄専門ってことかしら。面白そう」

「部員、というか同好会員にはいろんな人がいます。鉄道部品のマニアもいるし、時刻表が大好きな人も、廃線が好きという人も。でもみんな、鉄道に乗ることがいちばん好き、みたいです」

「あなたも？」

「あ、はい。もともとは旅が好きなだけでしたけど、この頃は鉄道の旅が特に楽しいと思うように」

「じゃ、那覇に来たのもゆいレールが目的？」

「それもあります。まだ空港から県庁前までしか乗ってませんけど。あの、それで」

「ああ、急行能登、ね。あれ、定期急行としては廃止になっちゃったのよね、もう季節列車でしか運行されない。四十九院さんは乗った？」

「乗りました。面白い列車でしたよね、サロンカーが付いていて」

「あのサロンカーは傑作だったわよね。JR九州なんかの観光特急には、サロンカーとかキッズルームが付いているのもあるけど、夜行急行であういうのは嬉《うれ》しいのよね。子供向けの設備じゃなくて、大人が、夜行で眠れるように寝際に缶ビールなんか飲む為の車両だもの。すべてが古びていて、ガタガタしてて、それがまた良くて。急行能登には何度も乗ったわ。金沢に遊びに行く時の定番だった」

「最後に乗られたのはいつですか」

「え？」

「あ、えっと、わたしは季節列車になってしまう間際に乗ったんです。今年の三月に」

「あらそう。えっと、いつだったかなあ。何度も乗ったからはっきりとは憶《おぼ》えていないけれど……夏だったかしら」


……嘘？

どうして嘘をつく必要があるんだろう。それとも本当に記憶違いしているだけ？　そんなに頻繁に乗っていたの？

慶子の表情に、目立った変化はない。ごく普通に会話して、その合間にせっせと料理を口に運んでいる。意図して何かを隠しているようには見えなかった。だが、嘘なのだ。

この人は確かにあの時、急行能登に乗っていた……

最後に運ばれて来たのは魚の煮つけだった。味付けは本土の魚の煮つけとそう違わない。かなりお腹はいっぱいだったが、上品な白身の魚がほろっと煮付けられているのを口に含むと、不思議に箸《はし》が進んだ。

香澄は、食べながら、頭の中で考えをまとめようとした。そして、決心して言った。

「あのわたし……その時、急行能登に乗った時なんですけど」

「え？」

「不思議な人に出会ったんです」

「不思議な人」

「ええ。今でも理由がわかりません。その人、確かに高崎を過ぎたあたりで車内にいたはずなんです。でも」

香澄は言葉を切って慶子の顔を見た。

慶子は、軽く微笑みながら、平静に香澄の次の言葉を待っているように見えた。

4

「でも」

香澄は繰り返した。慶子は綺麗《きれい》な切れ長の目をきらきらと輝かせて、香澄の顔をじっと見つめている。香澄が何を話すつもりなのか、知りたくてたまらないという顔。いや……どう話すつもりなのか……お手並み拝見、という心境なのか。

「その人、もう一度切符を買ったんです。後になって。まるで今乗って来たんですけど、とアピールするように」

「急行能登、よね」

慶子は笑いを唇に含ませたままで言った。

「だとすると、つまり……高崎を過ぎて直江津までは乗り降りはできないから、高崎を過ぎた段階で車内にいたのに、わざわざ直江津を過ぎてから車掌さんから切符を買った、そういうことね」

「はい」

「でもそれは……まあいいことじゃないけど、例えばキセルをしちゃってた、というようなことで説明できない？」

「出来るのかも知れません。何らかの方法で切符を買わずに能登に乗り込んで、実際には高崎より前から乗車していたのに、直江津から乗り込んだ振りをした」

「その説明では不満なのね」

「不満というよりも……何か違う気がして。その人はすごく綺麗な女性で……赤い素敵なコートを着ていて……夜汽車の窓を見つめていたんです。とても……不思議な表情で」

「情緒的ね」

慶子は笑った。

「すごく面白いけれど、香澄さんがそう感じた、ということ以外には何の手がかりもない。それだといろいろ考えても、結論は出そうにないわね」

「結論が出るとは思っていません。でも知りたい。なぜあんな不思議な切符の買い方をしたのか、その理由は知りたいです」

「こだわるんですね」

「実は、面白い解釈をしてくれた人がいて」

「面白い解釈?」

「あ、面白いと言ったら不謹慎かも知れません。ミステリ小説っぽい解釈、と言えばいいのかな。その赤いコートの女性がしたことは、アリバイ工作かもしれないと」

「アリバイ工作?　つまりその人が人を殺したか何かして、その犯行時刻を誤魔化す為に?」

「本当は高崎以前に乗車していたのに、自分が直江津から乗ったと印象づける為にわざと車掌から切符を買った」

「でもあなたは、その人を直江津より前に車内で見てしまった」

「ええ。だからわたしのことを」

「その人は、アリバイ工作の邪魔者だと考えて……殺しに来るかも知れない」

慶子は、真面目な顔で言ってから、ぷっ、と噴き出した。つられて香澄も笑い出した。

「有り得ないですよね、やっぱり」

香澄は、冷たいさんぴん茶をごくごくと飲み、照れ隠しのように笑った。

「自分で言ってて、おかしくなっちゃいました。そんなアリバイ工作をしている最中に、堂々と車内を歩き回ってること自体変ですね」

「そうねえ、わたしだったらトイレかどこかに隠れて、誰にも顔を見られないようにするわね」

「それにそんな工作するのに目立つ赤いコート着てるなんて。第一、せっかくアリバイ工作までしたからには急行能登の中で何か起きてるはずなのに、結局何の報道もありませんでしたし。すみません、ほんとにくだらない妄想というか勝手な想像で」

「ううん、面白かった。だけど」

慶子は、ふう、とひとつ息をついてから言った。

「わたしが沖縄に来てあなたとまた出会ったのは、本当に偶然なのよ。あなたのこと追いかけて来たわけじゃない」

「……慶子さん……？」

「ごめんなさい。急行能登には三月に乗ったわ。あなたが車内で見たのはわたしよ、たぶん。でもわたしはあなたのこと、憶えてないの。意識してませんでした」

慶子は、テーブルの上の皿を見回して言った。

「お魚、残しちゃったけど、もう食べられないわよね。このあとはどうされるの？」

「ゆいレールをまだ県庁前までしか乗っていないので、牧志から乗って首里まで行ってみるつもりです」

「いいわね。わたしもご一緒していいかしら」

「あ、ええもちろん」

慶子はにっこり微笑んだ。

「じゃ、謎解きもしてさしあげるわ。わたしが直江津からの切符を車内で買った理由。でもあまり期待しないでね。とってもつまらないことだから」


市場を出て牧志駅まで歩く途中、慶子は何も言わなかった。牧志駅は国際通りの北側の端にある。国際通りは夜になって大変な混雑になっていた。相変わらず中学生や高校生の修学旅行組は多いが、一般の観光客もさっきよりずっと増えている。中高年の団体旅行客や、若いグループ客たちが、狭い歩道いっぱいに広がって歩いているので歩きづらいことこの上ないが、そうやってゆっくりと歩いていると、土産物屋の店先にある様々な安っぽい雑貨の類《たぐい》も、つい手にとってみたくなるから不思議だ。

「あ、ねえ、アイス食べない？」

ブルーシールアイスクリームの看板が出ている店先で慶子が立ち止まる。魚料理を食べ切れず残してしまった罪悪感があったが、甘くて冷たいアイスクリームなら別腹なのは確かだ。

「ブルーシールアイスクリームも沖縄の歴史のひとつよね。もとは基地のアメリカ兵さんたちの為に基地内で作られていたんですって。わあ、食べたことないフレーバーがいっぱいあって目うつりしちゃう。あの、ウベ、って何だっけ」

「紅山芋《べにやまいも》のことです」

店員の、愛くるしい大きな目をした青年が言った。

「山芋の仲間なんですか」

「そうらしいです。すり下ろすと鮮やかな紫色になります」

「紅芋、はわかるとして、こっちのマカプノ、は？」

「ココナッツです。ココナッツの白い果肉を細く切ったものをマカプノと言います」

「美《ちゅ》らイモは？」

「サツマイモのフレーバーです。美味《おい》しいですよ。人気あります」

香澄もすっかり並んだアイスクリームに魅せられた。どれも食べてみたいけれど、さすがにお腹がきつくて一種類がやっとだ。

迷ったあげく、塩ちんすこう、というフレーバーを選んだ。沖縄菓子のちんすこうを細かく砕いて、塩バニラのアイスに混ぜ込んである。クッキー&クリームよりあっさりしていて、それでいてとてもこくがある。美味しい。慶子はウベとサトウキビを二段重ねにして頼んでいる。

歩きながら食べるには歩道が混雑し過ぎていたので、店の前のベンチに座って食べた。

「やっぱり南国にはアイスよね」

慶子は満足そうに言った。

「良かった、沖縄に来て。これまで沖縄には興味が湧かなくて、今回も一人旅するって決めてからも、やっぱり取りやめようかなあ、なんて迷っていたの。鉄道がないところに旅をする習慣そのものがなかったのよね」

「どうして沖縄に?」

「第一に、日本の鉄道でまだ乗っていない線がもうあんまりなくて、そのうちのひとつがゆいレールだったから。第二に」

慶子は、深呼吸した。

「こんな空気を嗅《か》いでみたくなったの。渾沌《こんとん》としていて、雑多で、甘い空気。何もかもが花の香りに包まれていて、湿ってて、なんとなく身勝手で。そろそろハメをはずしてみたいと心のどこかで思っていたのね。もうそろそろ、いいんじゃないか、って」

「もうそろそろ?」

慶子は、アイスクリームのコーンをぱりぱりと齧《かじ》った。

「ええ、もうそろそろ。夫が死んで、もうじき丸三年が経つの」

香澄は驚いて慶子の横顔を見つめた。

慶子は、なんでもない、という表情でコーンを食べ終えた。

「今どき珍しいでしょ、見合い結婚だったの。大学出て会社勤めして八年目、三十路《みそじ》に入って田舎の両親もようやく諦《あきら》めて、結婚しろって言葉は口に出さなくなっていた矢先だったわ。学生時代の恩師から連絡があって、いい青年なんでとりあえず会うだけ会ってみないか、ってね。もちろん断るつもりだった。白状するとね、社会人三年目の頃に大失恋してるのよ、わたし。もうむちゃくちゃに傷ついて、それで恋愛には距離をおくようになっちゃって、結婚もしたいとはまったく思わなかった。ただ恩師の顔を立ててあげようと思っただけなの。それがねえ……人生なんてそんなものよね。九割が偶然で成り立っているのよね。夫との出逢《であ》いも偶然。それで意気投合したのも偶然。ふと気づいたら結婚式の準備をしてる自分がいて、それがまんざらでもなかった。ただ」

慶子は、夜空を見上げるように首を後ろに傾けた。

「……恋、じゃなかった。惚《ほ》れてしまった、わけじゃなかったの。その違いは自分でも認識していたわ。夫はとてもいい人で、一緒に暮らすには最高のパートナーだった。わたしは幸せだった。わずか一年足らずだったけれど、とても楽しかった。だけど、情熱的に何もかも奪い合い、求め合った関係ではなかったの。夫はね、鉄道音痴だった。それでもわたしが鉄道の旅をするのが好きだと知って、近いうちに連れて行ってと言ってくれたのよ。でも夫の顔を見ていれば、彼が、本気でそう言ったのかただのお愛想、わたしに対する気遣いで言ったのかはわかるもの。無理に彼を電車に乗せて引っ張りまわすなんて申し訳ない、そう思っちゃって、結局、一度も一緒に行かなかった。というか、わたし自身も結婚している間は鉄道の旅を封印してしまった。もちろんずっと封印なんかするつもりなかった。そのうち……夫の仕事がいくらか暇になったら、二人で行こうとは思っていたのよ。でも」

慶子が頭を起し、香澄を見た。

「呆気《あっけ》なくね、死んじゃった。心不全。お風呂《ふろ》で倒れてそれっきり。働きすぎだったんでしょうね……」

慶子が立ち上がった。

二人はまた黙って、国際通りの喧騒《けんそう》の中を歩いた。

牧志駅の券売機で首里までの切符を買い、改札を通ってホームに出る。

電車がやって来るまで、駅から街の灯《あか》りを眺めた。

「この一番後ろの席、好きなのよ」

車内は思ったよりも空《す》いていた。二両連結の後方の車両の最後尾の座席は、進行方向とは反対を向いて外が眺められるような作りになっていた。

　二人並んでそこに腰をおろし、飛ぶように遠ざかるホームを眺めた。

「謎解き、するわね。答えは、これ」

　慶子は指でつまんだものを香澄の顔の前に出した。二枚の切符。

「それ……さっき改札に通した……？　でもどうして二枚」

「機械に通したのは一枚だけ。一人で二枚の切符は使えないのよね、残念だけど。本当はちゃんと改札も通してあげたいけど。人の手で切符にハサミを入れていた時代だったら、駅員さんに頼めばパチンとやって貰《もら》えたかな」

　慶子は、二枚の切符をそっとしまった。

「一枚は、彼の分なの」

　慶子は言って、クスッと笑った。

「ね、つまらない答えでしょ。真相なんてそんなものよ。あの夜以来、鉄道の旅をするたびに切符を二枚買うようになったの」

「あの……夜」

「あなたと出逢った、あの、急行能登の夜。夫が死んで二年経って、ようやく旅に出たいと思うようになった。それであの頃から、一人旅を再開したの。急行能登で金沢に行って、帰りはブルートレインの北陸で戻って来る。あの夜もそんな一人旅の途中だった。

でも久しぶりの夜汽車で、神経が昂《たか》ぶったのか全然眠くならなかったのね。それでずっと、暗い車窓を眺めていた時に……見えたの。見えた気がしたの。窓のガラスの中に、彼がいた。彼がじっとわたしを見つめ返していた。わたしと一緒に、旅をしていた。さっきようやく判ったわ。あれはあなただったのね。あなたがガラスの中でわたしを見つめていた。でもわたしには、窓ガラスにぼんやり映ったあなたの顔が、彼に見えた。ごめんなさい、男と間違えるなんて。でも……きっと誰でも同じだった。わたしは彼を探していたのよ。無意識に、強く求めていた。だから窓に映った人の影なら、すべて彼に見えたのね。わたしは知った。あの時に、知ったの。わたしはいつのまにか、また恋をしていたんだ、って。情熱ではない、ただいい人で安らかな人生がおくれそうだからパートナーとして選んだ、そう思い込んでいたけれど。でもわたしは……やっぱり恋に堕《お》ちていた。静かに、そっと、ゆるやかに。そしてそれを永遠に失ったと知ったあの夜に、彼はわたしとの旅を始めた。だから彼の為に、切符を買ったの。それだけのことなの」

儀保《ぎぼ》駅が遠ざかり、首里の駅が近づいて来る。

黙ったままの慶子が、小さく何かのメロディをハミングしている。鉄道唱歌だ。

「あのトンネルの中で、あの人に逢《あ》えたと思った時、わたし、最初は怖かった。あなたの顔がガラスに映ってわたしを見つめていただけなのに、あの人に見つめられたような気がしてしまった。自分の席に戻ってから、心の中で問いかけたわ。もしかしたら怒っているの？　わたしなんかと結婚して、あまりにも早く自分だけ死んでしまって、それなのにわたしはまた鉄道に乗って気ままに生きている、そのことが嫌なの？　そう問いかけたの。わかっていた。あれはわたし自身の後ろめたさだったのよね。もしわたしが熱烈に彼に恋をして、ようやく結婚出来たんだとしたら。それでわずか一年でその人に死なれてしまったんだとしたら。とてもじゃないけれど、たった二年で立ち直って一人旅三昧《ざんまい》するなんて、そんなこと出来なかったでしょう。悲しみのあまり病気にでもなって、わたしも死んじゃったかもしれない。でも、わたしは立ち直ってしまった。そのことに対して、自分を責める気持ちがあったの。だから窓ガラスの中の彼が怒っているように見えちゃったのよ。でもね、あれから席に戻ってうとうととして、直江津で乗客の乗り降りがあった時に目が覚めたんだけど、その目覚め際にね、わたし、彼の声を聞いた気がしたの」

「ご主人の、声」

「そうなの。彼がね、言ったのよ。ねえ慶子、僕の分の切符、ちゃんと買ってくれた？　僕はここから一緒に君と行くつもりなんだけど」

慶子は楽しそうに笑った。

「はっきり目が覚めた時、いかにもあの人らしい、って思ったわ。彼、キセル乗車みたいなことがぜったいに出来ない性格だった。車が一台も通っていなくても、赤信号なら辛抱強く待っている、そんな人だったのよ。本当に彼の魂があの時わたしと一緒に旅を始めたのだとしても、魂はタダよね、そう思わない？　魂お一人様の運賃がいくらなのか、誰に訊《き》けばいいのかしら。なのに彼ならきっと言うと思った。切符を買ってくれ、僕の魂の分もちゃんと切符を買ってくれ、って」

「それで、車掌さんから切符を」

「ええ。ちゃんと直江津から金沢まで。キセルしたと思われるのは嫌だったんで、自分の切符はちゃんと見せて、記念に欲しいって説明したの。留守番している息子に頼まれたから、車内で車掌さんから買う精算票が欲しいんだって。急行能登の定期運行がもうじき終わっちゃうから、鉄道マニアの息子が欲しがっている、って。車掌さん、笑って応じてくれたわ。鉄道マニアの奇妙な要求には慣れているみたいだった」

香澄は、ほう、と思わず息を吐いた。

「ごめんなさいね、本当につまらない謎解きになってしまって」

「いいえ、そんな。わたしが想像していたよりも、ずっと、ずっと素敵な謎解きでした。あの、ただ……いえ、もうひとつ、とても失礼なことをお訊《たず》ねしても」

「なぁに？」

「えっと……まず……コートです。あの時、確か最初は赤いコートを」

「赤いコート？　ああ、ええ、持ってますよ、赤い春物のコート。そう、あの時はあのコートを着ていたのね、わたし。すっかり忘れてたけど」

「でも、直江津では白いダウンみたいなジャケットで。それからあの時、魚津で降りられましたよね」

「あら、そんなとこまで見られていたんだ」

「ごめんなさい、ホームに立っていたお姿を見かけてしまって。でもその時は白じゃなくて、金色みたいなダウンジャケットを……」

慶子は瞬きし、少しの間考えていた。それから笑い出した。笑いながら、何度も頷《うなず》いて言った。

「ええ、魚津で降りました」

「蜃気楼《しんきろう》ですか」

「あの時期だと蜃気楼は難しいでしょう。これもまた、すごくつまらない答えになっちゃうんで申し訳ないんだけど。実はね、魚津は夫の故郷なの。最初は金沢まで行くつもりだったけど、夫と旅をしよう、と決めたら、まずは夫の故郷で海を見ようかな、という気になったのよ。富山湾で。早朝に行くと朝ご飯にとれたてのお魚が食べられる食堂があって、結婚を決めて夫の実家に挨拶《あいさつ》に行った時、夫に連れて行って貰《もら》ったことがあったの。それを食べてから、夫との旅をしよう、そう思って魚津で降りたの」

また笑いがこみ上げたのか、慶子は楽しそうに頷く。

「本当に細かいことまで観察していらしたのね。ジャケットの色まで」

「……すみません」

「ううん、いいの。というか、嬉《うれ》しいの、なんだか。夫が死んでからね、時折、世の中の人に無性に腹がたつことがあって。だってわたしはひとりぼっちになっちゃったのに、世の中の人たちにはみんな友達や恋人や家族がいて、みんなみんな、そっちのほうばかり見ているんだもの。そう、僻《ひが》みよね。僻みだってわかっているんだけど、イライラしちゃうの。誰もわたしのことなんか見ていない。誰も、わたしがひとりでいることなんか、気にもしていない。そんな八つ当たりみたいなこと、つい考えてしまって。……だって……不公平なんだもの。あんなに簡単に夫が死んでしまうなんて……不公平よ。ね？」

慶子は香澄の反応を楽しむように、肩をすくめた。

「でも、あなたは見ていてくれた。わたしのこと、そんなに見つめていてくれた。そしていろいろと考えてくれた。そのことがわたし、なんだか嬉しい。赤いコートはさっきも言ったように春物で、ほら、あの頃、東京は季節はずれに暖かい日が続いていたじゃない。その前がすごく寒かったのに。だから春物で出かけたけど、北陸に行くんだから寒さ対策も当然していたの。あなたが見た白い服は、とても薄いダウンコートで、冬に夜行列車に乗る時はいつも持ち歩いているのよ。毛布よりずっと軽くて、ぎゅっと小さく畳めるでしょう。お布団の代わりにかけてもいいし。そして魚津に降りた時に着ていたのは」

慶子は、言葉を切って、小さな溜《た》め息と共に言った。

「夫の、かたみ。金色じゃなくて、ベージュ色よ。大きくて、わたしが着るとコートみたいになっちゃう。夫は体格がいいひとだったから。夫が亡くなって以来、真冬にはいつもあれを着ているの。あんなに朝早く魚津に降りて、とても寒くて……でもあのジャケットを着ていれば平気だった。わたしの冬は、これからもずっと、あのジャケットに温《ぬく》もりを求めて過ぎていくの」

「謎なんて、解かない方が楽しいのかもしれないわね。ああじゃないか、こうじゃないかって想像しているだけの方が。わたしがアリバイ工作していた、って真相だったら良かったのに」

しばらく黙っていてから、慶子はまた微笑みながら言った。

香澄は思わず頭を下げた。

「本当にすみませんでした、失礼なことを」

「とんでもない。さっきも言ったけど、なんだかとても楽しかったわ。わたしが夫の残映と格闘していたその姿を見知らぬ誰かが見ていて、いろいろな想像をしていたんだな、ってわかって。世の中って不思議よね。自分はひとりなんだって思っていても、普通に生きている以上必ず、誰かの視界に入っている。そういうことって、いつもの日常では忘れてしまいがちだわ。そうね、それぞれの人生はみんなひとつずつ違っていても、この社会で生きている以上、同じ列車に乗り合わせているのよね、わたしたち」

あの夜から、慶子はふたりで旅をするようになった。いつも二枚の切符を手に、短かった結婚生活の幸福だった思い出を心に、ふたりの旅を続けている。

その旅に、終着駅はあるのだろうか。

まだこんなに若く美しい慶子を、たった一年しか夫でいなかった男の記憶が、いつか自由にしてあげる日が来るのだろうか。

自由になりたいと、慶子が思う日が、来るのだろうか。

来るのだろう。

駅を出た列車は必ず駅に着く。駅に着く為に、列車は駅を出るのだ。

いつかは駅に着くと知っているから、人は列車に乗るのだから。

旅の果て、空のかなた

ＪＲ常磐線

「わあ、きれい」

香澄は思わず声に出して言った。海が見たくて進行方向右の座席に座った、特急スーパーひたち、上野発仙台行き。

上野駅で買ったプリンを食べる手をとめて、やわらかなブルーグリーンの海に浮かぶ、緑の木々をのせた小舟のような岩を見つめた。

同級生の女子学生で小劇団に所属している女優の卵がいて、彼女が仙台で舞台に出るというので見に行く約束をした。その話を井上にすると、せっかくだから新幹線ではなく常磐線《じようばん》で行ってごらん、と言われた。

「北茨城《いばらき》の海はとても綺麗《きれい》だし、福島から宮城《みやぎ》に至る海岸沿いの松林は見事だよ」

上野から仙台まで乗り通しても、特急ならば四時間半程度だという。仙台に行く、と言えば新幹線しか思い浮かばなかった香澄にとって、まったく別のルートを電車に乗って仙台まで行ける、というのが新鮮だった。

「来年のダイヤ改正で、もしかすると仙台までの直通特急はなくなっちゃうかもしれないんだ」

「そうなんですか？　なぜ」

「常磐線を利用して水戸《みと》より先に行く人の大部分はサラリーマンだからね、勝田《かつた》からいわきにかけては産業ビジネス路線みたいな感じだよ。その人たちはいわきでほとんど降りてしまう。いわきから仙台までの乗客もいるけれど、上野から仙台まで乗り通す人はそんなに多くない」

「やっぱり新幹線があるからですね」

「うん、JRとしても新幹線を使って貰いたいところだろう。なので、上野からいわき間と、いわきから仙台間を分けることになったんだ。スーパーひたちも、上りのフレッシュひたちも、上野・いわき間の特急の名称になる。いわき・仙台間の名称が何になるのか知らないけど、直通特急なのに途中で名前が変わるっていうのも変だろ。ダイヤ改正で直通特急がなくなる可能性は高いと思う」

「なんだか残念ですね」

「我々乗り鉄には残念だけど、まあ赤字ローカル線が廃止されるのと違って、それで生活に困る人はいないだろうしなあ。とにかく、上野から仙台までスーパーひたちを乗り通すのはもうじき出来なくなるかもしれないから、チャレンジしとくといい。いわきで列車の切り離しがあるから、仙台まで行く車両に乗らないと駄目だよ。それと乗ったらできれば右側に座って。勝田から先、常磐線はほぼ海岸に沿って北上するんだ。内陸を走ることも多いしトンネルもあるから、ずーっと海が見えているわけじゃないけど、時折見える海はとても綺麗だよ」

「じゃあ、乗って来ます」


もう十二月だ。今年もあと少しで終わり。

この一年、それまでの人生では考えられなかったほどたくさんの電車に乗った。鉄道にはそれほど興味もなかったのに、今ではもう、すっかり「乗り鉄」と呼ばれる人たちの仲間入りをしている。もっとももまだ初心者マークはとれていないけれど。


せつなく追い求めていた高之の幻は、まだ幻のまま遠くにある。でも、幻ではない、生きて恋をして旅をしていた一人の若者としての高之の姿も、いくらか見つめる勇気を持てるようになった。

高之は、申し分なく魅力的な若い恋人との関係を断ち切ってまで貫こうとした「辛《つら》い恋」をしていたらしい。

そのことを知っただけでも、よかった、と思う。実の叔父である高之に対する、どうしようもない初恋の想い。その想い、はいつか断ち切らなくてはならない、捨てなくてはいけない想いだった。それはわかっていたのに、高之が突然いなくなってしまった時、香澄は自分の心を騙《だま》したのだ。

恋を続けていたかった。

恋したままで、いたかった。だから。

タカ兄ちゃんはわたしが見つける。

そう決心してしまった。

捜し続けている間は、この「想い」を捨てなくてもいいから。

高之がどこにいようと、どうしていようと、彼が自分の叔父である、という事実は変わらない。そこからは逃げられないのだ。胸の想いは、いつか捨て去らなくては先に進めない。

わたしは、先に進みたい。

香澄は思う。それまで踏み出すのを躊躇《ためら》っていた世界へ、そろそろ歩き出してみたいのだ。

瞼《まぶた》を閉じた。なぜか、近藤の笑顔が頭に浮かんだ。

くすぐったい。こうして目を閉じて、近藤の顔が浮かぶ、そのことがとても、くすぐったい。

停まらずに通り過ぎる駅の名を夢中で読む。大津港《おおつこう》。確か、この駅から五浦《いつうら》海岸に出られると、ネットの観光案内に書いてあった。井上が美しいと言った北茨城の海、その中でもいちばんと言われる五浦海岸。確か、六角堂《ろっかくどう》というお堂があって、紺碧《こんぺき》の海を見下ろす素晴らしい景観が見られるはず。

しばらくすると車窓に、勿来、という文字を見た。なこそ、と読む。来る勿《なか》れ。来てはいけない。そんな名前の駅もあるのだ。

来てはいけない駅。

今度この常磐線に乗ったら、降りてみよう。大津港にも、勿来、という名のあの駅にも。六角堂にも行ってみよう。絵葉書のように美しい空と海の青を見に行こう。特急もいいけれど、やっぱりいろんな駅に降りて、歩いてみたい。

プリンを食べ終わって、バッグから一通の手紙を取り出した。もう何度も読み返した手紙だが、また読み返してみたくなる。鉄道の旅をする時には、いつも持って行こうと決めた手紙。

『お元気ですか。沖縄では一緒にお食事が出来てとても楽しかったです。一人旅のままだったら、市場で買ったお魚を食べたり出来なかったし。でも、急行能登に乗り合わせた二人がまさか那覇でまた出会うなんて、奇遇というよりも、何かの意味がそこにあるように思えてしまいますね。

そう、意味はありました。

正直に書きますね。あの時わたし、嘘を吐いてしまいました。なんとなく、楽しく食事をしている最中に本当のことを口にするのがはばかられて。あなたが不愉快になってしまうだろうと思うと、言えなかったの。でもあれから思い返してみて、やっぱりあなたには告白しておくべきだろうなと思いました。そして御礼を言わなくてはいけないと。

ありがとう。あなたはわたしの人生を救ってくれたんです。あの急行能登の中で。

あなたの、というかあなたとあなたのお友達の推理は、正しかったのですよ。そう、わたしはアリバイ工作をしようとしていました。あの夜はリハーサルで、実際に可能かどうか確かめる為にあの列車に乗っていたのです。

わたしは、ある男を殺そうと考えていました。

ごめんなさい、いきなりこんなことを書いてしまって。でも、もう大丈夫です。二度と馬鹿なことは考えません。

わたしが殺したかった男は、亡くなった主人の上司です。上司と言っても主人より年下で、主人を追い越して出世をしたくらいですから、エリートな上に有能な人だと思います。でもそんなことは、主人にとってもわたしにとっても、どうでもいいことでした。

主人は出世欲というものがない人で、わたしも、夫が会社で出世をすることに興味はありませんでしたし、わたしもどうでもいいと思っていたんです。主人はまったく意に介していませんでしたし、わたしもどうでもいいと思っていたんです。主人には親が遺《のこ》してくれた家があり、家賃もローンも払わなくていいのでお給料が多くなくても生活は出来ましたし、わたしも働いていますから、二人の収入を合せればけっこう楽しくやっていかれました。でもそうした主人のゆとり、というか、余裕のようなものが、上司の男には気に入らなかったのかもしれませんね。主人が度量の小さな人で、年下に出世で追い越されたことをくよくよしたり卑屈になったりするような人間だったなら、上司の男は優越感を抱けて満足していたのかもしれません。いずれにしても、上司の男は、主人のことが気に入らなかったのです。そしてイジメとしか言えないようなパワーハラスメントが始まりました。それでも主人は、困ったね、と言いながら笑っていました。わたしは、辛かったら転職したら、と勧めました。主人も転職のことは考えていたようです。ですが、たまたま仕事上で大きなプロジェクトにかかわっていて、とにかくそれが終わるまでは辞められないからなんとか頑張る、と言っていたんです。

結果、主人は亡くなりました。死因は病死ですが、過労にくわえて心労が重なったことが原因ではないかと医師に言われ、労災の申請をした方がいいとも勧められました。上司の男は主人に無理難題をふっかけ、信じられないような過労に追い込んでいたのです。でも主人はわたしに心配をかけないよう、会社の近くのサウナに泊まり込んで仕事をこなしていたのです。

わたしも愚かでした。もっと真剣に主人のことを心配すればよかった。けれど、すべての後悔は先に立ちません。

ですが、だからと言って上司の男に責任のすべてがあるとは、もちろん思いません。いろいろな意味で、もっとうまくやる方法はきっとあったでしょう。わたしがその男に殺意を抱いたのが逆恨みに過ぎない、と言われればその通りです。でも、逆恨みだろうとなんだろうと、あの時はどうしてもあの男をゆるすことが出来なかった。あの男は主人の葬儀に素知らぬ顔で現れて、会社の代表として弔辞まで読み、偽りの涙まで流すパフォーマンスをしたのです。そして帰り際、同僚らしき人と笑いながらタクシーに乗っているところを、わたしの知人が見てしまいました。その男は大声で言っていたそうです。能力が低いからあんなに残業しないと仕事がこなせなかったんだ、しかもあの程度で心臓が停まるなんて、健康管理も出来てなかったんだろう、女房もだらしない女だ、と。

殺意を抱いたこと自体は恥じていません。あの男は、殺されてもしかたのない男だと今でも思っています。ですが、それをわたしの手で行おうと考えたのは、とても愚かなことでした。なぜなら、もしそんなことをしてわたしが罪に問われたら、天国の主人が誰より悔しい思いをするからです。

でも、その上司の男を殺したいという思いはとても強くて抑え切れず、わたしはあの男について調べました。男の実家は直江津にあり、月に一度、入院している老母を見舞いに行く習慣でした。直江津、という地名を見た時に、夜行列車を利用したアリバイ作りが出来ないだろうかと考え始めました。たまたま少し前に読んだ推理小説で、夜行列車を使ったアリバイ工作が出て来ました。愚かなわたしは、その通りにやれば出来るかもしれない、と思いました。たぶん、そうやって殺人計画を立て、準備をしていることそのものが、わたしにとって、男への憎しみをやわらげる代替行為だったのでしょうね。

いずれにしても、計画は杜撰《ずさん》で幼稚なものでした。実行していたってぜったいに失敗していたでしょう。そもそも、あの男をわたしの手で殺すことなど、結局出来なかったと思います。小説と現実とは違いますよね。

小説に使われていたトリックは、一人で二人の人間の振りをする、というものでした。始発駅から列車に乗る時点で二種類の上着とカツラを用意し、二つの座席を使って一人二役を演じる。片方は自分そのもの、そしてもう片方は、自分が殺したいと思っている人間に殺意を抱いている、別人をよそおいます。そして自分自身の姿をした方が先に列車を降りたという目撃証言を作り、車内で殺したい相手を殺し、死体をトイレに隠したままで終点まで、別人の姿で列車に乗って、終点で降りて逃走するところまでその別人の振りを続ける。

少し考えただけでも、そんな計画を成功させるにはハードルがいくつもあることに気づきますよね。何より、最初に列車を降りた自分自身についても、犯行時刻にアリバイがないことに変わりはない。一度降りた列車にもう一度どこかで乗り込んで犯行をおかした、という推測が成り立たないようにしなくてはならない。その為には、高崎を過ぎたら直江津まで乗り降りの出来ない急行能登は好都合に思えたんです。一度高崎で降りてしまうと、車を使って直江津で追いつくしかありません。そしてわたし、運転免許を持っていません。車の運転が出来ないんです。それだけでも、容疑圏外に逃れられると思いました。

ですが、上司の男をどうやって急行能登におびき寄せるか、という問題もあります。直江津に停車する夜行急行に乗り込ませるには、何か言い訳をでっちあげなくてはなりません。ただあの男が母親の見舞いに実家に戻っている時であれば、直江津から乗車させることは出来るはずです。それについては、夫の日記のようなものをでっちあげてもいいと思っていました。上司のパワハラにどれだけ追いつめられたか夫が綿々と綴《つづ》っている日記。それを会社に提出する、インターネットで公開する、といった脅しをかければ、おびき寄せることが出来るのではないか。まったく杜撰ですよね。でも、計画を立てていた時のわたしには、その程度の甘い見通しでもうまく行くような気がしていたんです。たぶん、復讐《ふくしゅう》する計画を立てる、ということそのものに興奮し、楽しんでいたからだと思います。

とにかくそこまで計画をたててみて、実際に急行能登の車内で一人二役をすることは可能なのか、という点が疑問になって来ました。夜行列車ですから、消灯時刻以降は明け方まで車内照明が暗く、乗客の多くは眠っています。一人で二人を演じることそのものは簡単でしょう。でも、それをきちんと車内の誰かに認識してもらわなければ、アリバイ工作にはなりません。急行能登はあの三月十二日を最後に定期列車ではなくなりますが、季節列車としては残される予定になっていました。季節列車というのはたいてい、旧盆や正月など、帰省客があてこめる時期に運行されます。直江津に実家のある上司の男をおびき寄せるなら、その時期でも困るということはないでしょう。でもその前に、定期運行をしている時にリハーサルをしなくては。

わたしは、全部で三回に分けてリハーサルをすることにしました。まず車内で一人二役が可能かどうか確認する。二度目は、その一人ずつについて証人を確保する。最後に、トイレのドアを終点まで固定する方法を試す。

トイレのドアについては、小説に書いてあった方法をそのまま使うつもりでした。トイレで殺したあと死体をそのままトイレに残し、ドアの厚みのところに強力な両面テープを貼ってドアを固定する。それだけです。他の乗客が来て、ロックの表示がない、つまり空いている、と判ればドアを開けようとするでしょうが、普通に力を入れただけでは開きません。ノックをしても返事はもちろんありませんけど、ドアが開かなければたいていの人は諦《あきら》めて他のトイレを探します。少なくとも小説では、それで終着駅まで死体は発見されなかった。現実がそんなにうまく行くものなのかどうか、それを試してみるつもりでした。

そしてあの夜は、その一回目のリハーサルだったのです。まず、車内で一人二役が自分に出来るのかどうか。服装や髪形を変えただけで他人だと思って貰《もら》えるのかどうか。

それを試したかったんです。

高崎を過ぎて検札が終わるまでは髪をひっつめて赤いコートを着て車内の人々に目撃され、それから直江津を過ぎてからコートを脱いで髪をほどいて、白いジャケットを着る。その時車掌が別人と思ってくれるかどうか。わざと切符を買い直してみればそれがわかります。車掌が同一人物だと思ったら、必ず何か訊《き》かれるでしょう。キセルを疑われるかもしれません。もしあの夜のテストでそれを疑われたら、あなたに話した言い訳を使うつもりでした。息子が鉄道ファンで、というあれですね。実際には、疑っていたのかもしれませんが何も言われなかったんです。あの時はそれで、成功したと思いました。でもあとになって考えてみると、車掌さんは、わたしが最初に見せた切符がちゃんと金沢までになっていたことまで憶《おぼ》えていたのかもしれませんね。上野から金沢までの切符を持っている人が、もう一枚、直江津から金沢までの切符を買ったところで咎《とが》める理由はありませんものね。

でもわたしは、自分の期待通りに別人と思ってくれたと信じました。服装と髪形を変えれば、同一人物も別人と認識され得る。車掌さんは何も言わずに切符を売ってくれました。ああ、テストは成功した。わたしはそう思い、勝ったような気分になりました。

なのに、わたし、聞いてしまいました。あなたとご友人とがわたしについて話していた、あの時に。

そう、あなたは見ていた。わたしのことを、見ていた。

慣れないひっつめ髪で弱い頭痛をおぼえてしまったわたしは、一度頭をゆるめて休むつもりで洗面所で髪をほどき、座席に戻る途中でした。あの暗いトンネルを脱けた時、窓ガラスの中に、彼の……夫の顔があった。

わたしは呆然《ぼうぜん》と、夫の顔を見ていたと思います。でも見間違いだわ、と自分に言い聞かせました。それなのに、わたしを見つめていたのは夫ではなくあなたで、そしてあなたは、わたしが直江津からの切符を車掌さんから買い直すその瞬間も聞いていた。疑問に思っていた。

テストは、失敗したんです。あなたによって、アリバイ工作は壊されました。車内で一人二役を演じることなど、わたしには出来ない。

魚津の駅に降りた時、それでもわたしはまだ、迷っていました。迷っていたから、夫が好きだった魚津の海を眺めたくなった。天国の夫はどう思っているのだろう。それが知りたかった。

夫は、ちゃんと答えてくれました。

わたしは空が明るくなるまで魚津港に立ち尽くし、魚津の海と漁船を眺めました。その時わたしが何よりも感じたのは、空腹、でした。お腹が空《す》いた。ぐー、と鳴っていました。おかしいでしょう？　でも本当なんです。その時はただ、お腹がすいた。

そして、それが夫が空からわたしにくれた、答えだったのだと思います。わたしは夫と行ったことのあるお店に入り、美味《おい》しいとれたての魚で朝ご飯を満腹するまで食べ、食べ終わる頃には、自分で自分のしたことがおかしくておかしくて、ひとりで笑い出していました。

憑《つ》き物が落ちたように、わたしは正気を取り戻したのです。

わたしはただ、夜行列車に乗って夫との想い出の海を見に来て、想い出の朝ご飯を食べただけ。

それだけなんだ。

わたしは、自分が生きている、ということを実感していました。夜通し起きていて、眠くてお腹がすいた。食べて幸せになった。わたしは、生きている。そして夫がわたしに望むことも、ただそれだけ。わたしが生きていること。生きて、いくこと。

わたしは駅に引き返し、金沢に向かいました。乗り換えてサンダーバードで大阪に行き、大阪見物を楽しみました。夫は大阪が好きな人で、出張で大阪に行くのをいつも楽しみにしていた。わたしは、いつか連れて行ってね、と夫に言っていました。そう、あの日から、わたしは夫と生前に約束していた「いつか行きたい」旅を続けています。沖縄でゆいレールの切符をお見せしましたよね。あの日からわたしは、どこに行くにも二枚の切符を買っています。

いつの日か、この「二人の旅」も終わりになると思います。わたしは決して、世捨て人になるつもりはないのです。また新しい恋をして、新しい幸せを摑《つか》みたいと思っています。わたしがまた、自分の為だけの、たった一枚の切符を買って列車に乗ることが出来るようになった時、わたしの新しい人生も始まるのだと思っています。でもそれまでは、この奇妙な「ふたり旅」を続けることでしょう。

わたしはまだ、もう少し、あと少しだけ、二枚の切符を買い続けていたいのです。

あの夜、わたしは、自分だけの世界にはまりこみ、妄執にとらわれて正気をなくしていました。視界に誰が入っていても、わたしは、ひとり、でした。ひとりだと思い込んでいました。

でも、違っていた。

あの夜行列車には、わたし以外のたくさんの人生が一緒に乗っていたのです。あなたの人生や、あなたのお友達の人生も。

鉄道で旅をするということは、他の誰かの人生と乗り合わせるということ。ひと時、同じ方向に向かって同じ速度で進んでみる、ということ。

それにどんな意味があるのか、わたしにはわかりません。ですが、そのことでわたしは確かに、救われたのだと思います。

また、一緒に旅がしたいですね。

慶子』

常磐線はトンネルに入り、トンネルを出た。

時刻表を開き、スーパーひたちが停まらずに走りぬける駅の名前をひとつずつ読む。

いわきを出ると、草野《くさの》、四ツ倉《よつくら》、久ノ浜《ひさのはま》、末続《すえつぎ》、広野《ひろの》、木戸《きど》、竜田《たつた》。

夜ノ森《よのもり》、双葉《ふたば》、桃内《ももうち》、小高《おだか》、磐城太田《いわきおおた》、そしてやっと、原ノ町《はらのまち》。

随分とばしちゃうなあ。もったいないなあ。

香澄は、もったいない、と思った途端に笑い出した。もったいない。特急で通り過ぎてしまう小さな駅を、もったいない、と考えるなんて。わたし、もうすっかり、鉄子になっちゃったね。

いいよ、また来ればいい。駅はちゃんと、待っててくれる。

慶子の夫は、天国から慶子に「答え」をくれた。お腹を、ぐー、と鳴らして。

タカ兄ちゃん、タカ兄ちゃんはわたしに、どんな答えをくれるの？

ううん、いいや。

車窓の空を見つめて、香澄は思った。

まだいらない。答えは、いらない。まだもう少し、わたしは信じていたい。

高之はまだ生きている。この空の下のどこかで、この海を見ている。慶子がまだもう少し、二枚の切符を買い続けていたいと思うように、わたしもまだ、あと少しだけ、高之にいつか逢《あ》えると思っていたい。

視界を駅のホームが飛去った。駅名を読もうと思ったのに、あまりにも早く流れた文字を読み取ることが出来なかった。

ごめんね、名無しの駅。今度この路線を旅する時に、必ず読むからね。

そう、春になったらまた乗ろう。

何度でも、この空の下を旅しよう。

旅の果てに何があるかなんて、ほんとはどうでもいい。

空が続く限り、旅も続ければいいんだ。

了

追記

二〇一一年三月十一日に発生した東日本大震災と、福島第一原発の事故による被害によって、二〇一二年五月十四日現在、JR常磐線は亘理《わたり》駅—相馬《そうま》駅間と原ノ町駅—広野駅間が不通となっている。また、五浦海岸の六角堂も津波により消失したが、二〇一二年四月、再建された。

あとがき

スーパーひたちで上野から仙台まで、特に目的もなくふらっと乗り通したのは、二〇一〇年の冬のある日、でした。

なんとなく上野から電車で遠くまで行きたくなり、上野駅でお弁当とプリンを買って。仙台に用事があったわけではなく、ただ本当に、電車に乗りたかっただけでした。

Twitterで友人や読者とおしゃべりしつつ、四時間半の車窓旅。仙台に着いたらそのまま新幹線で引き返し、帰宅。どこにも寄らず、一切の観光もしませんでした。

電車に揺られている間ずっと考えていたことは、ああ、各駅停車でもう一度旅したいな、あの駅で、この駅で降りてみたいな、ということばかり。

たまたま仕事がぎっしり詰っていたので、一泊することも出来ずに仙台駅にタッチして帰ったのですが、帰宅してからもずっと、常磐線の各駅停車で仙台まで、もう一度あの路線を乗り通したい、と思い続けました。

春になったら、必ず乗ろう。

大丈夫、駅は、どこにも行きはしないから。いつでも待っていてくれるから。

きっと。

＊

東日本大震災の発生で、東北各地の鉄道は大打撃を受け、未《いま》だに復旧していない路線がたくさんあります。

本作も、もともとは二作同時刊行の予定で、後半には東北の鉄道旅も描くつもりでいたのです。しかし、雑誌連載中に大震災が発生し、取材予定も含めて先のことがまったく見えない状況になってしまいました。

今回、刊行に漕《こ》ぎ着けた分は、作中の時間が震災の発生前、直前の冬で終わっています。常磐線の中で「また来よう」と無邪気に思っていた香澄は、わたし自身です。

また来よう。またこの電車に乗ろう。いつでも乗れるから。

今はもう、どの電車に乗っていてもそうした無邪気な「またね」は考えられなくなってしまいました。

今、この時は、二度とない時。

人生の瞬間、瞬間が、唯一無二なのです。

＊

子供の頃から電車に乗るのが好きでした。今でこそ、鉄子、などと、鉄道好きな女の子もすっかり市民権を得ていますが、わたしが少女だった時代には、鉄道が好き、と口にしただけで、へぇ変わってるね、女の子なのに、と言われたものです。そんなわたしにとって、昨今の鉄ブーム、鉄子ブームはなかなか楽しいものであります。しかし悲しいことに、夫も息子も鉄道にはあまり興味がない。仕方なく、鉄道に乗りたくなったら「取材してくるね」と言い残して、もっぱら一人旅です。それも泊まりがけは滅多になく、早朝にうちを出て夕飯の時刻までに帰宅する、弾丸日帰り乗り鉄ツアーばかり。ですから一日に乗れる路線はひとつか二つがやっと。

それでも、白い鉄道路線図を「乗った路線」だけ赤い線で塗り潰《つぶ》し、その赤い線が少しずつ増えていくのを楽しみにしています。

でも、本作は鉄子さんたちの為だけに書いたものではありません。鉄道には興味がない、乗り鉄なんて理解出来ない、そんな皆様にも楽しんでいただけたらいいな、と思って書きました。お読みいただいている間に、ほんの少しでも、旅の空気を感じていただけたら幸せです。

そして、本作は続編も執筆中です。今度こそ、東北の旅も描きたい。

小説を書くこと以外になにも取柄のないわたし。そんなわたしが、東日本大震災と福島第一原発の事故によって、あまりにも悲しい思いをたくさんされた方々に、何かひとつ、ほんのひとつでもお役に立てることがあるとすれば、それは、小説の中で東北の魅力を懸命に描くこと。そして一人でも二人でも、読者が「そうだ、東北に旅しよう」と思ってくださったなら。

今のわたしにはそのくらいしか出来ません。なので、出来ることをこつこつと、やっていこうと思います。

二〇一二年　春

柴田よしき

文庫版あとがき

本作に関しては、単行本あとがき、で言い尽くしてしまいました。ですので、二つほどご報告と御礼を。

まず、今回の文庫化にあたって、有栖川有栖《ありすがわありす》さんに素晴らしい解説を書いていただきました。有栖川さんも、鉄道に乗る、ということをとても愛していらっしゃいます。その愛に溢《あふ》れる解説で、本当に嬉《うれ》しく思います。

次に、本作の単行本あとがきでお約束したように、続編にあたる「愛より優しい旅の空」がようやく連載を終え、刊行に向けて準備が進んでいます。本文庫に続いて、文庫で刊行される予定です。

続編の執筆の為、震災後の東北を二度にわたって取材しました。大きな衝撃を受け、様々な感動に出逢《であ》い、いろいろなことを考えました。

読者の皆様としたお約束がきちんと果たせたのかどうか。自分に今出来ることを精いっぱいやれたのかどうか。

本作をお手に取っていただきましたら、次はぜひ、続編もお読みいただければ、と思います。

二〇一五年八月

柴田よしき

解説　青春と鉄道旅と謎と

有栖《ありす》川《がわ》　有栖《ありす》

柴田よしきさんと同じく、私も鉄道に揺られて旅するのが大好きだ。日本全国の地方私鉄や地下鉄も含めて全線に乗ったという人を身近に知っていたりするが、自分にはそこまでの熱意はなく、でもJR全線はいつか乗りつぶしてみたいなぁ、と思っている程度の〈乗り鉄〉である。

某日。出版社のあるパーティに出席するため大阪《おおさか》から東京《とうきょう》に赴き、会場で柴田さんとお目にかかった時のこと。雑談の中で、私は自然に翌日の予定を話した。

「今夜は東京に泊まって、明日《あした》は久留里《くるり》線に乗ってきます」

房総《ぼうそう》半島の内房《うちぼう》線・木更津《きさらづ》駅を起点にして、上総亀山《かずさかめやま》駅に至る三十二・二キロの路線だ。首都圏にあって非電化・単線の盲腸線で、全区間を乗り通すと所要時間はおよそ一時間。大阪からだと遠いので、東京に泊まる機会を利用して乗りつぶすことにしたのだ。

昼前に東京を出発し、久留里線に乗って帰ってきたら夕方五時前。それから新幹線で大阪に戻るというコースは、鉄道に興味がない人にすれば「なんたる時間とお金の無駄」だろうが、当然のこと同好の士である柴田さんは「馬鹿みたいな帰り方ね」などと言わない。にこにこしながら聞いてくれて、「久留里線はいいよぉ。途中の小湊《こみなと》鐵道やいすみ鉄道には乗らないの？」と訊《き》かれ、「いや、そこまでは……」と頭を掻《か》いた。

　翌日はあいにくの雨だったが、鉄道に乗りっぱなしだから苦にならない。計画どおりに久留里線の乗りつぶしを楽しみながら、柴田さんの「いいよぉ」を思い出して、おかしくなった。

　久留里線はディーゼルカーがのどかに走るだけで、深い渓谷や秀麗な名峰が車窓に展開する線区でないことは地図を見れば判る。それなのに、私はあの「いいよぉ」のせいで、もしかしたらすごい景色が拝めるのだろうか、と期待していたのだ。そんなものは、ありません。

　なかったが、昨今はとても珍しくなったタブレット（単線区間で列車が衝突しないように駅で受け渡しされる通行証）のやりとりをした痕跡があったし、日本のどこにでもあるような田園風景の美しさをしっかり味わえた。それを指して「いいよぉ」と言った柴田さんは本当に鉄道の旅がお好きなのだな、と今さらのように感心したのである。――久留里線、いい線でした。

　ささやかで個人的なエピソードの紹介から始めてしまったが、柴田さんの鉄道愛は本書『夢より短い旅の果て』を読む前から知っていたし、共感も覚えていた。この小説には、鉄道の旅の楽しさ・楽しみ方が隅々まで丁寧に書かれていて、とても気持ちがいい。同好の士だから言うのではなく、もし私が鉄道に格段の興味を持っていなかったとしても、一読すれば鉄道の旅の素晴らしさに目覚めたかもしれない。

単行本の帯には〈鉄道紀行ミステリー〉とも〈鉄道ロマン〉とも謳《うた》われていたが、ひと言で表現しきれない小説だ。ミステリーだと思って読めば味わい深いミステリーだし、何の予断もなく読んでから「ミステリーでもあるな」と思う人がいてもおかしくない。ジャンル分けなど些末《さまつ》なことで、確かに言えるのはこの作品が青春と鉄道旅と謎を巡る物語だということ。

二〇〇九年の春。ヒロインの四十九院《つるしいん》香澄《かすみ》はある目的を持って広島《ひろしま》から上京し、鉄道好きでもないのに西神奈川《にしかながわ》大学の鉄道旅同好会への入会を希望した。名称から推測されるとおり、そのサークルは鉄道での〈旅〉を愛するサークルで、香澄は正会員になるためwebサイト向けの記事を書くという課題を与えられてしまう。「学校からそんなに遠くなくて路線が短い」という理由で横浜《よこはま》高速鉄道こどもの国《くに》線を選んだものの、たった三駅しかないから短すぎてレポートのまとめようがない、と困っていたら——。始発駅と終着駅を何度も行ったり来たりするだけで改札口から出ようとしない乗客を見掛け、その謎めいた行動の裏に隠されたドラマを知る。

この短くも印象的な旅を皮切りに、香澄は八つの路線へ旅に出る。彼女が読者を導くのは、北陸《ほくりく》新幹線開業を前に廃止されようとする夜行の急行能登《のと》や、若い彼女にとって思いがけない歴史につながる北陸鉄道浅野川《あさのがわ》線、鉄道ファンにはつとに絶景で知られる氷見《ひみ》線、終着駅に「レトロで不思議」な空間を持つJR日光《にっこう》線、日本最南端にして最西端の鉄道・沖縄《おきなわ》都市モノレールゆいレール、そしてJR常磐《じようばん》線。

冒頭のこどもの国線のエピソードの香澄は真相を推理で見抜いたわけではなく、当事者に尋ねて事情を知った。〈謎を解く物語〉ではなく〈謎が解ける物語〉だったが、急行能登の旅ではぐっとミステリーっぽくなる。越後《えちご》湯沢《ゆざわ》駅の手前からすでに列車に乗っていたはずの女が、未明に停車する直江津《なおえつ》駅から乗り込んだふうを装って車掌から急行券を買うのを目撃するのだ。しかも、服装が変わっている。何やらミステリーでお馴染《なじ》みの〈時刻表を利用したアリバイ工作をこそこそと実行中の犯人〉のようなのだが、謎解きは終盤まで持ち越しになる。

謎といえば、香澄が西神奈川大学の鉄道旅同好会へ入会しようとした理由が冒頭では語られていなかったのだが、これは彼女が旅を重ねるうちに明らかになっていく。本編をこれから読む方のためにぼかして書くと、彼女はある謎を追って鉄道旅同好会に飛び込んだのだ。さらに、香澄は旅先で不可解な出来事に出くわし、〈すぐに解けるものも含めて〉大小様々な謎が折り重なって物語は進む。正面きってミステリーという貌《かお》はしていないものの、この小説は謎がエンジンになっているのである。

行く先々で謎がまとわりついてくるのだが、旅の空の下で香澄の視界は次第に広がっていく。鉄道旅を満喫するために入会したわけではなかったのに、少しずつその面白さに目覚め、鉄道への愛しさと旅する喜びが彼女の中で育つからだ。

幼い頃から抱いていた「自分は歩いても走ってもいないのに、自分のからだは遠くの町に運ばれて行く。それは、理屈ではなく、とても不思議なことに思われた」という素朴な感想が、たどり着いた土地の歴史に触れたことを契機に、「鉄道での旅は、考える時間がすごくたくさん持てるんだよね。いろんなことを考えながら、自分のからだが否《いや》応無《おうな》しに遠くへと運ばれて行く」という先輩の言葉に共感し、氷見線の絶景を目のあたりにして「ここに、今この景色の中に、この国のすべてがある。／山。海。緑。四季。そして、鉄道」という至高体験的な感動に至る。

そして、相互乗り入れによって東武《とうぶ》特急スペーシアがJR線路から東武線路に進入しただけで「楽しい魔法のようだ」と高揚するまでになるのだから（そこまでいくと、どっぷり鉄ちゃんです）、さながら乗り鉄の成長物語だ。文章の一つ一つを噛《か》み締めながら、「ああ、判る。自分もこうだった」と頷《うなず》かずにいられなかった。乗り鉄としてだけではなく、一人の女性の成長の物語でもある。

先に引用した「この国のすべて」という言葉はいささか大袈裟《おおげさ》に響くかもしれないが、津々浦々を鉄道で旅していると、「これが日本なのだ」という感慨に襲われる瞬間がよくある。国土の規模や多様さを実感し、都市や町や村の佇《たたず》まいからその盛衰と現状を垣間見て、歴史に想いを馳《は》せ、乗り合わせた人々の会話やふるまいから地方色に親しむ。いくら鄙《ひな》びていても鉄道が通っていれば利便性が高い場所で、日本の一部しか見られないのだが、山奥の終着駅で線路が果てた先を推して知ることは可能だ（行ってみたくなったら駅前からバスに乗ればよい。すごいところまで連れて行ってくれるぞ）。

鉄道で旅する喜びを覚えて以来、私はあらゆる土地に興味が持てるようになった。柴田さんの筆は、読者をそんな境地へと誘う。さらには、ローカル線で「美しいもの、懐かしいもの」と出会って喜ぶだけではなく、「そこに未来があるのかどうか」と考え、「ふと、言いようのない寂しさを感じる時がある」現実まで率直に書いてしまうのだ。周到にして誠実な筆運びである。

ちょっと堅苦しいことを書いてしまったかもしれないが、そんなことはさて措《お》いてもこの作品は紀行小説としてとても楽しい。作中の白眉《はくび》は、章題に「長い、長い、長い」とついた飯田《いいだ》線の旅ではあるまいか。私も一度だけ全区間を普通列車で乗り通したことがあるのだけれど、飯田線は本当に体感距離が長い。所要時間はやたら長いが退屈ではなく（睡眠不足のために、私はちょっとだけ居眠りしてしまったが）、多くの秘境駅や天竜川《てんりゅう》の眺めなど見どころが豊富で、旅心を満腹にしてくれる線でもある。作中では沿線案内を交えた車中の会話と風景描写が融《と》け合って、自分も列車に揺られている気分になった。

紙上の鉄道旅だけではなく、氷見や那覇《なは》で市場を見て回る場面、訪ねた町の描写や各地でおいしいものを食べる場面もいきいきしている。鉄道や駅に関する豆知識も要所ごとに埋め込まれていて、旅心を刺激されずにはいられない。

鉄道旅のため沖縄にまで飛んだ香澄は、物語の最後にＪＲ常磐線の車中で〈急行能登で目撃した謎〉の意外な真相を知るのだが、鉄道旅同好会に入った目的は果たせない。

彼女の旅は終わらず、シリーズ第二作に続く。〈旅の果て〉は先にあり、まだこの物語を楽しむことができるのだな、と余韻に浸りかけたら——。

最後の最後に驚きが待っていた。それは、事実を淡々と記した短い〈追記〉と〈あとがき〉。そこで読者は、小説が思いもかけない形で現実と衝突したことを伝えられる。作品からはみ出した部分ながら、終点で線路が果てる盲腸線がいくつも登場するこの小説の内容とリンクしており、はっとした。それは作者が用意した仕掛けではないが、運命的にすら思えてしまう。

柴田さんはそんな予期せぬ事態を乗り越えてシリーズ第二作『愛より優しい旅の空』を書き上げた。その完成を喜びつつ、こう結ばせていただこう。

『夢より短い旅の果て』は、甘くて苦くて切ない上質の青春小説であり、旅情に満ちた紀行小説であり、洒落《しゃれ》たミステリーでもあり、さらに——。

この小説の中に、この国のすべてがある。

山。海。緑。四季。そして、鉄道。

本書は二〇一二年に角川書店より刊行された単行本を文庫化したものです。

鉄道旅《てつどうたび》ミステリ1

夢《ゆめ》より短《みじか》い旅《たび》の果《は》て

柴田《しばた》よしき

平成27年 9月25日　初版発行

発行者●郡司 聡

発行●株式会社KADOKAWA
〒102-8177　東京都千代田区富士見2-13-3
電話 03-3238-8521（カスタマーサポート）
http://www.kadokawa.co.jp/

角川文庫 19356

印刷所●株式会社暁印刷　製本所●株式会社ビルディング・ブックセンター

表紙画●和田三造

ISBN978-4-04-103457-6　C0193

角川文庫発刊に際して

角川源義

第二次世界大戦の敗北は、軍事力の敗北であった以上に、私たちの若い文化力の敗退であった。私たちの文化が戦争に対して如何に無力であり、単なるあだ花に過ぎなかったかを、私たちは身を以て体験し痛感した。西洋近代文化の摂取にとって、明治以後八十年の歳月は決して短かすぎたとは言えない。にもかかわらず、近代文化の伝統を確立し、自由な批判と柔軟な良識に富む文化層として自らを形成することに私たちは失敗して来た。そしてこれは、各層への文化の普及滲透を任務とする出版人の責任でもあった。

一九四五年以来、私たちは再び振出しに戻り、第一歩から踏み出すことを余儀なくされた。これは大きな不幸ではあるが、反面、これまでの混沌・未熟・歪曲の中にあった我が国の文化に秩序と確たる基礎を齎らすためには絶好の機会でもある。角川書店は、このような祖国の文化的危機にあたり、微力をも顧みず再建の礎石たるべき抱負と決意とをもって出発したが、ここに創立以来の念願を果すべく角川文庫を発刊する。これまで刊行されたあらゆる全集叢書文庫類の長所と短所とを検討し、古今東西の不朽の典籍を、良心的編集のもとに、廉価に、そして書架にふさわしい美本として、多くのひとびとに提供しようとする。しかし私たちは徒らに百科全書的な知識のジレッタントを作ることを目的とせず、あくまで祖国の文化に秩序と再建への道を示し、この文庫を角川書店の栄ある事業として、今後永久に継続発展せしめ、学芸と教養との殿堂として大成せんことを期したい。多くの読書子の愛情ある忠言と支持とによって、この希望と抱負とを完遂せしめられんことを願う。

一九四九年五月三日

角川文庫ベストセラー

消える密室の殺人
—猫探偵正太郎上京—
柴田よしき

ミスティー・レイン
柴田よしき

聖なる黒夜 (上)(下)
柴田よしき

私立探偵・麻生龍太郎
柴田よしき

三毛猫ホームズの登山列車
赤川次郎

またしても同居人に連れて来られたオレ。今度は東京だ。強引にも出版社に泊められることとなったオレはまたしても事件に遭遇してしまった。密室殺人？ 本格ミステリシリーズ第2弾！

恋に破れ仕事も失った茉莉緒は若手俳優の雨森海と出会い、彼が所属する芸能プロダクションへ再就職することに。だが、そのさなか殺人事件が発生。彼女は嫌疑をかけられた海を守るために真相を追うが……。

広域暴力団の大幹部が殺された。容疑者の一人は美しき男妾あがりの男……それが十年ぶりに麻生の前に現れた山内の姿だった。事件を追う麻生は次第に暗い闇へと堕ちていく。圧倒的支持を受ける究極の魂の物語。

警察を辞めた麻生龍太郎は、私立探偵として新たな道を歩み始めた。だが、彼の元には切実な依頼と事件が舞いこんでくる……名作『聖なる黒夜』の〝その後〟を描いた、心揺さぶる連作ミステリ！

お馴じみのホームズ一行が訪れたのは、スイスの観光名所ユングフラウヨッホ。そこの展望テラスから落ちそうになった多田靖子を救ったことから、事件に引きずり込まれ大忙し——。

角川文庫ベストセラー

金田一耕助に捧ぐ九つの狂想曲

赤川次郎・有栖川有栖・小川勝己・北森鴻・京極夏彦・栗本薫・柴田よしき・菅浩江・服部まゆみ

もじゃもじゃ頭に風采のあがらない格好。しかし誰よりも鋭く、心優しく犯人の心に潜む哀しみを解き明かす——。横溝正史が生んだ名探偵が9人の現代作家の手で蘇る！　豪華パスティーシュ・アンソロジー！

ダリの繭《まゆ》

有栖川有栖

サルバドール・ダリの心酔者の宝石チェーン社長が殺された。現代の繭とも言うべきフロートカプセルに隠された難解なダイイング・メッセージに挑むは推理作家・有栖川有栖と臨床犯罪学者・火村英生！

海のある奈良に死す

有栖川有栖

半年がかりの長編の見本を見るために珀友社へ出向いた推理作家・有栖川有栖は同業者の赤星と出会い、話に花を咲かせる。だが彼は〈海のある奈良へ〉と言い残し、福井の古都・小浜で死体で発見され……。

朱色の研究

有栖川有栖

臨床犯罪学者・火村英生はゼミの教え子から2年前の未解決事件の調査を依頼されるが、動き出した途端、新たな殺人が発生。火村と推理作家・有栖川有栖が奇抜なトリックに挑む本格ミステリ。

ジュリエットの悲鳴

有栖川有栖

人気絶頂のロックシンガーの一曲に、女性の悲鳴が混じっているという不気味な噂。その悲鳴には切ない恋の物語が隠されていた。表題作のほか、日常の周辺に潜む暗闇、人間の危うさを描く名作を所収。

角川文庫ベストセラー

無縁社会からの脱出　北へ帰る列車　西村京太郎

多摩川土手に立つ長屋で、老人の死体が発見される。無縁死かと思われた被害者だったが、一千万円以上の預金を残していた。生前残していた写真を手がかりに、十津川警部が事件の真実に迫る。長編ミステリ。

探偵倶楽部　東野圭吾

「我々は無駄なことはしない主義なのです」――冷静かつ迅速。そして捜査は完璧。セレブ御用達の調査機関〈探偵倶楽部〉が、不可解な難事件を鮮やかに解き明かす！　東野ミステリの隠れた傑作登場!!

使命と魂のリミット　東野圭吾

あの日なくしたものを取り戻すため、私は命を賭ける――。心臓外科医を目指す夕紀は、誰にも言えないある目的を胸に秘めていた。それを果たすべき日に、手術室を前代未聞の危機が襲う。大傑作長編サスペンス。

夜明けの街で　東野圭吾

不倫する奴なんてバカだと思っていた。でもどうしようもない時もある――。建設会社に勤める渡部は、派遣社員の秋葉と不倫の恋に墜ちる。しかし、秋葉は誰にも明かせない事情を抱えていた……。

ナミヤ雑貨店の奇蹟　東野圭吾

あらゆる悩み相談に乗る不思議な雑貨店。そこに集う、人生最大の岐路に立った人たち。過去と現在を超えて温かな手紙交換がはじまる……張り巡らされた伏線が奇蹟のように繋がり合う、心ふるわす物語。